女声

马利纳

[奥地利] 英格博格·巴赫曼 著
钟皓楠 译

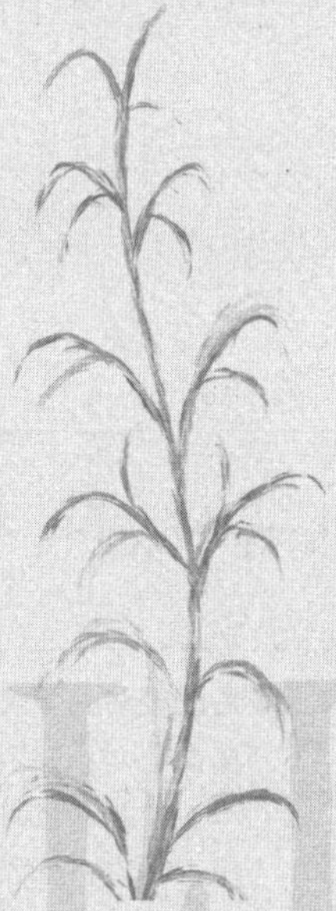

MALINA

春风文艺出版社
·沈阳·

图书在版编目（CIP）数据

马利纳 /（奥）英格博格·巴赫曼著；钟皓楠译．
沈阳：春风文艺出版社，2025.4. --（女声）.
ISBN 978-7-5313-6670-6

Ⅰ. I521.45

中国国家版本馆CIP数据核字第2024DD4391号

春风文艺出版社出版发行
沈阳市和平区十一纬路25号　邮编：110003
辽宁新华印务有限公司印刷

责任编辑：滕思薇　　责任校对：于文慧
封面插画：吴　忍　　幅面尺寸：145mm × 210mm
字　　数：239千字　　印　　张：10.5
版　　次：2025年4月第1版　　印　　次：2025年4月第1次
书　　号：ISBN 978-7-5313-6670-6
定　　价：58.00元

在这片诡异的风景里她看不到任何出路，四下只有柳树、风与流水……灌木仍在低语、大笑、尖叫、悲声叹息……为了不再听到可怖风声的号叫，她把头埋到了双臂之间……她不能前进，也不能后退，她只能在流水与垂柳的强力之间做出抉择。

行走在电话线上（译序）

钟皓楠

奥地利著名女诗人、小说家英格博格·巴赫曼（1926—1973）经历了堪称传奇的一生，始终位于当代德语文学界关注的焦点。《马利纳》是她完成的唯一一部长篇小说，在巴赫曼的自由文体实验、理念表达尤其是女性主义思想表达方面具有代表性的意义。

《马利纳》以战后的维也纳为故事背景，以女作家“我”、同居者马利纳和情人伊万的三角关系为基本框架，穿插对理想关系的探讨和有关父亲的梦境，夹杂着断断续续的电话对话，以高度自白化的语调讲述了女性写作者是如何在男权社会中陷入精神危机，最后被剥夺发声权利的过程。

有关男权社会对女性写作者造成的影响与危害，我们在本书的第二章《第三个男人》中可以最为鲜明地感受到。这一部分描绘的是女作者关于父亲所产生的梦境，每一个都充满了恐怖和暴力，并以夸张和扭曲的手法呈现出来。在这些梦中，父亲将女主人公困在毒气室里、夺走女主人公的声音、将女主人公赤身裸体地置于严寒之下、撕毁女主人公的藏书，并且诅咒她应该承受死刑，至少也要被送进劳动营，将一个威权式男性家长的形象与纳粹行为清清楚楚地绑定在了一起。父亲对母亲不忠，对女儿施暴，进行否定和打压，在自己创作的歌剧中只为男性谱写歌词……种种恶行令人想起《2666》中《罪行》一章对女性的各种戕害，类似的残酷与恶意竟在自己的至亲之间上演。

父亲的做法也与马利纳的态度形成了应和：作为在军事博物馆工作、在生活中始终保持条理和冷静的男性代表，马利纳认为这个世界上根本就不存在所谓的“战争与和平”，相反，只有战争。在梦中，“我”、妹妹、母亲和父亲的新情人都是“战争”的受害者，为了避免“战争”，女主人公宁可不存在。但是男性在“战争”中满足了自己施暴的欲望，并且“咒骂她（母亲）的性别和我的性别”。

于是“我”从父亲身边逃走，来到了马利纳的身边。“我”逃离父亲是通过学习与知识，通过在精神方面取得独立性，“我抓了一把沙子，那就是我的知识。我跨过了睡眠，我的父亲跟不上我”。但“我”在感情方面不是独立自主的，“我”从一开始就知道，自己和马利纳所建立的关系是不平等的，自己的地位远在马利纳之下。在追求马利纳的过程中，我们也可以感受到女主人公充满了祈求，简直是像希望得到恩赐一样希望得到马利纳的喜爱。因此，在有关父亲的梦境中，马利纳扮演的是拯救者的角色，却不能帮她获得自我。

马利纳照顾女主人公的一切生活起居，他准时支付房租、电费、水费、电话费与汽车保险，在女主人公需要用钱的时候，她不需要提出任何要求，马利纳就会及时地把钞票塞进她的衣袋。马利纳不去过问她的情人，不去阻挠她的写作，不因为任何事情对她动怒。从表面上看，这样的同居者比起暴力蛮横的父亲显然呈现出了一个进步和文明的状态。他也能够给女主人公提供足够的安全感，无论是从经济方面，还是从情绪方面。

女主人公对马利纳如此卑微的需求，很大部分出自她在物质和心理层面双重的不安全感，这种不安全感部分是由于战争带来的匮乏所致，部分是由于少女时期缺乏关注和爱的经历所导致。这种匮乏的提示充斥全书，例如“我只有最后一根（火柴）了”“我正在用蜡烛点烟”“菜贩那里永远只有香菜和葱，鱼贩那里已经有许多年没有过鳟鱼了”……贫困和物资匮乏导致了世界性的卖淫与世界性的黑市，女主人公就在这样的氛围中长大，因此已经习惯了“他们”（男人们）制造的混乱。女主人公交出自己的初吻，是为了换取战后时期限量供应的票券，与此同时，送给她票券的男人却被另一个更美丽、更成熟的女人吸引而去，这令她在少女时期就不得不为此而羡慕三十五岁女人的优雅和稳重，在后期，这样的匮乏感也导致了她在恋爱心理上的失衡乃至疯狂。

在提供了生活的安全感的表象之下，在情绪无比稳定的面具之下，马利纳对待女主人公的态度从本质上讲却是极端淡漠的。在女主人公陷入噩梦、惊恐和精神错乱的时候，马利纳对她视若无睹，“只有在我的现状令他满意的时候，他才能感受得到”“好像是他割离了我这块肥料、这个多余的人行物体，好像我只是脱胎于他的肋骨”“听不到我的思考，也听不到我说的话”。“我”明明和马利纳长久地共处一栋房屋，但是马利纳日复一日地从“我”的房门口经过，无论“我”是关门还是开门，好像那里根本就没有一个房间。“我”在家中的存在感并不强，只是喜欢胡乱堆叠信件，帮助别人暂时养了两只猫，马利纳对这一切都以温和的口吻表达不喜欢，但“我”还是能够感受到这种温和口吻背后的不容拒绝：马利纳并没有以平等的姿态与女主人公进行沟通，而只是命令她做一些事情，为她做另一些事情作为交换。

从巴赫曼对马利纳的塑造中，也可以看出巴赫曼对自己与瑞士作家弗里希的婚姻的不满情绪。弗里希不止一次地表达过对巴赫曼生活习惯的不满，反对她喜欢睡到下午才起床，反对她拖延回复信件，在房间里四处堆叠信件，更有甚者，弗里希在1964年出版的小说《我的名字叫甘滕拜因》里面详细描写了巴赫曼的日常生活细节，给巴赫曼本人的精神带来了毁灭性的冲击——在小说里，这样的不尊重行为对应着马利纳强迫“我”进入墙壁，消失在墙壁里，放弃为自己发声的机会。

在这样的同居生活之下，伊万出现在“我”的生活中，难道他就是“我”真正的拯救者吗？相比于始终情绪稳定的马利纳，伊万会生气，会咒骂，会感到疲惫，这一切至少是鲜活的和真实的，同时也是自由的。在“我”撰写的短文《卡格兰公主的秘密》中，“我”将自己比喻成面临险境的公主，“陌生人”并没有直接参与营救公主，只是把公主从牢狱里解救出来，尽管公主祈求他陪伴自己一起溯流而上，他还是拒绝了她，只是让她能够重新策马飞驰，独自度过人生中的难关，“他来是为了给她自由。”这样的姿态与马利纳是完全不同的：在梦里，马利纳只是派了一辆车，把她接回了自己的房子里。

书中的伊万有自己的家庭，忙碌于自己的工作，与女作家保持着一定的距离和相对的神秘，这种设定也对应着巴赫曼真实的感情经历。策兰与巴赫曼相识并且相恋于巴黎，纳粹党后裔巴赫曼出于对犹太诗人策兰的历史负疚感，最后与策兰分手，但是在二人分别成婚之后，他们又在瑞士重聚，再续旧情，后来策兰因为精神状况恶化，在信中对巴赫曼说“我承受着更深的黑暗”，再次从巴赫曼身边抽身。在本书中，巴赫曼也通过焦虑的宣泄表达出了她对这段感情的珍视和对失去这段感情的恐惧，一个重要的象征就是“我”和伊万是通过电话来维持基本的日常联系，而维也纳的电话线路经常中断。在对伊万的描写中，我们可以看到，巴赫曼反复引用策兰的情诗对她自己的情感进行渲染，达到了某种绚烂之美感的高潮。

对于被同居者周到照顾着的女作家，伊万的吸引力究竟何在？竟可以给女作家造成时间与地点层面的双重焦虑，使她逐渐无法离开这个她自己建立起来的恋爱王国？在遇到伊万的那一刻，“我的生活就终于不再遵循任何轨迹”，这句话可以展现出伊万带给她的全部惊喜与自由。此外，伊万和“我”的感情十分纯粹，因为他们之间没有任何物质层面的牵扯，对彼此也没有任何打算，“不想要共存，不想一同动身去往另一种生活，也不想用某种主流的语言签订协议”。他们之间的关系也是松散和自由的，不受到任何钳制。伊万不会在乎“我”为什么不回电话，为什么迟迟不回家，但这和马利纳的冷漠是不一样的，因为只要一拿起电话，伊万就立刻表示对“我”的关心，伊万甚至不希望“我”长久地等待电话，他希望“我”在恋爱之余依然能够过好自己的人生，希望“我”不会因为他是否来电而影响自己的日常生活，从而影响“我”的独立性。

另外，对于以文字为生的女作家，伊万使她找到了“使我们回归自身的那一种表达”，也就是他们只谈论好的事情，他们用各种各样的词语、各种各样的语言自由自在地造句，在这项活动中，女作家的灵感得到了激发，压力得到了释放，造句的活动也指向策兰的言语实验，进一步佐证了“我”有可能经历的就是巴赫曼的真实体验。对于每天都要承受来自马利纳的质疑“我听不懂你在说什么”的女作家而言，或许语言层面的自由才是最大化的自由。正因如此，在本书的结局，女作家的死亡是由于无法再发出声音，因为她被马利纳困在了墙壁里。

当女作家不得不销声匿迹，顺应无声的死亡的时候，伊万这个救星，这位理想的情人又在哪里呢？在最后的困局中，我们已不再知道她是否还期待有奇迹发生。电话铃不再响起，情人已远去。诚然无论是虚构的伊万，还是现实生活中的保罗·策兰，都需面对内心和家庭的重重困境，却留下女作家在原地，孤立无援地走向消亡。

在这里，我们不妨以回溯性的视角考察一下“我”视角中的浪漫恋爱。这一切其实早已埋下了伏笔，并被刻意披上了浪漫化的外衣，以诗化的语言蒙蔽着我们。女作家内心的不安来自于父权制下的压抑，这迫使她在感情中寻求“和平”，寻求独立与安全，可这两段或是因为冷漠而稳固、或是充满感情却动荡的关系反而进一步削弱了女作家的独立性与安全感。如果对“我”的感情观进行批判看待，也是一种可能的思路，但我们终究不能忘记：在维护女性的独立性与推卸责任之间，往往只相隔一线，肆无忌惮的言语暴力似乎给了每个人平等的自由，但在永恒战争中寻求和平的人注定会成为受害者……

在最后，借用原书中的一句表达：这是谋杀。

对女性发声权利的剥夺，就是谋杀。

对鲜活情感的漠视，就是谋杀。

人物表

伊万

1935年生于匈牙利佩奇市[①]（古称五教堂市）。从几年前起在维也纳生活，在克恩顿环路[②]上的一栋大楼里拥有一份稳定的工作。为了不引起对伊万其人及其未来的不必要的困惑，我们可以把它设想成一个处理紧急事务的机构，也即一个处理金钱事务的机构。它不是一个借贷机构。

贝拉和安德拉什，伊万的孩子，分别是七岁和五岁。

马利纳

年龄从外表上很难看出来，今天已满四十岁。曾写过一本《伪经》，在20世纪50年代末卖出去过几本，如今在书店里已经找不到了。为了伪装身份，这位国家一级官员在奥地利军事博物馆[③]工作，历史（主修）和艺术史（辅修）的学位使他在那里

① 一座匈牙利城市，位于多瑙河和德拉瓦河之间，历史悠久，拥有华丽的博物馆和全国最好的土耳其遗迹，以音乐、歌剧和芭蕾而闻名。

② 维也纳最著名的步行区，坐落在维也纳市中心第一区，大街呈独特的U形。

③ 一座全球知名的博物馆，地位不亚于英国皇家战争博物馆。坐落于维也纳第三区的南火车站及美景宫附近，展出巴本伯格王朝以后的军用武器、装备、服饰、旗帜及大战役的油画、壁画、名将雕像等。

获得了一个期盼已久的合适职位，他从不四处活动，从不显露自己的野心和需求，以及改善位于弗兰茨·约瑟夫码头[①]的国防部和军事博物馆里的实际程序与书面文件的不当要求，而军事博物馆无疑也属于我们这座城市最为神秘的机构之一。

我

持奥地利护照，由内政部签发的国家认证的证书。褐色眼睛，金色头发，生于克拉根福[②]，然后是出生日期，一个职业，两次划掉又重写，地址，三次划掉，最后以准确无误的字迹写道：现居维也纳第三区，匈牙利大街6号。

时间：今天

地点：维也纳

只有时间一项我必须深思熟虑，因为对我来说，说“今天”几乎是不可能的，尽管人们把每一天都称为“今天”，是的，他们不得不这么说，但当有人告诉我，他们今天要做什么的时候——更不必说明天了——我并不像人们通常所以为的那样，抛去心不在焉的目光，相反，我抛出来的是一道非常专注的目光，充满尴尬，我与“今天”的联系就是如此无望，因为在这个“今天”，我只能怀着至高的恐惧与飞奔的匆忙到来，在这种至高的恐惧之下书写它，或者只是讲述它，因为人们必须摧毁

---

① 一座多瑙河边的码头，位于维也纳第一区。

② 奥地利南部的一座大城市，是凯尔滕州的首府，坐落于克拉根福谷地的威尔特湖畔。

对“今天”的所有书写，撕毁、揉皱那些真实的信件，不写完它们，也不寄出它们，因为其实它们属于今天，因为它们将再也不会抵达任何一个今天。

如果谁曾经写过一封极其恳切的信件，却又把它撕碎、扔掉了，谁就会明白我这里所说的“今天”是什么意思。并不是每个人都熟识这样一张字迹模糊的便条：“如果您可以，如果您愿意，如果我可以这样请求您，就请您来！五点整在兰德曼咖啡厅[①]！”或者是这样的电报：“请在今天尽快给我来电。”或者，“今天是不可能的。”

因为“今天”是一个只有自杀者才可以使用的词汇，对其他人来说它根本没有意义，对他们来说“今天”只是任何一天的名字，他们对今天的认识仅仅是他们又只需要工作个八小时或是全天休息了，要走上几步路，买一点东西，阅读一份早报和一份晚报，喝一杯咖啡，忘记什么事情，与某人约见，给某人打电话。在这样的一天里肯定会有什么事情发生，但最好不要有太多事情发生。

但相反，当我说“今天”的时候，我的气息就开始起伏不定，这种心律失常的现象曾经被心电图捕捉下来，虽然心电图还不足以说明导致这一结果的原因就是我的“今天”，永远崭新的、咄咄逼人的今天，但我可以证明我确实深受其害，根据医生整理出来的大致数据，在惊恐发作的瞬间有什么东西控制住了我，使我受到了羞辱，至今依然如此，于是他们说，他们认为，这些见证人认为我所惧怕的只是“今天”本身，在我看来，

① 位于维也纳环形大街上，是一家历史悠久、环境优美的咖啡馆。

它太令人激动、太无穷无尽、太引人入胜，在这种病态的兴奋之下，直到最后一刻都将成为我的“今天”。

在一种可怕的压迫之下，我偶尔会进入“今天”这一时间单位，而我把地点单位归功于一种温和的偶然性，因为我没有找到它。在这个极不真实的地点单位里我抵达了我自己，我从中认出了我自己，多么清晰啊，因为这个地点就是整个庞大的维也纳，这没有什么奇怪的，但实际上这个地点仅仅是一条街道，甚至仅仅是匈牙利大街的一小部分，就是这一小部分凸显出来，因为我们三个都住在那里，伊万、马利纳和我。如果你在脑子里设想第三区的世界，当然你会倾向于从一个非常有限的视角来打量它，你很容易就会注意到匈牙利大街，会发现它的某些特征，会赞美它，赋予它某种特定的意义。你会说这是一条很特别的街道，因为它开始于干草市场附近一个几乎寂静无声、十分友好的地方，从我住的地方可以看到城市公园，但也可以看到咄咄逼人的批发市场和税务总局。我们这一带还有许多门户紧闭的华丽房屋，不远处就是伊万住的9号房，门口立着一对铜狮子，然后这条街道渐渐变得不安、无序、混乱起来，尽管它附近就是使馆区，它却把使馆区就晾在右边，没有与维也纳这个“贵族区”——它私下里的秘密称谓——建立起什么关联。这也是一条生活便利的街道，布满了小巧的咖啡馆和许多古老的旅店，我们会去老海勒咖啡馆[1]，那里有一个非常实用的车库和一个同样非常实用的“新药房”，在诺尔令大街[2]的斜

① 一家位于匈牙利大街上的咖啡馆。

② 位于维也纳第三区的街道，下同。

坡上面有一家烟草店，值得一提的还有贝雅特丽丝大街拐角处一家可口的面包房，如果其他地方的车位满了，我们还可以把车子停在蒙策大街上。从某种程度上看，你不能否认在意大利领事馆[1]和意大利文化协会[2]所在的高地上有某种特定的氛围，但是这种氛围也并不强烈。因为最多到警车驶上斜坡，或者是你匆匆瞥了一眼邮政汽车的公共车库的时候，两块标语牌先是沉默，然后短促地说出“弗朗茨·约瑟夫一世，1850”和“办公厅与工厂”，你就会忘记你自己是多么努力地想要出人头地，并回忆起你遥远的青年时代，回忆起旧时的匈牙利大街，来自匈牙利的商人、马贩、牛贩和干草商都在这里下榻，回忆起他们所居住的旅店，他们离开的时候就像官方描述的那样，“绕着城市走了一大圈”。说起他们绕的这一大圈，我有时候会从雷恩路驶入这一条环线，而每次它都在以新的细枝末节阻止我进入，令人感到羞耻的新建筑、商店、温暖的现代住宅，但对我来说，它们比周围所有喜气洋洋的城市广场和街道都更加重要。这条街也不是那么默默无闻，因为人们已经很了解它了，但一个外乡人永远也不会走上这条街道，因为这里没有什么风景名胜，人们在这里能做的只有居住。旅客可能会去黑山广场[3]，最多是走到雷恩街和美景宫[4]，然后就折返回来，只有在那里，我们才可以共享“第三区”这一头衔。如果旅客在那座新建的石头房

---

① 原文为意大利语。

② 原文为意大利语。

③ 维也纳的一座小广场，位于克恩顿环路与环形大街之间。

④ 一个位于维也纳第三区的历史性建筑群，由两座巴洛克宫殿、橘园和皇宫马厩组成。美景宫中包括奥地利美景宫美术馆。

子里，在维也纳洲际酒店[1]留宿，他也有可能从另一侧走过来，从滑冰俱乐部走过来，如果要去城市公园散步，那就太远了。但是就在这个城市公园里，一个脸上涂有石灰的丑角突然开始用尖厉的嗓音为我歌唱：

我们一年最多来这里十次，因为从我们家到这里只需要五分钟。但伊万基本上不走路，尽管我也会请求和奉承他，他也只是在开车路过的时候才会瞥上一眼这座公园，因为公园太近了，如果想要呼吸新鲜空气，或是带着孩子们出去玩，我们就开车去维也纳森林[2]，去卡伦山，一直开到拉克森堡和梅耶林的城堡群那里[3]，开到布尔根兰州[4]的佩特罗内尔-卡农图姆[5]。我们和这个我们不必涉足的城市公园保持着一种不愉快的禁忌关系，关于那个童话时代，我也根本没有印象。有时候，我还会注意到木兰开出的第一朵花，但你不能每次都为此大惊小怪；如果我，比如在今天，如果我再一次毫无想象力地对马利纳说：对了，城市公园里的木兰花，你看见了吗？他会回答我，会向我点头，因为他很有礼貌，但他已经听够了关于木兰花的话题。

不难猜到，在维也纳有许多更美丽的街道，但它们都在别

① 位于维也纳约翰内斯大街上的一座高档酒店。

② 位于维也纳西郊的一处森林高地。

③ 均为维也纳城郊的观光区域。

④ 位于奥地利东部的一个州。

⑤ 位于维也纳东部的城市，公园里有老城门遗址。

的区，而且走上它们就像走向太漂亮的女人，就算没有想要涉足它们，一看到它们也会立刻产生负罪感。迄今为止，还没有人说过匈牙利大街是美丽的，或者因瓦立登大街和匈牙利大街的路口令人着迷，欲辨忘言。所以我永远也不会对我这条街道、对我们这条街道做出什么不切实际的赞美，我更应该探寻的是匈牙利大街对我造成的钳制，因为它只在我身上展开它的羽翼，从9号房到6号房，我不得不自问我为什么永远处在它的磁场之下，无论我现在是走在弗莱翁广场[①]上，还是去格拉本大街[②]购物，是散步去国家图书馆，还是站在洛布科维茨广场[③]上想，我原本应该住在这里的！或者是住在宫殿那边！甚至当我在内城闲逛的时候，由于不想回家，就去咖啡馆坐上一个小时，翻翻报纸，我内心里也已经走在回家的路上，已经想要回去了。当我拐入我的街区，有时走我以前居住过的贝雅特丽丝大街，如果干草市场那边不是特别混乱，就走干草市场那边，尽管时间会突然和地点一起崩塌，但是一走过干草市场，我的血压就会升高，同时却没有那么紧张了，在陌生地段时常侵袭我的那种痉挛也结束了，尽管我依然步履匆匆，却终于完全平静了下来，充满了紧迫的幸福。对我来说，没有什么比这一段街道更安全的了，白天我跑上斜坡，晚上跑回门前，钥匙已经拿在了手里，令我感激涕零的一刻又到来了，门锁拧动，大门打开，房门打开。这种回家的感觉早在车浪与人浪中间，早在一两百米开外

---

① 位于维也纳老城区的一座广场，是一座面积很大、历史悠久的广场。

② 位于维也纳市中心的一条购物大街，也是著名的观光景点。

③ 位于维也纳市中心的一座巴洛克风格的广场。

就已经将我淹没，在这个范围里，一切事物都在向我通告着我的家宅。可那并不是“我的”家宅，当然，它属于某个地产公司或者投机商行，是它们重建了这栋房子，更确切地说是拼凑出了这栋房子，但我对此一无所知，因为在大重建的年代，我住在离这里有十分钟路程的地方，我之前常常会去我住过的26号房，很长一段时间里那也是我的幸运数字，我内心压抑，怀着负罪感，像一条被主人抛弃的狗，再次见到旧日的主人，却不知道如今自己属于谁。但今天我走过了贝雅特丽丝大街的26号房，好像它根本就不存在，好像这里从来也没有过什么东西，或者是只有一丝来自古老往日的气息，现在已经察觉不到了。

几年以来，我和马利纳之间都只是尴尬的会面、至深的误解与一些愚蠢的空想——我得说我与马利纳之间的误解比我与任何人之间的误解都深。从一开始，我的地位就在他之下，我本该及早地意识到他会给我带来灾祸，因为在马利纳还不曾涉足我的生活的时候，他在我的心里就有了一块领地。我只是在躲避，避免与他过早地相遇。因为在E2与H2路的轻轨车站，在城市公园那一站，已经有许多次我们早就该相遇了。马利纳拿着报纸站在那里，而我佯作没有注意到他，从我手中的报纸的边缘抬起头，目不转睛地看着他，却无法弄清他是真的在专心读报，还是已经发觉了我正心醉神迷地凝视着他，想要强迫他抬起目光来看我。我，强迫马利纳！我心想，只要先来的是E2路轻轨，那么一切就都好，上天保佑，先来的不要是无情的H1路，甚至班次稀少的G2路，然后E2路真的来了，但当我跳上第二节车厢的时候，马利纳消失了，他没有走进第一节车厢，没有走进我这节车厢，也没有待在原处。他只可能是趁我转身的时候突然跑进了城铁站，他不可能凭空消失。因为我四处搜寻他的踪迹，却既不明白他为什么要这么做，也不明白我为什么要这么做，我整整一天都感到迷惑。但那一切早就已经过去了，今天我没有足够的时间来谈论它。几年后，我们之间又出现过一次类似的场景，那是在慕尼黑的一个演说厅里。他先是站在我身边，然后向前走了几步，在拥挤的学生中间寻找座位，然后又走了回来，而我怀着近乎晕厥的激动听着这场长达一个半小时的演说——“科技时代的艺术”，并在这片注定静静坐在这里、被演说吸引的人群中寻找马利纳。因为我对艺术、科技或这个时代都不感兴趣，在那晚我就意识到，我永远都不会想要在公开场合谈论这些主题与问题。我确信的是我想要马利纳，我想要了解的一切都必须经由他的传授。最后，我和其他人一起热烈鼓掌，两个慕尼黑人领着我从后侧离场，一个人挽着我的手臂，另一个风趣地和我搭话，又有第三个人过来和我说话，而我遥望着马利纳，他也想从后面的出口离开，却走得很慢，我尽可能地加快脚步，追上了他，好像是人们把我挤到了他身上，好像是我跌到了他身上，我也确实跌到了他身上。这样他也没有别的办法了，他不得不注意到我，只是我不确定他是否真的看到了我，但那时我第一次听到了他的声音，冷静、精确、音调平板：抱歉。

我不知道该如何作答，因为从来没有人对我说过这种话，我也不确定他是在向我道歉还是在原谅我，我的眼中立刻盈满了泪水，不能继续追踪他的脚步，由于周围还有别人，我只能低下头看地板，从衣袋里掏出一条手帕，假装发出一声尖呼，就好像有人踩到了我一样。等我终于能够抬起头来的时候，马利纳已经消失在人海中了。

我不再在维也纳找寻他了，我觉得他去了国外，我不抱希望地一遍遍重走着去城市公园的那段路，因为我那时还没有车。一天早晨，我在报纸上读到了一些关于他的东西，但那篇文章报道的不是他的事，它主要讲的是玛利亚·马利纳的葬礼，一场令人永生难忘的盛大葬礼，维也纳市民纷纷自行前往，都是为了一睹这位女演员的遗容。哀悼的宾客里有死者马利纳的哥哥，一位极有天赋的年轻的著名作家，过去一直默默无闻，现在却在记者的推助下一夜成名了。因为玛利亚·马利纳既然可以让众多部长、房屋管理员、评论家和常去斯蒂芬广场的中学生都排成一条长长的队列来为她送葬，她当然也不需要一个默默无闻、根本“一文不值”的写书的哥哥。在这个全民哀悼的日子，“年轻、有天赋和著名”对他来说是一种必不可少的虚饰。

这份只有我觉得和他有关的报纸给我带来了一种倒胃口的触动，算上这次已经是第三次了，我们从来没有谈论过这件事，好像这份报纸和他从来就没有任何关系，和我就更没有关系了。因为在那段迷惘的日子里，当我们无法问起彼此的名字，更不用说彼此的生活的时候，我就把他称为我的“尤金”，因为《高贵的骑士尤金王子》[1]是我学会的第一首歌，这个名字也是第一个令我一见倾心的男性名字。还有那座叫作“贝尔格莱德”[2]的

① 一首德国民歌，讲的是萨伏依的尤金王子在1717年土奥战争中的胜利。

② 塞尔维亚共和国首都，地处巴尔干半岛核心位置，坐落在多瑙河与萨瓦河的交汇处。

城市，当我发现，马利纳并非来自贝尔格莱德，而是像我一样来自南斯拉夫边境，那座城市的异国风情与深厚意蕴就立刻烟消云散了。有时我们还是会用斯洛文尼亚语或温迪施[①]方言交谈，就像在初识的日子里那样：我和你。你和我[②]。我们不必再谈我们最初的美好日子了，因为日子总会越来越好的，我肯定会嘲笑我为马利纳动情的那段时光，因为他在别人身上花费了那么多的时间，因此我把他逐出贝尔格莱德，掠夺他的名字，给他写神秘的诗歌，他时而是个骗子，时而是个市侩，时而又是个间谍，如果我心情好，我就让他从现实世界中消失，把他置于某些童话和传说之中，我叫他弗洛里泽[③]，叫他画眉嘴王子[④]，但我最喜欢称他为杀死恶龙的圣乔治[⑤]，这样，克拉根福就会从寸草不生的巨大沼泽地里升起，我的第一座城市就会从中诞生。在这些闲散的游戏过后，我就垂头丧气地回归了那唯一真实的推测，马利纳实际上就在维也纳，在这座城市里，我有许多机会见到他，却总是与他擦肩而过。我开始在有人谈论马利纳的时候和别人一起谈论他，尽管别人也不经常谈论他。这是一段可怕的回忆，如今它已经不再令我痛苦，但那时我还是不得不这样做，好像我也认识他，好像我也对他有所了解，当有人讲到马利纳和约丹女士的可笑丑闻的时候，我表现得就

① 一座位于瑞士北部的城镇。

② 原文为斯洛文尼亚语。

③ 莎士比亚的剧作《冬天的传说》中的人物，波希米亚国王。

④ 格林童话中的一位王子，因为下巴的样子而被高傲的公主讥讽为“画眉嘴”。

⑤ 基督教的著名烈士、圣人。经常以屠龙英雄的形象出现在西方文学、雕塑、绘画等领域。

像别人一样风趣幽默。如今我已经清楚，马利纳和这个约丹女士之间从来也没“有过什么”，马利纳也没有在私下里和她在科本茨餐厅会面，就像人们在这里所说的，因为她就是他的妹妹，更重要的是我很难设想马利纳会和其他女人有什么关系。当然，马利纳很可能在我之前也结识过其他女人，他确实认识很多人，其中也包括女人，但自从我们开始在一起生活以后，这些就都没有意义了。我再也没有想过这件事，因为我的怀疑与困惑只要是和马利纳有关的，就都在他的震惊面前化为无物了。许久以来，活在谣传里的年轻的约丹女士也没有像传闻中说的那样，没有发表过那句名言“我操纵彼岸的运作”，也没有当着自己丈夫的助手，突然跪在地上，让她的丈夫看清她的所有鄙视。事情是另外一个样子，完全是另一个故事，一切都将得到正确的表述。真实的人物会从谣传的人物中走出来，自由而高大，走向前方，就像今天，马利纳对我而言已经不再是流言中的人物了，而是会在我身边放松地坐下，或者和我一起散步穿过城市。其他的法律上的地位我还没有得到，那是之后的事。不是在今天。

我唯一需要问我自己的是，如果我们之间的一切就是这样，那么我们对彼此来说又意味着什么，马利纳和我，我们是那么相似，那么不同，这与性别、生活方式、存在方式的稳固或者不稳固都没有关系。但马利纳的生活从来就不像我一样充满痉挛，他从来都不把时间浪费在琐事上面，到处打电话、打听事情，他也从来不会沉湎于某一件事情，更不会在镜子前面站上半个小时打量自己，然后就得匆匆忙忙地离开，永远在迟到，结结巴巴地道歉，以一个问题或者一个答案来化解尴尬。我想，如今我们之间也没有太多关联，只是一个人忍受另一个人，一个人为另一个人感到惊讶，但我的惊讶充满了好奇（马利纳也会惊讶吗？我相信这样的时候会越来越少），充满了焦躁，就因为我的现状从来都不能引起马利纳的焦虑，只有在我的现状令他满意的时候，他才能感受得到，如果他对此没有什么话可说，他就什么也感受不到，就像我们并不总是并肩走向卧室，不和彼此对视，也不听对方讲述自己的一天。在我看来，这一切能够使他平静，因为在他看来，我是一个太不重要、太默默无闻的“我”，好像是他割离了我这块废料、这个多余的人形物体，好像我只是脱胎于他的肋骨，从一开始对他来说就是可有可无的，但也是一段不可回避的黑暗故事，与他自己的故事相伴而行，想要对它加以补充，但他将它与自己那澄明的故事分割开来，划清界限。因此在我们两个人中间，只有我总有什么事情要向他解释，首先是解释我自己，而且也只能在他面前解释。他没有什么可解释的，不，他没有。我把前厅打扫干净，我想待在门边，因为他马上就要进来了，钥匙在门中晃动，我向后退了几步，以防他撞到我身上，他打开门，我们同时友善地说：晚上好。当我们穿过走廊的时候，我说道：

我得说。我要说。在我的记忆里，不再有什么折磨着我的东西了。

是的，马利纳毫不惊讶地说道。我去卧室，他继续向后面走去，因为他的房间在走廊的最深处。

我得说我要说，我高声重复道，因为如果马利纳没有询问，也不想再听下去，那才是正常的。我就可以安静下来了。

但如果我的记忆里只剩下了惯常的记忆，那些躺下的、死去的、被遗忘的事件，那么我离那段缄默的记忆就还有很远很远，在我心里，已经不再有能够使我感到折磨的东西了。

有什么东西可以使我感到折磨呢？比如说，我出生的城市，为什么是这个地方而不是其他地方在无缘无故地折磨着我，但我必须回忆这些吗？旅游局会提供所有的重要信息，有一些东西不在他们的管辖范围内，但我也并不了解它们，我一定在学校里学过我们的颂歌，在那个“男人的勇气与女人的忠诚”相结合的地方，这座城市最伟大的儿子，托马斯·科萨特[①]是这首歌的作者，托马斯·科萨特大街就是为了纪念他而命名的：“我离开了，我离开了，我离开了”，在俾斯麦中学里，我不得不重新学习我早已知道了的那些往事，我在本笃会学校上宗教课，却没有受坚信礼，总是在下午上课，和一个别的班的女孩，因为其他人都是天主教徒，都在上午上宗教课，因此我一直都很享受上午的自由，据说那位年轻的牧师头部受过枪伤，而老院长一向很严厉，蓄着胡须，总是觉得孩子们的问题非常幼稚。乌尔苏拉文理中学现在建起了一扇紧闭的大门，我曾经摇动过那扇大门。在穆齐尔咖啡馆里，也许我还是没有吃到入学考试之后的那块蛋糕，但是我想要得到它，我的眼前浮现出我用小叉子切蛋糕的场景。也许在一两年以后我分到了蛋糕。在维瑟湖[②]湖滨大道的起始处，离轮船码头不远，我第一次被人亲吻了，但我想不起那张向我靠近的面孔了，那个陌生人的名字也已经淤塞在了湖中。我只记得那个陌生人给了我几张票券，但

---

① 奥地利作曲家、男低音歌手，他使卡林迪亚音乐风靡欧洲和美洲。

② 位于奥地利南部卡林西亚州的一座湖泊，是一处夏季的度假胜地。

第二天，他没有再回到轮船码头，因为他被城中最美的女人请去做客了，她戴着一顶宽檐帽走过维也纳大街，名字叫作旺达。有一次我跟着她走到了瓦格广场[①]，没戴帽子，没喷香水，也没有三十五岁女人的端庄步态。那个陌生人也许已经逃亡了，或者是打算用票券换点香烟，和那个美丽、高大的女人一起抽烟，但当这一切真正发生的时候我已经十九岁了，而不是只有六岁，背上还背着书包。记忆中还有一个特写镜头，是在格兰桥上[②]，不是黄昏的湖岸，而是正午阳光明媚的桥，桥上站着两个少年，也背着书包，年长的那个至少要比我大上两岁，他冲我喊道：你，过来，我给你一样东西！我没有忘记这句话，也没有忘记那个少年的面孔，这是至关重要的第一次呼唤，却不是我的第一次狂野的喜悦，站在那里，犹豫着，一步一步地踏上桥梁，然后被一巴掌重重地甩到了脸上：好了，你，现在我已经把它给你了！这是我挨过的第一个耳光，也是我第一次意识到另一个人的满足感，打人的满足感。那是关于疼痛的最初的知识。那时的我双手紧攥着书包带，没有哭，迈着均匀的步子从学校一路小跑回家，这一次我没有去数路边的篱栅，这是我第一次受人欺负。有时候你也会知道，你是从什么时候开始，在什么地方，怎样流出了眼泪。

那是在格兰桥上。不是在湖畔的林荫道上。

有许多人在同一天出生，比如有四个名人生于七月一日，而许多改造世界的天才都争抢着在五月五日出生，发出他们的

---

① 位于萨尔茨堡的历史区，在15世纪曾作为干草市场。

② 位于萨尔茨堡。

第一声哭号，我却找不到一个和我同一天开始人生的人。我从未体会过和莱布尼茨、伽利略或者卡尔·马克思同天出生的荣耀，甚至在从纽约到欧洲的旅途上，在“鹿特丹号”邮轮上，在这几天将要庆祝生日的旅客名单上我也找不到任何人。等到了我的生日，也只有一张船长写的简陋贺卡从舱门下面塞进来，而直到中午我还期待着像前几天一样，在几百个旅客里还有几个过生日的人，可以和我一起走向桌上的免费蛋糕，并惊讶于四周响起的“祝你生日快乐”的歌声。但只有我一个人，我在餐厅里徒劳地环顾四下，不，没有别人，我匆匆跑向蛋糕，匆匆把它分给了三桌荷兰人，我讲话，喝酒，讲话，好像晕了船，好像我整晚都没有入睡。我跑回船舱把自己锁在里面。

那不是在格兰桥上，不是在湖畔的林荫道上，也不是在夜晚的大西洋上。我仅仅穿过了这个夜晚，醉醺醺的，逃出了最深的一个夜晚。

之后我才想到，在那个当时我还那么在意的日子里，至少有人会在那一天里死去。我愿意冒着涉足庸俗占星术的风险，在我们的头上高高建立起某种联系，因为没有任何一种科学可以看清我的细枝末节并且对它们进行细究，那么我就可以把我的开端和另一个人的终结联系在一起。为什么一个人就不能在另一个人的灵魂湮灭之日开始生活呢？但我不会呼唤那个人的名字，因为更重要的是，我很快就走进了克恩顿环路后面的电影院，在泼溅的色彩与诸多的黑暗中待了两个小时，第一次见到了威尼斯，船桨拍击着水面，灯盏在乐声中漂过水道，漂来，漂去，裹挟着我，涌入人物、阴影和他们的舞步。我就这样来到了我从未见过的威尼斯，在维也纳一个寒风呼啸的冬日。我常常听到那段乐曲的回响，经过了改编，变了调，但它最精确的时候还是人们在隔壁房间里打断它的时候。当人们众口纷纭，谈起暴君政治的崩溃和社会主义的未来并且开始叫嚷，而另一些人攻击存在主义和结构主义的时候，我仍然能够小心翼翼地从中听出某种节奏，但那时，那段乐声已经在喊叫声中死灭了，我什么也听不到，因为除了那段音乐，我什么也不想听到。我常常不愿去听，我也常常不能去看。就像我无法直视那匹垂死的马，在赫玛戈尔[①]，它从山岩上坠落，我走了几公里，想找人救它，却还是抛下了它和那位手足无措的牧马少年。我听不到莫扎特的大型弥撒曲，也听不到狂欢节村落里的枪声。

我不会讲述了，我的全部回忆都在折磨着我。马利纳走进房间，找到了一瓶喝了一半的威士忌，递给我一杯，也给自己倒了一杯，然后说：它还在折磨你。还在。但折磨你的还有另一段回忆。

① 位于奥地利卡林西亚州的一座城镇。

目录

c-o-n-t-e-n-t-s

第一章　幸福地与伊万同在 ………… 001

第二章　第三个男人 ………… 143

第三章　最后的事情 ………… 203

巴赫曼与策兰情诗选 ………… 295

倾诉黑暗 ………… ［奥地利］英格博格·巴赫曼 / 297

花　冠 ………… ［德］保罗·策兰 / 299

米 利 暗 ………… ［奥地利］英格博格·巴赫曼 / 301

在 埃 及 ………… ［德］保罗·策兰 / 302

波希米亚在海边 ………… ［奥地利］英格博格·巴赫曼 / 303

海洋之歌 ………… ［德］保罗·策兰 / 305

第一章

幸福地与伊万同在

在将来的某一天，所有女人都将拥有金色的眼睛，她们将穿上金色的鞋履和金色的衣裙，她将梳理她金色的头发，她会喊道，不！

在将来的某一天，所有女人将拥有金红色的眼睛、金红色的头发，她们性别的诗篇将被重新谱写……

再一次抽过了烟，喝过了酒，数了数烟蒂和酒杯，今天还能再抽两支烟，因为在今天和星期一之间还有三天，三天没有伊万的日子。再抽六十支烟，伊万就回到维也纳了，首先他会打电话给报时机构，调好他的钟表，然后预约一个叫醒电话，马上就尽可能快地入睡，然后又被电话叫醒，每次他都要发一阵火，呻吟、咒骂、发怒或是抱怨。然后他就忘记了所有的怒火，一下跳进浴室刷牙，然后淋浴，然后刮脸。他会打开收音机收听早间新闻：这里是奥地利广播一台，首先播送一条来自华盛顿的简讯……

但华盛顿、莫斯科和柏林都只是一些夸夸其谈的城市，竭力使自己显得重要。在我居住的匈牙利大街之国，却没有人会把它们当回事，人们嘲笑那些紧急的新闻和那些声势浩大的游行，它们从来都无法卷入我的生活。我曾闯入过另一个人的生活，在乡村的主干道上，在这个花店前面，我肯定还会回想起它的名字，就在这里我停下了奔跑的脚步，因为橱窗里立着一束头巾百合[①]，红色，比红色还要鲜红七倍[②]，我从未见过这样的花，而伊万就站在橱窗前面。其他的事情我都不记得了，因

① 头巾百合，又名欧洲百合，策兰在《山中对话》中提到过这种植物。

② 策兰《水晶》："七夜更高红步向红。"

为我马上就跟着伊万走了，我们先去了拉苏莫夫斯基大街上的邮局，不得不分别去两个窗口，他去了“邮政汇款”窗口，我去了“邮票购买”窗口，第一次分离已经如此令人痛苦，当我在出口重新找到伊万的时候，我已经激动得说不出话来，伊万不需要问我任何问题，因为我毫不怀疑，我还将和他继续走下去，令我震惊的是，他住的地方离我家只有几座房屋之隔。边界立刻建立了起来，这只是一个很小的国家，没有领土声明，也没有宪法，一个沉醉的国度，只有两栋房子，在黑暗中、在日食和月食的时候也能看到它们，而我烂熟于心的是从我这里径直走到伊万家要多少步，就算我蒙上眼睛也可以走完这段路。现在，广阔世界的意义变得微不足道了，我迄今为止生活在其中的世界——我总是处于惊恐的状态，嘴巴干渴，颈部有掐过的痕迹——因为有一种真正的力量正在对抗这个世界，和今天一样，这种力量仅仅意味着等待，抽烟，以使任何东西都不能从它手中逃脱。我必须小心翼翼地、一而再地解开打结的电话线，一而再地把听筒转过来握在手中，在紧急的情况下，或者是在紧急的情况到来之前，我就拨下这个号码：726893。我知道没有人会接电话，但这没有关系，只要电话在伊万那里响起。在那栋荫翳的房子里，我知道他的电话在什么地方，只要铃声从伊万拥有的所有东西中间响起，并说：是我，是我打的电话。那只沉重的深陷的沙发就会听到它，他很喜欢坐在那里，有时坐着坐着就突然睡着了，睡上个三五分钟。还有衣柜和台灯，我们曾经肩并肩地躺在那盏灯下。还有他扔到地上的衬衫、西服和内衣，这样阿格尼丝夫人就知道要把它们送到洗衣房去了。自从我可以拨打这个号码，我的生活就终于不再遵循任何轨迹，我不会再陷到车轮之下，不会再陷入毫无出路的困局，我不再前行，却也没有偏离道路，当我屏住呼吸的时候，时间就静止了，我打电话，抽烟，等待。

如果我现在出于某种原因，没有在两年前搬进匈牙利大街，如果我还像在学生时代一样住在贝雅特丽丝大街，或者像以后那样常常去国外，我的生活就还能够保留某种轨迹，我就永远也不会了解这个世界上最为重要的东西：我所能够触及的一切，电话底座、听筒和电话线，面包、黄油和我为了星期一的晚餐特意挑选的熏鲱鱼，因为伊万最喜欢吃鲱鱼，有时也是我最喜欢吃的火腿肠，一切都贴着伊万的标签，来自伊万的家。包括打字机和吸尘器，它们都是在口碑良好的大公司买来的，先前一直都在制造让人难以忍受的噪音，现在却安静了下来。在我的窗户下面，不再有车门砰的一声关上，在伊万的眷顾之下，大自然也以出乎意料的方式到来，小鸟清早的歌声变得柔和了，人可以短暂地睡上一个回笼觉。

自从我搬了家，就出现了许多奇特的现象，奇怪的是，发展迅速的医学对这些现象还一无所知：在这里，在我所居住的这个区域里，疼痛会有所缓解，从匈牙利大街6号房到9号房之间，各种不幸都越来越微弱，癌症与肿瘤，哮喘与血梗，发烧、感染与精神崩溃，甚至头痛和天气的影响都减弱了，我自问应不应该告诉科学家这一现象，这样医学就能够完成一次巨大的飞跃，也就是说，以精心研制出来的医药和治疗方案征服所有病痛。在这里，遍及了全城、大概也遍及了全世界的神经质与高血压也几乎痊愈了，而精神疾病，这个世界的精神分裂症，世界那诞妄的、不断扩张开来的裂隙，也悄无声息地愈合了。

如果还有躁动存在，那也只是匆匆忙忙地找寻发卡和丝袜，涂睫毛膏和眼影、用小刷子画眼线、用粉扑轻轻蘸取浅色或深色的香粉时的轻轻颤动，或者是在卧室和门廊中间穿梭的时候双眼不可遏制的濡湿，寻找提包、手帕，双唇隆起——这都只是一些细微的身体变化，比如看起来高了一厘米、体重减轻了一点。因为已经是傍晚了，人们纷纷下班了，白日梦的游击队开始了入侵，在匈牙利大街上游荡、挑唆，突然占领了整条街道，带着它们华丽的公告和唯一的密码，它们清楚自己的目标，而那个密码，那个在今天已经预示着未来的词，除了“伊万”，还能是别的什么呢?

它是“伊万”。永远是“伊万”。

面对着朽坏与庸常，面对着生活与死亡，面对着偶然的轨迹，面对着收音机里所有的威胁，面对着报纸上所有散发着瘟疫的头条，面对着从上一层楼和下一层楼那里渗透过来的背叛，面对着内心的缓慢进食与外界的被人吞噬，面对着布莱特纳夫人每天早晨委屈的面孔，我站在我黄昏时的位置，等待，抽烟，旁若无人，因为我将因为这一烙印而获胜。

尽管伊万肯定是为我创造的，但我不能向他提出任何单方面的要求。因为他来了，辅音就重新变得确凿而易于把握，元音就重新开启，发出完满的音调，我的双唇就重新说出话语，先前被打断的联系恢复了，问题解决了，我不会有丝毫吞音，我会念出我们一模一样、音调清亮的首字母缩写，我们在小便条上签下这些字母，念出彼此的名字，在彼此的名字上书写。

当我们的名字合二为一的时候，我们就可以小心翼翼地开始尝试，以最初的话语再次证明世界的荣耀，世界也一定希望能够重获荣耀，我们想要的是复活，不是毁灭，我们保护着自己，小心地不在公开场合触碰对方，只是悄悄地将对方包藏在自己的眼睛里，在伊万的身影映在我的视网膜上之前，他的目光一定已经发现我眼中的许多图景，他清理着那些在他到来之前出现的阴森、可怖的画面，它们几乎无法抹去，但伊万向我抛来了一幅光明的图景，以制止我邪恶的目光，使我惊恐的目光飘散。我知道我为什么会有这样的目光，但我不记得了，不记得了……

（你还不清楚这一点，一直都不清楚，许多东西都在折磨着你……）

但是因为伊万已经开始治愈我了，大地上就不可能还是一片黑暗了。

尽管过去所有人都知道，但在今天已经不再有人知道，为什么这一切都悄无声息地发生，为什么我关上了门，拉上了窗帘，为什么我独自一人走在伊万前面，我会解释一下原因。我这样做，不是要把我们隐藏起来，而是要重建某种禁忌，不用我解释，马利纳也能够理解这一点，因为即使我卧室的门大敞四开，室内只有我一个人，或者家中只有他一个人的时候，他都只会从门口走过去，走进自己的房间，好像那里并没有一扇敞开的门，也没有一扇紧闭的门，好像那里根本就没有一个房间，这样就没有什么会被亵渎，最初的勇气和最后的温柔忠诚就还有可能存在。丽娜也不会打扫这个房间，因为没有人会走进这里，没有什么在这里发生，也没有什么属于这里，这里被放逐了、被解构了、被阐释了，因为伊万和我不曾碾压、撕扯、拷打或者杀害彼此，我们就这样站在彼此面前，保护着属于我们却难以掌控的东西。伊万从未盘问过我，从未对我有过误解或者怀疑，所以我自身的怀疑就也飘散了。因为他没有去管我颔下两根翘起的毛发，没有在意我眼下两道初现的皱纹，我抽完第一支烟之后的咳嗽也不会困扰到他，当我想说点什么意想不到的话的时候，他甚至会把手放到我的嘴上，我对他说话的时候用的是另一种语言，一种我从来没有使用过的语言，用我的身体发肤，因为他从来都不在乎我今天做了什么，我之前做了什么，我为什么凌晨三点才回家，我昨天为什么没有时间，今天电话为什么有一个小时占线，以及我昨天接了谁的电话，因为每当我说出那个惯常的句子：我必须向你解释一下，伊万就会打断我：为什么？你要向我解释什么？没什么，真的没有什么，你可能会需要向别人解释，但不用向我解释，没有别人，因为这与别人无关。但我必须解释。

你根本骗不了我，我知道，我很清楚。

但那只是因为我没有骗你的必要！

你笑什么？这没有什么丢脸的，你当然可以骗我。你可以试试，但是你骗不了我。

那你呢？

我？你一定要问吗？

也不是一定要问。

我可以试试，但有时候我会向你隐瞒一些事情。你对此怎么看？

我赞同。我必须举双手赞同。

你没有什么必须做的事情，你只是可以这样做，伊万说道。

当我们两个四处闲逛的时候，屠杀依然在城中进行，难以容忍的品评、断言与卑劣的流言在餐馆里、聚会上和住宅中四处流传，在约丹家里、阿尔特维和旺特楚拉家里，经过画报、报纸、电影和书本的传播变得贫瘠。话语从它们所描述的事物中飘出，因此这些事物不请自来，回到它们自身，回到我们这里。每个人都想赤裸裸地站在那里，想要剥下其他人的皮囊，这样所有秘密就都会消失，不可复得，而进入房间、宽衣、问询与拜访之后的急躁加剧了，没有一丛燃烧的荆棘，也没有哪一盏小灯亮起，没有迷醉，没有任何奇异的清醒，于是就没有人可以理解世界的法则了。

伊万和我只会和对方聊那些好事，有时候我们会爆发出笑声（不是嘲笑任何人），因为我们甚至会在沉思中露出微笑，也就是说，我们找到了使我们回归自身的那一种表达，并且希望我们可以传染别人。我们会慢慢传染我们的邻居，以我们已经了解了的那种病毒，一个一个地传染别人，不管人们叫它什么，如果它能引发一场传染病，那么所有的人就都有救了。但是我也知道，要染上这种病毒有多难，一个人要等上多久，才能变得足够成熟，可以感染这种病毒，而在我染上它之前，生活是多么艰难，多么令人绝望啊！

伊万正在用询问的目光看着我，我必须得说点什么，我急于把他的注意力分散开。我知道这种病毒的名字，但我不会在伊万面前说出来。

你在嘟囔什么？什么很难传染上？你是在说哪一种疾病？

不是疾病，我说的不是疾病，我只是在想，有些东西是很难得到的！

我说话的声音是足够大的，伊万也不是没有听懂，马利纳早就该听懂了，知道了，理解了，但是他听不到我的思考，也听不到我说的话，因此我从来不向他提起这种病毒。

侵袭我的病毒确实数量众多，我召集起来的抗体比一个人要使自己免疫所需要的抗体更多，怀疑、冷静、在莫大恐惧面前的无畏。我不知道伊万是如何对抗这种病毒的，对抗如此激烈的反抗、危急的痛苦、演练着失眠的许多夜晚、一刻不停的神经质、顽固地放弃一切，但在最初的时刻，伊万并不是从天而降的，而是站在乡村的主干道上，眉眼带笑，身材高大，轻轻地向我俯身。一切都变得令人羞惭，正因为此，我必须给予伊万最高的奖赏，至高无上的奖赏，因为他重新发现了我，他撞上了我，像我过去那样，释放出了我最早的岩层，我摇摇欲坠的自我，我祝福他所有的天赋，但那是什么样的天赋，什么样的天赋？我预见不到结局，也不会有结局，于是我又开始对自己重复最简单的事实，最简单的事实就是他总是能够让我开怀大笑。

最终我游走于自己的肉身，以这具我深感蔑视、因而变得陌生的躯体，我感到一切都在转向内部，肌肉持续的紧张消散了，它们纵横交错的系统松懈了，两个人的神经系统互相交换了，因为这种互换比一切发生的事情都更加清晰，这是一次康复，是一次净化，是一种鲜活而真实的证据，如果使用最新的玄学仪器，它也是可以度量、可以描述的。多么好啊，我已经被这一刻拘禁了，拘禁在初识的那一刻，因此我立刻就不由自主、不假思索地跟着伊万走了。我没有挥霍方寸光阴，因为这种事人们不可能事先预见到，不可能事先听说或者读到，需要特意放慢脚步，它才会发生。一点小小的意外就有可能把它扼杀在摇篮里，阻碍它的进展。它是世界上最强大的力量，但它在开始与生成的阶段如此脆弱，因为整个世界都病了，它这种健康的力量也很难萌发。可能会有一辆汽车的鸣笛声打断我们的第一句话，可能会有一位警察给违章停靠的摩托车开出罚单，可能会有一个路人在我们慢慢踱步的时候大喊大叫，可能会有一个推着货车的年轻人挡住我们的视线，天啊，简直无法想象，如果这一切都发生了，那又会怎么样！如果我被救护车的警示声吸引了注意，望向了街道而不是橱窗里的那束头巾百合，如果伊万不得不去向别人借火，我也就不会看到他了。因为我们面临着这么多的危险，因为在这扇橱窗前，说三句话也已经太多了，我们就马上一起离开了这个炽热而又危险的地方，把一切都抛到了脑后。我们用了很长时间才想起了没有说出口的、最为简单的那几个句子。我甚至不知道我们今天的交谈方式是否已经和常人一样。但我们不着急。我们还有整个余生，伊万说。

我们还是造出了那些最简单的句子。那些危险的开头、不完整的句子和结尾，它们被宽容的光芒环绕着，那些话大多数都是在电话里说的。我们一遍又一遍地练习，因为有一次，伊万从克恩顿大街上的办公室给我打电话，另一次是在黄昏，或者是在晚上，从家里给我打电话。

喂。喂？
是我，不然还有谁
是的，当然，抱歉
我怎么样？你呢？
我不知道。今晚？
我听不太懂你的话
听不太懂？什么？你知道的
我听不太清楚你的话，你知道的
什么？是什么？
不，没有什么，你可以之后再打给我
当然，我最好晚点再打给你
我，但我应该是和朋友一起去
是的，如果你不能，那么
我没有这么说，如果你没有
无论如何我们晚些时候再打电话
是，但是快六点了，因为
这对我来说太晚了
是，对我来说其实也是，但是
今天可能没有意义了
有人要来家里吗？
不，只有一个小问题，现在耶利内克在

这样啊，那么你现在不是一个人

但晚些时候，请打电话，请一定打电话！

伊万和我也有朋友，也认识其他人，我和他都不太清楚对方的朋友是做什么的、叫什么名字。我们不得不时常和我们的朋友或者相识去吃饭，至少是去咖啡厅里坐一坐，我们不得不和一些外国人打交道，却不知道他们是做什么的，很多时候我们也不得不等别人打电话过来。应该只有一次，也只会有一次，伊万和我在城市里撞见了，他和别人在一起，我也和别人在一起，他大概知道了，如果我穿上不同的衣服，我看起来也会很不一样（他对此表示怀疑），而且我很健谈（这一点他更怀疑）。因为在他面前我总是很沉默，只会说最简单的词：是的，都行，这样，以及，但是，然后，唉！就是这样，我以此向他传达上百倍的意蕴，比那些通俗小说、逸闻、我朋友和熟人的唇枪舌剑、手势、脾气和用以掩饰的举止有意义千百倍，因为在伊万面前我没有什么可掩饰的，我也不做任何掩饰自己的事，我充满感激地为他端上饮食，偷偷为他擦鞋，用洗衣液清洗他的外套，就是这样：我们不得不这样！不只是愁眉不展地看着菜单，盯着别人，引发争论，吻别人的手，说希望再次见面，和朋友们一起欢乐地开车回家，再去酒吧里喝上一杯，亲吻左右的人，并说：再会！因为如果伊万去萨赫咖啡厅用午餐，那么他肯定是因为机构的开支有限才不得不去那里，我就一定会和别人约在傍晚见面，在萨赫咖啡厅的蓝色酒吧里。我们不会见到彼此，不管是我主动挑衅还是退避三舍，因为今天我在诗塔克鲁格餐厅用晚餐，而伊万在格林泽餐厅陪外国人，明天我还得带一群人参观圣城和努尔斯多夫旅馆，我怀疑他会和一个男人在“三个轻骑兵”餐厅用餐。有许多人从别处来找他，也有许多人来找我，他们至今还在妨碍我们见到彼此，所以我们只能打电话。我们在电话里说出最简单的几句问候，匆匆一瞥，就走向不同的人，那是一些完全不同的话语，它们谈论的是“比如”。

伊万说，他总是听我说到“比如”。为了让我说出“比如”什么，他自己也会用“比如”造句，比如，在晚饭前的一个小时。

比如说，施劳贝格小姐？比如说，当我第一次走进你家的时候，比如说，第二天，我们看上去就充满了不信任。

比如说，我还从来没有在街上和哪个陌生女人说过话，比如说，我也从来没有想过一个陌生女人会突然和一个陌生男人说，你说什么？

别夸大事实！

比如说我还是不懂，你到底在做什么。比如说，一个人怎么可以一整天都一动不动地待在家里。比如说，让我想一想。不，别告诉我这是怎么回事。

拜托，这对我来说轻而易举！

我，比如说，并不是很好奇，也不要给我讲是怎么回事，我只是在问我自己，但因为我还是不知道“比如”什么，我也就不期待回答了。

伊万，别这样！

为什么呢？

如果我，比如说，今天晚上回家，很累了，但还是期待着一个电话，比如说，伊万，你会怎么想？

你最好早点去睡，立刻去睡，施劳贝格小姐。

说完这句话，伊万就走了。

伊万和别人不同，他根本受不了我一心一意地等一个电话、把时间浪费在他身上、依照他的空闲时间来安排自己的事情，所以这一切我都是在暗地里做的，我服从着、记挂着他的那些定律，因为我许多最初的定律都来源于他。但今天已经太晚了，我在十五年前就应该在去邮局的路上遇到伊万了。如果要学习，一切都还不晚，但那样的话我学以致用的时间就太短了。但是今天，在我依照他的命令入睡之前，我想，我永远也不能理解这一课程的全部了。

当电话响起，叮叮，当当，我就拿起话筒，我想马上说"喂"，因为那可能是伊万，但之后我就又把听筒轻轻地放下，我今天不能再继续等电话了。电话又响了一次，但立刻停止了，一声小心翼翼的响动，也许是伊万，那只能是伊万，我不想睡了，现在还不想。如果那真是伊万，他应该对我感到满意，觉得我已经睡了。

但是今天我抽着烟等待着，我在电话机前面抽烟抽到了下午。我拿起电话，伊万发问，而我回答。

我现在得去拿个烟灰缸

等一下，我也是

你也点了一支烟吗？

是啊。是。不，我没有点着

你没有火柴？

我只有最后一根了，不，我正在用蜡烛点烟

这你也听见了？从电话线里出来吧

电话也有它的诡计

什么？总是有人在里面说话。嗡嗡叫

我说过了：诡计，不是什么重要的事情，我发的是清晰的爆破音

你说话的声音像蚊子嗡嗡叫，我听不清

抱歉，这是一个不幸的词

为什么不幸，你到底是什么意思？

没有，就是有时候会重复一个词罢了

但是就算有四个人在同时说话，我也可以听出他的声音，只要我能够听到他在说话，或者我知道他能够听到我在说话，我就还活着。只要电话再次响起，丁零作响、尖叫怒吼，发出有时太大、有时又太小的声音，如果我们必须接听电话，我也甚至摔上冰箱门，任留声机播放，浴室龙头哗啦啦地流淌。但是当有人来电话的时候，谁知道电话在做什么呢，它的突然爆发又可以称之为什么呢？只要他的声音抵达了我的耳畔，他要对我说什么也就无所谓了，我们是相互理解、几乎不理解还是完全不理解也就无所谓了，因为维也纳的电话线路经常会中断几分钟。我满怀着希望，复生，死灭，一次次以“喂？”开始。只是伊万不知道，他要么打电话来，要么不打电话，总之，他

还是打了电话。

多好啊，你打来了
好，为什么好?
就是好。你真好

但是我跪在电话机前面的地板上，我希望马利纳看到我这样不会感到惊讶，他永远也不应该看见我是怎样地跪在电话机前面，像一个跪在地毯上的教徒，额头抵着镶木的地板。

你就不能说得更清楚一点吗?
我得去拿听筒，现在可以了吗?
你呢，现在有什么打算?
我? 唉，我没有什么特别的计划

我的麦加和我的耶路撒冷！我就这样从所有的电话号码里被选中，我被我的713144选中，因为伊万已经可以在任何一个拨号盘上娴熟地找到我了，他一定会把我的号码当作我的头发、我的嘴唇、我的手。

我今天晚上?
不了吧，如果你不能
但你还是在
是的，但我不想去那里
我以为你要去的，抱歉

我跟你说过了，完全没有

你最好还是去，因为我忘了

那，你忘了。你就是这样

那，明天见，晚安！

伊万没有时间，听筒摸起来是冰冷的，不是塑料做的，而是金属做的，滑到了我的太阳穴上，因为我听到他挂了电话，我希望挂电话的声响能像一声枪击，短促、迅捷、一击毙命，我不希望伊万像今天这样，我不希望一直这样，我想要一击毙命。我挂断电话，在地板上跪了一会儿，然后拖着步子走向摇椅，从桌子上拿了一本书，《宇宙旅行——去往何方?》，我狂热地读着。真是荒谬，他确实打了电话，他本来是不想打的，我必须习惯在我不再说话的时候他也不再说什么了。这一章结束了，月亮升起来了，我把客厅桌上散落的信件收起来，以免它们惹恼马利纳，在书房里我还会再翻阅一遍，它们堆在昨天层层叠叠的文件上面，十万火急，紧急信件、请柬、回绝信、单据、未付的账单、已付的账单、房契，但是我找不到一张没有标识过的文件，那也许才是我最需要的文件，现在电话响了，声音可想而知地太响了，从远处传来了说话声，我轻轻地叫了一声，怀着狂热的友善，我既不知道要说什么，也不知道要和谁说话：小姐，小姐，请接中央线路，我们的线路断了，小姐！现在线路接到了慕尼黑还是法兰克福？每次线路一断，我就把听筒放下，电话线又缠在了一起，说着话，忘记了我，而我也缠在了里面，都是因为我和伊万的通话。我现在不能因为慕尼黑或其他什么地方一而再地解开电话线。它应该纠缠在一起。

我的目光一直停留在那台漆黑的电话机上，在读书的时候，在睡觉之前，因为我把它放到了床头。如果它坏了，我当然可以把它换成蓝色、红色或者是白色的，但在我的家中它不可以有任何改变，这样除了伊万，就没有任何新来者了，就不会有任何东西能够分散我的注意力了，在我等待的时候，除了电话铃，没有什么可以引起我的注意力。维也纳沉默着。

我在想伊万
我在想爱情
在想注射些许的真实
在想它的疗效，只有几个小时
在想下一次更强有力的注射
我在寂静中想着
我想，已经很晚了
晚得无可救药。已经太晚了
但我活了下来，我在想
我在想，那不会是伊万
日复一日发生的事情将会改变
我存活于伊万体内
我不可能比伊万活得更久

总之，毫无疑问的是，我和伊万有时会花上一个小时，有时甚至是一个晚上，把时间留给彼此，而这一段时间便是不同凡响的。我们的确过着两种不同的生活，但这并不是全部，因为对地点单位的感知从未离开过我们，虽然伊万从未想过它，却也无法从中逃脱。今天他来我这里，下一次我会去他那里，如果他不想和我造句，他就支起他的或者是我的棋盘，在他的或者是我的家里，强迫我加入游戏。伊万生气了，他在两步棋之间发出的一定是一个令人厌恶或者使人愉快的匈牙利语词汇，我到现在也只听得懂“唉”[①]和“哎呀”，有时候我也会喊“万岁”！这个感叹词当然不太合适，但这是我许多年来唯一知道的感叹词了。

天啊，你是怎么下棋的，再想一想你是不是真的要走这一步。你没有注意到我是怎么玩的吗？当伊万说“神树！”或者“上帝之杖！”的时候，我猜这些表达一定都是伊万自创的咒骂词汇，他以这些冒昧的咒骂使我神魂颠倒。伊万说，你下棋毫无计划，你的棋子不听你的，你的王后又动不了了。

我不禁笑了，然后我再次开始沉思我没法挪动棋子的问题，伊万向我挤了挤眼睛。你懂了吗？不，你什么也不懂。你现在都在想什么啊，白菜、西蓝花、生菜叶，新鲜的蔬菜。啊，现在这位头脑空空、没有头脑的小姐又要分散我的注意力了，但是我已经知道了，衣服在肩上窸响，但是我不往那边看，我在想你的棋子。你在展示你膝盖以下的腿，已经半个小时了，但你这样做是于事无补的。你把这也叫作下棋，我的小姐，我这里的游戏规则可不是这样的，唉，现在我们都做出了鬼脸，这也是我所期待的，我们输掉了我们的棋子，亲爱的小姐，我还要给你一个建议，从这里离开，坐E5路轻轨，然后转D3路，我的绅士举止只能维持到这里了。

---

① 原文为匈牙利语，下文同。

我把我的棋子掷向他，继续笑着，他玩得其实比我好，我只希望我在最后有时候能和他打成平局。

伊万突然问道：马利纳是谁？

我没有办法回答他，我们皱着眉头，默默地下棋，我又走错了一步，伊万没有在意，他把我的棋子放了回去，之后我就再也没有下错过，我们下成了平局。

打成平局以后，我就给伊万端上他应得的威士忌，他满意地看着棋盘，因为在他的帮助之下我没有输，他想了解一些关于我的事情，但是他不着急。他没有说，他一直没有说他想了解什么事情，他只是让我明白，他不想匆匆得出一个结论，他太喜欢猜测了，他甚至猜测我有某种他不知道的天分，某种与"好运"有关的天分。

你仿佛一直伴随着好运。

不是我，为什么是我！

伊万眯起了眼睛，我只能通过一条窄缝看到他的眼睛，那么黑、那么温暖、那么大，他依然可以清清楚楚地看到我。他说，如果是这样，我也会有某种可以找人来毁掉它的天分。

毁掉什么？我的好运？什么好运？伊万咄咄逼人地挥了一下手，因为我说了一些蠢话，因为我不想让某些东西被治愈，尽管它现在还有药可医。但是我不能跟伊万谈起这个，我也不能谈起为什么每次细微的移动都能够令我崩溃，我也不能告诉伊万我根本就不怕他，尽管他从背后擒住了我的手臂，让我一动也不能动。尽管我的呼吸加快了，他对我的询问也加快了：到底是谁对你做了什么，是谁给了你这种愚蠢的念头，你的脑袋里除了这种愚蠢的畏惧还有什么东西，我不应该令你恐惧，任何事物都不应该令你恐惧，你在你的头脑里用生菜、青豆和豌豆造出了一个什么东西，愚蠢的豌豆公主，我想知道，不，我不想知道这些都是因为谁，你的崩溃，你的缩头、摇头和转头的动作。

我们常常以“头”造句，成堆成堆地造句，就像我们常常以电话和象棋造句，以整个生活造句。也有许多句子我们从未造过，比如我们从未用“情感”造过句，因为伊万不说这样的句子，因为我不敢第一个造出这样的句子，但我会思索这些缺位已久的句子，尽管我们已经造出了许多很好的句子。因为当我们停止说话，开始打我们都理解的手势的时候，一种仪式就取代了我的情感，那不是空虚的程式，也不是无关紧要的重复，而是一种庄严的公式完满的新典范，伴随着唯一的虔诚，我可以真正做到那种虔诚。

伊万呢，伊万对此又知道些什么呢？尽管如此，他今天说：那么这就是你的宗教，那么就是这样。他的声调改变了，不那么欢快了，略带着迷惑。最终他会发现是什么一直在伴随着我，因为我们还有整个余生。也许不是在我们眼前，也许只有今天，但我们拥有整个生命，这是毋庸置疑的。

在伊万离开之前，我们两个坐在床上抽烟，他又得去巴黎待三天了，我没有太在意，我轻描淡写地说道：这样啊。因为在我和他有限的话语和我真正想对他说的话语之间有一段真空，我想把一切都告诉他，而不是坐在这里，在烟灰缸里尴尬地掐灭烟头，并把烟灰缸递给他，好像不让他把烟灰掉到我家的地板上是一件至关重要的事情。向伊万讲起我自己的事是不可能的。但是继续吧，不要把我自己也牵涉到棋局里？我为什么要说起“棋局”？为什么“膨胀[1]”，这不是我的词汇，是伊万的词汇——也是不可能的。我所到之处都是马利纳，直到今天，我们才去查阅地图、城市规划图和词典，寻找话语，我们找遍了所有的地点和语言，让极光升起，为了活下去，我也需要极光，这样生活就不那么痛苦了。

我悲痛欲绝，为什么伊万不来安慰我，为什么他真的掐灭了烟，没有扔进烟灰缸，而是扔到了墙上，烟灰撒落了一地，为什么他一定要和我谈起巴黎，而不能留在这里，或者带我去巴黎，我不是想去巴黎，我只是不想失去我的匈牙利大街之国，我想一直牢牢地把握着它，我唯一的、我至高无上的国度。我说得很少，隐瞒得很多，但我还是说得太多了。太多太多了。我壮丽的国度，没有皇帝和国王，没有斯蒂芬的王冠，也没有神圣罗马帝国的冠冕，我的国度属于它的新联盟，没有证明文件，也不需要申辩，但我只是疲惫地向前挪了一个棋子，这样我就得在伊万再走一步以后反悔，我冷漠地对他说道，我承认我要错过这次聚会了，但是我想和他去一次威尼斯，或者在这个夏天去一次沃尔夫冈湖，如果他真的没有时间，就在多瑙河畔的多尔斯泰恩待上一天，我知道那里的一家老旅店，我会在下棋的时候带一瓶酒，因为伊万喜欢喝多尔斯泰恩的红酒，但

① 原文为匈牙利语。

我们永远也不会去那里，因为他太忙了，因为他必须去巴黎，因为他明早必须七点起床。

你还想看场电影吗？我问，因为如果伊万有兴趣看电影，他就不用现在回家了，我翻开电影宣传册。《飞天贼》《来自得克萨斯州的吉姆》《里约激情夜》。但今天伊万不想再进城了，他让棋子就摆在那里，一口喝干了杯子里的酒，格外匆忙地走向门边，和往常一样，没有道别，也许是因为我们还有整个余生。

我坐在堆积的纸页前面，解开晨衣上的一个按纽，又把它扣上了。耶利内克小姐垂着头坐在打字机前面等待，她装了两张纸进去，在中间夹了一张碳纸。而我默默地咬断线头，充满期待地看着她，电话一响，她就拿起听筒，我说：您想说什么就说什么吧，我不在家，说您还得再看看（但耶利内克小姐应该查看的肯定不是衣柜和储藏室，我也很少在那里停留）——您就说，我病了，出远门了，死了。耶利内克小姐看上去紧张而有礼貌，她用手遮住听筒说道：但这是一个长途电话，来自汉堡。

您想怎么说就怎么说吧。

耶利内克小姐决定说我不在家，不，她很遗憾，她不知道。她满意地挂断了电话。这也是一种消遣。

我们往雷克林豪森、伦敦和布拉格写信，我们写什么？我们今天要回信，耶利内克小姐提醒我，我立刻开始口述：

尊敬的先生们，

感谢你们在某月某日寄来的信。

我突然想起我有一件大衣的里衬松了，我在春天把它当作春装，在秋天把它当作秋装。我跑向衣橱，因为我得把里衬缝回去，我找到一卷深蓝色的线，愉快地问道：我们到哪里了，我说了些什么？这样啊。唉，您想怎么写就怎么写吧，说我有事，我出远门了或者我病了。耶利内克小姐微微一笑，她肯定写的是“有事”，因为这是一个得体的回绝方式，听起来也比较中性。耶利内克小姐认为，想去洗手间不需要找借口，不需要请求别人的许可。她回来了，喷了香水，看起来漂亮、高大而苗条，她和门诊部的一位助理医师订了婚。她纤秀的手指尤其适合敲打字机，在这里或者是那里，敲下一个友善的或者一个真挚的“此致”。

耶利内克小姐等啊等。里衬缝好了，我们都拿起茶杯喝了一口。

您别忘了——那个乌拉尼娅，这也属于紧急信件。

耶利内克小姐知道她现在可以笑出声来，因为我们在维也纳，它不像伦敦、圣芭芭拉和莫斯科一样令人生畏。她独自写信，而我觉得每一个词都是可疑的，就像那些寄往成人业余大学和各种协会的信件。

然后就是英国那边的问题了，我咀嚼着那根蓝线余下来的部分。你知道吗，我们今天就这样了，那份证明文件下周再写。我什么也想不起来。耶利内克小姐告诉我，她常常听到我说这种话，事情也从来没有变得更好过，她要开始自己尝试一下。

亲爱的弗雷曼小姐：

感谢你八月十四日寄来的信[1]。

但是现在我得把整个复杂的过程都告诉耶利内克，我恳请般地说道：你最好就写两行，把四封信都寄给里希特博士，我说话的时候很紧张，因为伊万在下一刻就有可能打电话过来：但是，不，我已经和您说过十次了，他叫伍尔夫，而不是沃尔夫，不是童话里的狼[2]，您可以再检查一遍，不，45号，我很确定，您再看一看，然后把这些不怎么重要的东西放进文件夹，等他写回信，这个弗雷曼小姐除了可怖的意外什么也带不来。

耶利内克小姐也这么想，她把办公桌收拾干净，而我把电话往前推了一下。下一刻电话真的响了，我让它响了三声，是伊万。

耶利内克走了吗？

请说耶利内克小姐，你怎么这么无礼？

好的，小姐

一刻钟以后？

好，可以

不，我们马上就结束了

只要威士忌，还有茶，不，别的都不要了

---

① 原文为英语。

② 狼（Wolf）与此处提到的人名伍尔夫（Wulf）谐音。

当耶利内克小姐梳理好头发、穿上外衣、打开包又把包合上、找出购物袋的时候，她提醒我有三封重要的信我需要自己写，而且我们也没有邮票了，她还想买透明胶带，我也提醒她下次一定要把便条上的人名誊写到备忘录上，她也知道，总有一些人你必须记在通信录或者是备忘录上，因为你不可能记住这么多的人名。

耶利内克小姐和我祝彼此周日愉快，我希望她不会再重新系一遍丝巾了，因为伊万真的随时都会来，我如释重负地听着房门关上，耶利内克小姐新鞋的后跟在楼梯上发出轻柔、坚定的声响，走了下去。

伊万一来，我就匆匆收拾好东西，信件的复印件散落在四下。有一次伊万问我这是要做什么，我说：哦，没什么。我看起来很尴尬，他肯定是在笑话我。伊万对信件不感兴趣，却拿起了一张丝毫不引人注目的纸页，上面写着“三个杀手”，又把它放了回去。伊万不常常对此发表评论，但是今天，他说道，这张便条是什么意思，因为我把几页纸留在了沙发上。他又拿起了一张纸，愉快地读道：死亡方式。又读了另一张便条：埃及的黑暗。这是你的笔迹吗，这是你写的吗？因为我没有回答，伊万就说：我不喜欢，我也想过类似的东西，而所有这些书，这些立在你坟墓里的没有人想看的书，为什么只有这些书，却没有其他应该有的东西，比如《喜悦欢腾》[1]，让人娱乐一下，你自己也经常会娱乐，却写这样的东西。把这种苦痛带到市场

① 原文为意大利语，是莫扎特早期创作的一首经文歌。

上，它还会在世界上繁衍，真令人反感，所有这些书都令人反感。这种黑暗多么令人压抑，一切都那么忧伤，而它们在这些大部头里还要更忧伤。请看看这个：《死屋手记》，我真不应该看这个。

是啊，但是，我惧怕地说道。

没有什么但是，伊万说，人们总是为了全人类和他们的烦恼而受苦，挂虑着战争，然后又设想新的战争，但在你和我一起喝咖啡的时候，或者在我们边喝酒边下棋的时候，战争又在哪里呢，垂死的饥民又在哪里呢？你真的为这一切感到难过，还是说你只是为你输了棋感到难过，或者是因为我刚好感到饥饿而难过？你笑什么，难道全人类是件可笑的事情？但我没有笑，我说，可是我抑制不住地笑了，我放任不幸在别处发生，因为在伊万和我坐在一起用餐的地方没有不幸。我所挂虑的只是还没有端上桌的盐瓶，是我忘在厨房里的黄油。我不会大声说出来，我决定为伊万写一本美妙的书，因为伊万不希望我再写什么三个杀手的故事了，也不希望苦难继续繁衍了，在所有的书中，我都属于他。

我的脑中响起了话语的呼啸声，然后是一道闪光，几个音节起火燃烧，从冗长的句子里飞出了斑斓的逗号和曾经一片漆黑的句号，吹成了气球，飘了起来，顶到了我的头盖骨，因为在这本我将要书写的美好的书中，一切都会尽如《喜悦欢腾》。如果这本书可以存在，如果这本书有一天可以写成，只要读一页，你就会开心地扑到地上，会高高跃起，你会一边读一边咬自己的手，以防自己开心地尖叫出来，如果你坐在窗台上继续读下去，你就会冲下面街上的行人抛撒彩纸，让他们惊讶地驻足，好像他们参加了一次狂欢节，你会抛撒苹果、坚果、蜜枣和无花果，就像在尼古拉斯日[1]一样，探出窗外，一点也不觉得晕眩，喊道：听着，听着！看啊，看啊！我读到了一些奇妙的东西，我想读给你们听，都靠近点，它太奇妙了！

于是人们开始停下脚步，集中注意力，下面聚集了越来越多的人。布莱特纳先生会向你打招呼，也想要找点消遣，他不需要再拄拐了，他已经不再是这里唯一的残疾人了，他会用沙哑的声音说“你好”和“早上好”，而那个肥胖的功勋女歌手，那个只在晚上乘出租车出门的女人会变得苗条，一眨眼就减了五十公斤，她会出现在楼梯间，夸张地尖叫，一直跑到阁楼上也没有喘不上气，然后在那里，以年轻了二十岁的声音开始她的花腔表演：亲爱的朋友们，温柔的同伴们！[2]没有人会傲慢地评论说，施瓦茨科普夫[3]和卡拉丝[4]唱得更好，在楼梯间上也不会再听到“胖鹌鹑”这样的评价，从三楼走出来的人们都如获新生，一个阴谋瓦解了。如果世界上真有如此美妙的书，它所激起的快乐就是这样，我会拿起它，在第一页上找寻伊万，我

---

① 每年的12月6日是欧洲的“尼古拉斯日”。传说每年的这一天，尼古拉斯会给孩子们带来糖果和小礼物，而他的随从克拉普斯则会惩罚这一年中做了坏事的孩子。

② 原文为意大利语。

③ 伊丽莎白·施瓦茨科普夫（1915—2006），德国歌剧女演员，被视为20世纪后半叶女高音的领军人物之一。

④ 玛丽亚·卡拉丝（1923—1977），美国籍希腊女高音歌唱家，是意大利“美声歌剧”复兴的代表人物，被认为是历史上最有影响力的女高音之一。

会摆出一副讳莫如深的样子，因为我想要给他一个惊喜。但是今天伊万没有看懂我的故作神秘，他说：你脸红了，你怎么了？你为什么傻笑？我只是问你我能不能在威士忌里加点冰。

当我和伊万沉默下来，当我们没有什么可以说的，也就是当我们没有在交谈的时候，却没有任何沉默降临到我们身边。相反，我注意到有许多东西包围着我们，我们身边的一切都活着，显而易见，却并不咄咄逼人，整个城市都在呼吸、流转，不会波及我和伊万，不会使我们分离，或者是一连几个月见不到面，不会使我们失去联系，也不会使我们陷入痛苦。我们也是世界可以接受的一部分，两个人，或闲散或匆忙地走过马路，脚踩着斑马线。当我们无言以对的时候，当我们没有立刻理解对方话语的时候，伊万就会及时地拽住我的袖子，紧紧地拽住我的袖子，以免我撞上一辆汽车或者是一辆轻轨。我常常匆匆忙忙地跟在他身后一点，因为他比我高很多，一步可以迈出我的两步那么远，为了保持与世界的联系，我也尽量不落得太远，跟上他的脚步，我们就这样走向贝拉里亚，走向圣母救济大街或是苏格兰环路，我们必须去那些地方做些事情。如果我们意识到，我们要跟丢彼此了，我们不像其他人一样，互相挑衅，互相殴打，固执地互相回绝，我们会及时发现。我们只是想，要在六点之前赶到旅游局，因为停车计时牌上的时间快到了，现在我们要跑回车位，开车回到匈牙利大街，然后两个人所能遭遇的所有危险就都化解了。我甚至在9号房前就可以和伊万告别，他不需要来到6号房，他太累了，我向他保证一个小时之内给他打电话，就算他会在电话里斥责我、讥讽我、咒骂我，因为他不能太晚回家用晚餐。拉尤斯给伊万打过电话，有一次他也给我打过电话，我用女秘书的声音回答他，友善，冷漠。很抱歉，我不清楚，您可以试一下他的号码。之后，我遇到问题了。伊万会在哪里，如果他不在家，也不在我这里，还有个什么拉尤斯在找他，他去哪里了？我不知道，很抱歉，我不知道。我当然就看着他走来走去，今天我恰好和他一起在城市里漫步，恰好坐他的车一起回到了第三区。这么说，伊万以前认识一个叫拉尤斯的人，他和伊万很熟，甚至还有我的电话号码。迄今为止，在伊万的生活中我只知道贝拉和安德拉什这两个名字，还有他的母亲，他就称她为自己的母亲，当他谈起这三个人的时候，他就讲得匆匆忙忙，不会提到所在的街道，因为他不得不采取一个相当概括的视角，他常常讲到他们，但我却从来没有听他谈起过一位妻子，这些孩子的母亲，他母亲的儿媳，但我会想象贝拉和安德拉什的母亲的样子，她还留在布达佩斯，住在第二区，宾博大街65号，或者是在格德勒，在一栋古老的消夏别墅里。有时我想象她已经死了，中了枪，被炸弹炸碎了，或者只是因为某种疾病在布达佩斯的一家医院里去世了，或者她留在了那里，和一个不叫伊万的男人一起愉快地工作。

在我还没有听伊万说过“我的孩子！”或者“亲亲我，我的孩子！”的时候，伊万就对我说：你会理解这一切的，我什么人也不爱，当然除了我的孩子，但此外我什么人也不爱。我点了点头，尽管我并不知道这一点，但伊万自然地觉得我会觉得这很自然。欢腾。我仿佛悬挂在深渊之上，却想到了文章应该怎样开篇：喜悦。

今天我们要开车去鹅垄[1]，因为天气终于暖和起来了。伊万下午有空，有一个小时的空闲，有一次他晚上也有空。至于我的时间安排，我有没有空，是不是空闲的是不重要的。在伊万短暂的空闲时间里我们躺在草地上，躺在鹅垄的游泳池边，躺在微弱的阳光下，我把我的小棋盘也带来了，于是在充满了皱眉、换子、王车易位、僵持不动、许多关于“象棋”的警告之后，我们又打了个平局。伊万想请我去意式冰淇淋店里吃点冰淇淋，但时间不够了，空闲的下午已经结束了，我们得赶回城里了。我下次会吃到冰淇淋的。当我们疾速驶回城里，穿过帝国大桥和帕拉特之星广场[2]，伊万就把车上的收音机音量调大，却没有盖过他对其他司机品头论足的声音，当音乐、飞驰的车速、急刹车、再次起步的感受在我心里唤起了一种冒险感的时候，熟悉的街区和街道在我眼中就变得面目一新了。我双手紧攥着手柄，这种感觉让我想要在车里唱歌，如果我能够发出声音，有时我也想对他说，开快点，再开快点，我会勇敢地松开手柄，把双手枕到脑后，我目光炯炯地看着弗朗茨·约瑟夫码头、多瑙运河和苏格兰环路，因为伊万太高兴了，正绕着内城兜了一大圈。我们拐进了环路，我希望我们能在上面多开一会儿，我们遇到了拥堵，挤了过去，右侧出现了我以前读过的大学，但它和那时不一样了，不再那么死气沉沉了，收音机里的一阵音乐声把城堡剧院、市政厅和议会冲到了眼前，音乐永远

① 维也纳多瑙河沿岸的一个度假区，有游泳池、网球、排球等休闲设施。

② 位于维也纳的一个广场，有众多街道和地铁线路交汇。

也不应该停下，它持续的时间应该比那场还未上映的电影更长，我已经在这部电影里看出了层出不穷的奇迹，因为它的片名是《和伊万一起开车穿行维也纳》《与伊万幸福、幸福地同在》《维也纳的幸福，幸福的维也纳》，而这些使我晕眩的迷人图像永远不应该停下来，当伊万匆匆踩下刹车，温热的雾气和汽油味飘进敞开的窗户，幸福，幸福，这就是幸福，这只能是幸福，因为整段环路上都有这段音乐伴奏，我抑制不住地笑了，因为我们开得飞快，因为我今天毫无恐惧，我也不想在下一个红绿灯跳车而逃，因为我还想再这样开几个小时，我轻轻地跟着哼唱，只有我自己听得见，伊万听不见，因为音乐开得太响了。

在我的金发女郎身边[①]
我
你怎么了？
我
什么？
我很幸福
是多么好
你说什么？
我什么也没说
多么好，多么好
我晚一点告诉你

① 原文为法语，下文同。

你晚一点做什么？
我再也不告诉你了
是多么好
你已经说过了
音乐声太响了，我没法说得更大声了
你想说什么？
一起睡觉是多么好
说吧，你今天一定得说
是多么好，多么好
我复活了
因为我活过了冬天
因为我是那么幸福
因为我见过了城市公园
多么好，多么好
因为伊万复活了
因为伊万和我
一起入睡是多么好！

伊万在夜里问我：为什么只有一堵哭墙，却没有人建造一堵欢乐之墙？

幸福。我很幸福。

如果伊万愿意，我就建造一堵环绕整个维也纳的欢乐之墙，在那些古老的城堡和环路所在的地方，我也要为我自己建造一堵幸福之墙，环绕着维也纳丑陋的郊外。我们每天都可以去这两道新建的墙垣那里，因为快乐和幸福发出颤抖，因为这就是幸福，我们是那么幸福。

伊万问我：我要把灯关掉吗？

不，留一盏灯，请留下一盏灯！

总有一日，我会把所有灯都关上，你终于准备睡了，幸福入睡吧。

我很幸福。

什么情况下你会觉得不幸福？

当你不能再做任何美好的事情了。

而我对自己说，幸好我还可以。

伊万轻轻走出房门，陆续关掉了每一盏灯，我听着他离开，静静地躺着，感到幸福。

我跳了起来，啪的一下打开了床头灯，站在房间里，蓬着头，双唇开裂，我跑出房间，一盏一盏地打开我路过的灯，因为马利纳也许已经回家了，我得马上和马利纳说话。为什么没有欢乐之墙和幸福之墙！我夜复一夜去往的墙垣又叫什么！马利纳惊讶地走出了他的房间，他看着我摇了摇头。和我在一起还值得吗？我问马利纳，马利纳没有回答，他领我去浴室，拿起一块毛巾，把它浸在热水里，给我洗了洗脸，他友善地说：你怎么搞成了这个样子？这次又怎么了？马利纳弄花了我的睫毛膏，我推开他，找了一块油腻的毛巾，站到镜子前面，红晕消失了，黑色的痕迹，某一种面霜的红褐色痕迹。马利纳若有所思地打量着我，然后说：你问得太多了，也问得太早了。现在还不值得，但也许有一天会值得的。

在内城里，在彼得教堂附近，我在一家古董店里见到了一张老式的书桌，下面没有标价，但我还是想买下它，我想坐在桌前，在一张已经不复存在的古老、坚韧的羊皮纸上书写，用一根已经不复存在的真正的羽毛笔，还有一种再也找不到的墨水。我想站着写下一些古老的书，因为距离我爱上伊万已经有二十年了，虽然这个月的31号是我认识他的第一年零三个月三十一天，但是我仍然想要写下一个可怕的拉丁年份，公元MDXXLI年[①]，任何人看到它都会变得迟钝。我会用和头巾百合一样鲜红的墨水写下这些大写字母，并且把我自己藏在一位从未存在过的女人的传说背后。

卡格兰公主的秘密[②]

从前有一位公主，她来自夏格勒或是夏格兰家族，后代把这个家族称为卡格兰[③]家族。在圣乔治杀死了沼泽地里的恶龙以后，克拉根福诞生并兴起了，在古老的马诗菲尔德村里，在多瑙河畔洪水泛滥的地区，也有一座纪念他的教堂。

公主非常年轻漂亮，她有一匹黑马，常常骑着它四处飞驰。她的随从都会劝说她，乞求她待在家里，因为在她居住的这个多瑙河畔的国度里处处都有危险，

① 原文为拉丁语，指公元1521年。

② 1970年，诗人保罗·策兰自沉于塞纳河，巴赫曼在悲痛中修改了已完稿的《马利纳》，增加了本篇《卡格兰公主的秘密》，并在其中大量征引策兰的诗歌。

③ 卡格兰是维也纳一个地铁站的名称，位于维也纳第二十二区。

在雷蒂亚[①]、马尔科曼尼亚[②]、诺里库姆[③]、默西亚[④]、达西亚[⑤]、伊利里亚[⑥]和帕诺尼亚[⑦]之间还没有边界。那时也还没有内莱塔尼亚和外莱塔尼亚[⑧]，因为民族迁徙频繁。有一天，匈奴骑兵策马穿过草原，从辽阔富足的匈牙利闯入尚无人烟的荒野。他们带来的亚洲马匹跑得和公主的黑马一样快，局势变得可怕起来。

公主失去了统治权，她被俘虏了，因为她没有反抗，但是她不想嫁给老迈的匈奴国王或者是老迈的阿旺尔[⑨]国王。人们把她当作战利品，让红骑士与蓝骑士看守着她。因为这位公主是一位真正的公主，所以她宁死也不愿委身于什么老国王，她必须在破晓之前下定决心，因为人们想把她送到匈奴国王或是阿旺尔国王的城堡里。她想逃跑，她希望看守能在天亮之前睡

① 罗马帝国的行省，包括瑞士的东、中部，巴伐利亚南部，上施瓦本，福拉尔贝格州，蒂罗尔的大部以及一部分伦巴第。

② 罗马帝国的行省，相当于今天的叙利亚。

③ 罗马帝国的行省，包括奥地利和捷克的部分区域。

④ 罗马帝国的行省，位于巴尔干地区。

⑤ 多瑙河流域的古代部族，后来成为罗马帝国的东境。

⑥ 罗马帝国的行省，位于巴尔干半岛西北部。

⑦ 罗马帝国的行省，包括奥地利、匈牙利、克罗地亚、斯洛文尼亚、塞尔维亚、斯洛伐克和波黑的部分区域。

⑧ 分别是奥匈帝国中奥地利和匈牙利的别称。

⑨ 古代欧亚大陆的一个游牧民族，约6世纪时迁徙到欧洲中部和东部。阿旺尔人的后代主要居住在俄罗斯达吉斯坦共和国的山区，在俄罗斯的卡尔梅克共和国、车臣共和国等联邦主体，以及阿塞拜疆、格鲁吉亚、土耳其等国都有分布。

着，但她的希望越来越渺茫。她的黑马被夺走了，她不知道该如何逃出兵营，回到她那遍布着蓝色群山的国度。她躺在帐篷里辗转难眠。

在深夜，她觉得她听到了一个声音，没有在说话，也没有在唱歌，而是低语着哄她入睡，它不为别人歌唱，只为她而响起，说着一种令她着迷、却无法理解的语言，但她知道这个声音仅仅在她的耳中回响，仅仅在呼唤她。公主不需要理解这些话。她像着了魔一样站起身来，掀开帐篷，看到了亚洲那无垠的漆黑夜空。从她看到的第一颗星星上面飘下了一片星屑，那个声音对她说，她可以许一个愿，于是她全心全意地许愿。她突然看到眼前站着一个陌生人，裹着黑色的大氅[①]，他不是红骑兵或者蓝骑兵，他的面孔隐没在夜色里，尽管她看不清他的样子，她却知道他在和她说话，充满希望地为她吟唱，以她从未听过的声音，他来是为了给她自由。他牵着她的黑马，她轻轻嚅动着双唇，问道：你是谁？你叫什么名字，我的救星？我该如何感谢你？他把两根手指放到唇边，她知道他要她保持沉默，他示意她跟上，用他漆黑的大氅裹住了她，这样就没有人能看到他们了。他们看上去比黑夜更黑[②]，他带领着她，带领着那匹马蹄轻捷、没有发出一声嘶叫的黑马走出了兵营，进入了荒原。公主耳畔

① 策兰常穿黑衣。

② 引自策兰《远颂》，“黑中更黑”。

仍然回响着美妙的歌声，那声音令她痴迷，她还想再次听到它，她想乞求他带着她溯流而上，但是他没有回答，只是把缰绳递给了她。她依然身处莫大的险境，他却示意她开始骑行。这时她的心都碎了，她还是没有看到他的脸，因为他一直在遮掩着自己的脸，但她听从了他，她只能听从他。她飞身上马，默默地低下头看着他，希望他能用他的语言说些告别的话。她用目光表达出了自己的恳求。但他转过身去，在夜色中消失了。

黑马开始跑向河边，潮湿的空气给它指明了方向。公主平生第一次流下了泪水。后代的移民在这一带找到了许多淡水珍珠，他们把珍珠献给他们的第一位国王，这些珍珠至今还和许多古老的宝石一起在神圣的斯蒂芬王冠①上闪耀。她穿过空地，往上游骑了几天几夜，然后发现河流分成了无数条通往四方的支流。她陷入了一片泥沼，那里长满了畸形的低矮垂柳。流水依然平静，但垂柳在平原上恒久的风中压弯、摇撼，永远也直不起身来，只能保持着畸形的姿态。它们像草叶一样轻轻摇动，公主迷失了方向。好像一切都开始了骚动，垂柳掀起了波浪，青草掀起了波浪，平原焕发出了生机，但是平原上除了她没有一个活人。多瑙河的激流涨溢起来，逃脱了河岸那坚不可摧的桎梏，走着自己的轨迹，迷失于运河的迷宫，它们的纹理像宽阔的街道穿过冲积而成的岛屿，喧嚷的流水漫灌而

① 匈牙利的加冕王冠。

过。在激湍的浪沫之间，在漩涡与湍流之间，公主听着水声，发现流水在冲刷河滩，吞吃了大片大片的河岸，连同着岸上的垂柳。岛屿沉没了，又重新浮出了水面，它们的形状和大小每天都在改变，平原就是这样活着，不断地变迁，直到洪水季节来临，垂柳和岛屿都在高涨的激湍之下不留痕迹地消失。从天边飘过一团烟雾，但公主看不到她那蓝色高山遍布的国度。她不知道她在何处，她不认识底比斯[①]高地和喀尔巴阡山[②]的支脉，那时它们还都没有名字，她也看不到那支潜入多瑙河的军队，更不知道这里将会以河道划定两个国家的边界，因为那里那时还没有什么国家，也没有什么边界。

她骑着黑马走过了一道鹅卵石河堤，然后就无路可走了，她眼看流水越来越浑浊，她感到了恐惧，因为这是洪水的征兆。在这片诡异的风景里她看不到任何出路，四下只有柳树、风与流水，她牵着马慢慢地往前走，这孤寂的国度令她着迷，她所陷入的是一个封闭的、着了魔的国度。她开始四处张望，寻找过夜的地方，因为太阳已经西沉，而这条河、这个庞大生灵的声息愈加剧烈，它的击掌声，它在岸石上发出的咆哮的大笑，它在平静的河湾处发出的柔声低语，它

---

① 位于埃及首都开罗南面700多千米处，是古埃及中王国时期和新王国时期的首都。

② 欧洲中部山系的东段部分，绵延约1500千米，穿过捷克共和国、斯洛伐克、波兰、乌克兰和罗马尼亚。

唏嘘的叩击声，它在河底、在所有表面的聒噪之下发出的持久的咆哮声。一群灰色的乌鸦在黄昏飞来，鸬鹚也开始在岸边聚集，鹳鸟潜入了水中，各类水鸟伴着愤怒的、嘹亮的尖叫声盘旋升空。

小时候，曾有人给公主讲起过这片多瑙河畔的荒冷土地，讲到它的那些魔岛，人们在那里饿死，但也获得了面孔，在末日的飞沙中感受到了至高无上的迷醉。公主觉得这些岛屿在随着她移动，但令她恐惧的不是奔涌的流水，而是那些垂柳，给她带来了恐惧、惊叹于某种前所未有的不安。从树丛里飘出了某种极具威胁的东西，沉重地压在公主的心上。她走到了人类世界的边缘。公主向自己的马俯下了身，它精疲力竭地站住了，发出一声悲鸣，它也意识到已经没有出路了，它以垂死的目光向公主致歉，它没法载着她过河，甚至没法从河面上漂过。公主在洼地里下了马，忧惧依然笼罩着她，垂柳依然在低语、呢喃、大笑、尖叫、悲声叹息。不再有军队追踪着她，只有一群奇异的生物包围着她，落叶堆积起来的金字塔飘过柳树那浓密的树冠，她所濒临的河流通往死者的国度，她睁大眼睛，来自阴影王国的强大军队袭向了她，为了不再听到可怖风声的号叫，她蓦地把头埋到了双臂之间，同时被一声敲击的恐怖声音所惊醒，高高跳起。她不能前进，也不能后退，她只能在流水与垂柳的强力之间做出抉择，但在黑暗中，有一道光划到了她面前，她知道那不是人类的灯光，那只是魂灵的光，她怀着对死亡的恐惧走了过去，却宛若着魔，宛若着迷。

那不是一道光，那是一朵花，在野性的夜晚生长，比红色更红，不是从大地上长出来的。她向着那朵花伸出了手，这时，有另一只手拿着那朵花触碰到了她的手。风声与垂柳的笑声缄默了，月亮冉冉升起，洁白而奇异地照耀着越来越平静的流水，她在月光下认出了眼前的人就是那个裹着黑大氅的陌生人，他握住了她的手，把另一只手的两根手指放到了唇上，不让她继续问他是谁，但是他低下了头，以温暖的黑眼睛向她微笑。他比先前环绕她的黑暗更黑暗，她走向他，扑进了他的怀里，躺在了沙地上。他把那朵花放到了她的胸口，像放到了一个死者的胸口上，然后用大氅覆盖了她和自己。

太阳已经高悬在空中，公主和陌生人才从他们死亡一般的睡眠中苏醒过来。他默默地带来了真正不死的东西，带来了诸元素。公主开始和陌生人交谈，一见如故，一个人说话的时候，另一个就笑。他们互诉光明与黑暗[①]。洪水沉落了，在太阳落山之前，公主听到她的黑马站了起来，喷着响鼻，跑过了树丛。一阵恐惧侵入了她的内心深处，她说：我得走了，我得出发了，和我一起走吧，别再离开我了！

但陌生人摇了摇头。公主问道：你一定要回到你的宗族那里吗？

---

① 引自策兰《花冠》“我们互诉黑暗”。

陌生人微笑着回答：我的宗族比世界上的任何宗族都古老，他们飘散在所有的风里。

和我一起走吧！公主痛苦而急躁地喊道。但是陌生人说：耐心点，耐心点，因为你知道的，你知道的。公主在夜间得到了第二次相见的机会，因此她含着泪说：我知道，我们还会再见面的。

在哪里？陌生人微笑着问道，在什么时候？这真的是一次无尽的旅程。

公主看着地上那朵熄灭的、枯萎的花，在梦境的门槛上，闭上眼睛说道：让我看看！

她缓缓说道：在河流的上游，在下一次民族迁徙的时候，在下一个世纪，我猜是这样？在二十个世纪以后，你会像其他人一样说：恋人……[1]

什么是世纪？陌生人问道。

公主抓了一把沙子，让它们从指间流去，她说：二十个世纪大概有这么久，那时你会走向我，你会吻我。

那很快，陌生人说，继续说！

我们会在一座城市里相见，在这座城市的一条街道上，公主继续说道，我们会打牌，我会输掉我的眼睛[2]，镜中是星期天[3]。

---

① 引自策兰《你徒劳地在窗上画心》“当宫中起火，当你像别人一样说：恋人……”

② 引自策兰《法国之忆》“我们打牌，我输掉眼睛”。

③ 引自策兰《卡罗纳》“镜中是星期天”。

城市和街道是什么？陌生人惊讶地问道。公主陷入了震惊，她说道：我们会看到它们的，我只知道这些词，但我们会看到它们的，当你把刺插进我的心[①]，我们站在窗前相拥[②]，让我说出来！那会是一扇布满鲜花的窗户，每个世纪都会有一朵花飘落，二十几朵花，然后我们就能认出我们到达了正确的地点，所有的花都会像这朵花一样！

公主跃上了马背，她无法再消受天边的云朵了，因为陌生人已经默默地勾勒出了他和她的第一次死亡。他没有向她告别，而她奔向了她那蓝色群山的国度，它已经在天边隐现，在可怖的寂静中，因为他已经在她心中刺进了第一根荆刺，在她的亲信中间，她在马背上流出鲜血。但她依然在微笑，在怀着烧热呓语：我知道，我知道！

我没有买下那张书桌，因为它要花五千先令，而且之前是放在修道院里的，这也令我感到不快。我不能在这张书桌前面写作，因为我没有羊皮纸，也没有墨水，耶利内克小姐也不会喜欢这个主意，因为她已经习惯了我的打字机。我把这几页卡格兰公主的故事迅速塞进一个文件夹，以免耶利内克小姐看到我写了什么。最后，我们一定要"完成"点什么事情。我跟着她上了三楼，去了书房，把几张纸页整理了一下，然后开始对她口述：

---

① 引自策兰《安静》"安静！我把刺插进你的心"。

② 引自策兰《花冠》"我们站在窗前相拥"。

尊敬的先生们。

耶利内克小姐肯定已经写好了抬头和今天的日期，她一直在等着，可是我什么也想不起来，我说道：亲爱的耶利内克小姐，您想怎么写就怎么写吧。但耶利内克小姐不知道什么叫作想怎么写就怎么写。于是我疲倦不堪地说道：您就写，比如，出于身体原因，哎，我们是不是已经这么写了很多次了？那就感谢一下，致以最诚挚的问候。耶利内克小姐有时会不知所措，但是她没有表现出来，她不认识什么尊敬的先生，她只认识神经科医生卡拉万亚博士，她将在七月嫁给他。她今天才确定这件事，她邀请我去参加婚礼，他们要去威尼斯，她在心里想着门诊部和住房设施的事情，同时为我填写表格，整理乱得令人发指的文件存储柜，找到了几公斤的信件，写于1962年、1963年、1964年、1965年和1966年，她看到它们想要在我这里找到某种秩序的努力化为了泡影。她常常发誓要把它们“存放起来”“收进文件夹”或者“放到不同的地方”，她要按照字母排序，按照年份排序，把公务信函和私人信函区分开来。耶利内克小姐也许可以做到这一点，但是我不能告诉她，自从我认识了伊万，处理这些事情就是在浪费时间了，既然我自己也必须具有某种秩序，那么这些废纸的秩序就变得无关紧要了。我重新打起精神，口述道：

尊敬的先生们：

感谢你们一月十六日寄来的信。

尊敬的施恩特豪先生：

您想见的那个人，您以为您认识的那个人，甚至是邀请您的那个人并不存在。我想试图解释一下，尽管现在是早晨六点，我觉得这个时间很适合解释，我应该向您和其他许多人解释。尽管现在是早晨六点，我早就应该睡了，但还有许多事情妨碍着我的睡眠。您从来没有邀请我共度过儿童节或是老鼠的节日，而这些节庆当然是十分必要的社会活动。您看，我也试着从您的角度来看待问题。我知道我们有过约定，我至少应该给您打个电话说明情况，但是要描述我的情况就一言难尽了，而一般的惯例也禁止我谈论具体的事宜。我偶尔会露出一副友善的面孔来给您看，但很可惜，这副面孔和我本人没有太大关系。我相当不讲礼貌，您会觉得这是因为缺乏教养，您不会相信这种无礼是我唯一还保有的东西，如果在学校里“礼貌”也被列入了课程计划，那它就会成为一门专业，我会经常听人说起它，受到它良好的规训。尊敬的施恩特豪先生，几年以来，我经常会有长达几个星期的时间不能走到家门口，不能接电话，或是给别人打电话，我没有办法做这些事情，我不知道我该怎么办，可能我已经无药可救了。

我也完全丧失了思考一些事物的能力，我没有办法想起一次约见、一件工作、一个约定，在早晨六点，对我来说，没有任何东西比我那巨大的不幸更为清晰，那是一种永无止境的莫大的痛苦，精确而均匀，在每一刻都折磨着我的每一根神经。我很疲累，我可以告诉您我有多么累……

我举起电话，听到了人工提示音：接收电报，请稍候，请稍候，请稍候，请稍候，请稍候。同时我在一张纸上草草涂写道：

瓦尔特·施恩特豪博士，纽伦堡，维兰德大街10号。可惜不能前来，见信。

接收电报，请稍候，请稍候，请稍候。一声咔嚓声，一个活泼、年轻、睡眠充足的女声问道：请说您的号码？谢谢，我稍后打给您。

我和伊万造了一大堆关于“累”的句子，因为他经常疲惫不堪，尽管他比我年轻好几岁，而我也常常觉得很累。伊万熬夜熬得太晚了，他和几个人去了努斯多夫，直到清早五点才和他们开车回城，他们吃了红烩牛肉，而那时我肯定已经给莉莉第两百次写信了。伊万打来电话的时候我至少已经发了一封电报，中午在办公室里，他的声音令人难以辨认。

累死了，对，累死了

我也死了

不，我不认为，我刚刚累死了

我躺下了，就这么简单

我终于睡够了一次，就一次

我今天要早睡，而你

我已经要睡着了，但今晚

那就早点睡吧

像一只死苍蝇，我没有办法向你形容

当然，如果你真的有这么累

我累得要死

最好不是在今天晚上

当然，如果你现在还没有那么累

我觉得我听错了

那你就仔细听着

你确实已经要睡着了

现在当然没有，我只是累了

你一定是累得睡着了

我没有锁门

我很累，但是你肯定更累

…………

现在，当然，不然还有什么时候

…………

我现在就想要你！

我把听筒扔了回去，抛下了我的疲累，跑下楼梯，斜穿过街道。9号房的大门半敞着，房间的门半敞着，现在伊万又重复了一遍所有那些关于“累”的句子，我也在重复，直到我们都累了，都感到筋疲力尽，为了让彼此在到达疲累的极限之前就开始抱怨，我们停止说话，叫醒对方，尽管我们疲惫不堪，直到叫醒电话打来我也不停下。伊万还可以再睡一刻钟，我在半明半暗中张望、心怀希望、乞求，以为自己听到了一句话，不只是因为疲惫才听到了这句话，这句话在这个世界上庇护着我。但我的眼前聚集起了某种东西，泪腺所分泌的东西太少了，还不足以在眼角流下一滴眼泪。一句庇护某人的话就能够真正地庇护人吗？一定还有这个世界以外的庇护。

我今天才意识到，如果伊万整整一个星期都没有时间，我就会失控。这毫无缘由，也毫无意义。我往伊万的酒杯里扔了三块冰，然后立刻端起我的酒杯走向床边，好像我必须找到某种方法离开这个房间，也许是找个借口去浴室，就像在书房里找书的时候装作拐弯，尽管书与浴室没有什么关系。在我想出办法逃离这个房间之前，我还没来得及告诉自己在这个房间里，在我们面对面的时候[①]，总是在播放着使贝多芬失聪的《第九交响曲》，他还是写了许多其他的乐曲，但是我却没有失聪，我可以告诉伊万《第九交响曲》以外的一切——可是现在我不再能够离开房间了，因为伊万已经注意到了我坐立不安，因为手帕也不再能够吸收我的泪水，伊万要为这场自然灾害负责，即使他什么也没做，因为一个人根本不可能有这么多的泪水。伊万扶着我的肩，带我走到桌边，我应该坐下来喝酒，但我想流泪，并且为自己流泪而道歉。伊万很惊讶，他说：你为什么不该哭，

① 原文为法语。

哭吧，你想哭就哭，尽情哭，哭吧，大哭一场会好受一些。

我号啕大哭，伊万开始喝第二杯威士忌，他没有问我怎么了，他不会安慰别人，他从不神经过敏，也从无疯狂之举，他等着，就像在等待一场暴风雨的结束，他听着我的抽泣声渐渐弱下去，又等了五分钟，然后他在冰水里泡了一条毛巾，把它敷到我的眼睛上。

我们都是善妒的，但愿不是这样，我的小姐。

不，不是那样的。

我继续哭，但现在是喜极而泣。

当然不是。根本就没有原因。

但这当然是有原因的。有长达一星期的时间我没有办法注射任何真实。我不希望伊万问我原因，他也永远不会那样做，他会让我继续哭泣。

号啕大哭吧！他会下命令。

我活在这个半开化的、生机勃勃的世界上，我平生第一次摆脱了周围的评判与偏见，准备好进入一个毫无评判的世界，迎接一瞬间的答案，迎接号叫与欢呼、幸福与欢愉、饥饿与干渴，因为我已经有太久没有活过了。我那比死藤水[1]更丰沛的幻想终将借由伊万实现，有某种广袤的事物贯穿了他，进入我的体内，现在正在我的体内辉映。我借此照耀着世界，我必须在世界上找到一个点，那里不仅是我生活的中心，我的意志在那里也可以“好好活着”，会再一次变得有用，因为我希望伊万需要我，正如我需要他，整整一生都需要。有时候他需要我，他

① 一种有致幻作用的饮料。

按门铃，我打开门，他的手里拿着一份报纸，匆匆向房中瞥上一眼，然后说道：我马上就得走了，你今晚要用车吗？伊万拿着我的车钥匙走了，甚至伊万短暂的露面也再次催生了真实，他说的每一句话都会影响到我，影响到全世界的海洋与星辰。我在厨房里嚼着一块香肠三明治，把盘子放到了水槽里，而伊万还在对我说“我马上就得走了”。我擦净蒙尘的留声机，用一把羽毛刷轻轻扫过散落的唱片，“我现在就想要你！”伊万说，这时他加快了车速，因为他得马上去找他的孩子，贝拉把手扭伤了，“我现在就想要你！”但是因为伊万这样说过，我就不得不在吃香肠三明治、打开信封、清扫灰尘的时候温习这句危险的话，因为在已经不再日常的日常事物中间，随时都会引发一场火炽的爆炸。我直视着前方，谛听着，写下一份清单：

电工

电费

唱针

牙膏

给Z. K.和律师的信

清洁

我原本可以把留声机放到一边，但是我听到了“我现在就想要你！”我原本可以等马利纳回来，但是我更想上床躺下，我快累死了，我筋疲力尽，我累得奄奄一息，“我现在就想要你”——伊万马上就要走了，他只是来送车钥匙的，贝拉的手并没有扭伤，他的母亲夸大了事实。我在走廊中紧紧地抱住伊万，而伊万问道：你怎么了，为什么傻笑？

哦，没有什么，我就是傻高兴，高兴得犯傻了。

但伊万说：没有什么傻高兴，高兴就是高兴。你之前高兴的时候也是这样吗？也会高兴得犯傻？

我摇摇头，伊万开玩笑似的举起手来假装打我，恐惧再一次袭来了，我惊恐地说道：请不要，不要打我的头。

一个小时以后，寒战结束了，我想我应该告诉伊万这一点，但伊万是不会理解这么疯狂的事情的。因为我没有办法向他讲述任何有关谋杀的事情，我只能靠自己，永远如此，我只是想试着把这块溃疡割除、烧干、烧毁。因为伊万，我不能对他嘲笑谋杀这件事进行前思后想，和伊万在一起的时候，我必须把这个念头剔除掉，我不能总以为他会染上我的疾病，会毁掉我。但既然伊万不爱我，也不需要我，为什么他会在未来某一天爱我或者是需要我呢？他只是看着我渐渐舒展开来的面孔，感到高兴，因为他又把我逗笑了，他会再一次向我解释，在所有的灾祸面前，我们都受到了庇护，就像我们的车子上了保险，将免于地震、飓风、盗窃、车祸，免于火灾与冰雹，但我只有他的一句话来庇护我，此外无他。世界不会庇护我们。

今天下午我出门去听法国研究所的报告，我自然是来晚了，只能站在门口，那个发布通知的法国人站在遥远的地方向我致意，至于我们文化交流的目的是要促进彼此的关系还是要威慑彼此，他不知道，我们都不知道，我们都不需要知道，但是我们的国家会利用这一点，他向我挤了挤眼睛，想要站起身，向我指着他的座位，但是我不想扰乱秩序，走到法国人那里去，因为在我身边，在墙边站着一群戴宽檐帽的老夫人和许多老先生，也有几个年轻人，像在教堂里听布道一样专心听讲，我缓慢地试图理解一个又一个句子，垂下眼睛，我反复听到“普遍的卖淫现象[1]”这样的话，真好，我想，很正确，一个来自巴黎的人，长着一张禁欲的苍白面孔，以一个唱诗班少年的声音讲起索多玛的一百二十天，我已经是第十次听到普遍的卖淫现象了，室内挤满了虔诚的人，普遍的纯洁，他们开始转向我，但现在我只想知道他们是否还要继续谈论普遍的卖淫现象，并在这座圣洁的教堂里把目光投向了一个年轻男子，仿佛在一次祷告之间，他也抛回了一个渎神的眼神，在之后的一个小时里，我们信誓旦旦地在暗地里对视，在一座宗教法庭时期的教堂里。我在笑出声音之前咬紧了手帕，趁我那窒息的笑声还没有借一阵痉挛的咳嗽声喷涌出来，我就离开了大厅，我的离场会使听众感到气愤。

我必须马上给伊万打电话。

怎么样？非常有趣
啊，这样啊，是啊，你呢？
没什么特别的，很有趣
早点睡吧
你在打呵欠，对，你该去睡了
我没有，我还不知道
不，但我明天一定会的
你明天真的一定会吗？

---

① 原文为法语，下文同。

我独自坐在家中，把一张纸塞进了打字机，不假思索地打道：死亡将要到来。

耶利内克小姐留下了一封信让我签名。

尊敬的施恩特豪先生：

感谢您去年的来信，我很难过地发现它是九月十九日寄来的。可惜因为事务缠身，我之前没有办法回信，我也不能确保今年可以回复。感谢您，致以最诚挚的问候。

我又塞了一张纸进去，把第一张纸扔进了垃圾桶。

尊敬的施恩特豪先生：

我怀着至高的恐惧与奔逃的匆忙给您写下这封信。因为您对我来说是个陌生人，所以相比于给朋友写信，给您写更容易，您也是一个人。从您寄到维也纳的友好信件中我得出结论，它……

一个陌生女人

所有人都会说我和伊万不幸福。或者说我们还没有理由说自己是幸福的。但所有人都错了。“所有人”谁也不是。我忘了在电话里向伊万询问税务申报的事情了，伊万宽宏大量地说明年他会帮我做税务申报，我不关心税务问题，更何况那还是明年的税务，我只关心伊万，他说起了明年，今天伊万对我说，他在电话里忘了告诉我，他已经受够了三明治，他想知道我还能做出什么东西来，现在一个晚上对我来说就比明年更重要了。因为伊万想让我做饭这件事情一定有所意味，这样的话他就不会匆匆离开，不会喝一杯酒就走，今晚，我在我的书房里翻找，那里没有烹饪书，我得马上买一本。真是荒唐，我迄今为止读过的东西、我现在运用过的所有知识在伊万面前都毫无用武之地。我在贝雅特丽丝大街六十瓦的灯下读过《纯粹理性批判》，读过洛克、莱布尼兹和休谟，在国家图书馆那盏昏暗的小台灯下面，我沉湎于从苏格拉底时代到《存在与虚无》所有时代的概念，我在巴黎一家旅馆的二十五瓦的灯下读过卡夫卡、兰波和布莱克，在柏林一条孤寂的街道上一盏三百六十瓦的灯下读过弗洛伊德、阿德勒和荣格，伴着轻轻奏响的肖邦练习曲，我在热那亚的海畔钻研过一段关于毁灭精神遗产的热烈演说，纸页落满了盐粒，在阳光下扑朔迷离，在克拉根福，我在低烧的三周里读了《人间喜剧[①]》，因为吃抗生素而感到衰弱，我在慕尼黑读普鲁斯特直到天明，直到天光透进阁楼，我在一盏摇曳的汽灯下面读过法国道学家和维也纳逻辑学派的著作，一天抽了三十支法国香烟，从《自然之国[②]》一直读到《理性崇拜[③]》，埋首于历史、哲学、医学和心理学，我在施泰因霍夫的精神病院里阅读精神分裂症和躁郁症的病史，在大阶梯教室里，我在六度与三十八度的天气里都曾经写下过草稿，在昏暗处依然在

① 原文为法语。

② 原文为法语。

③ 原文为法语。

记笔记，关于世界、头脑和运动[1]，我在洗过头以后读马克思和恩格斯，在大醉的时候读列宁，心慌意乱地浏览着一份又一份报纸，我从很小的时候就开始读报纸了，在壁炉前、火炉边，阅读许多报纸、杂志和口袋书，在所有火车站的所有火车上，在轻轨、公交车和飞机上，读关于一切的一切，以四种语言，许多，许多[2]，然后我理解了自己所阅读的一切，然后有一个小时什么也不读，坐到伊万身边，对他说：如果你真的愿意，我就为你写一本尚不存在的书。只要你真的愿意，这本书充满了我，我永远也不会要求你去读它。

伊万说：我们希望这本书能有个美好的结局。

我们希望。

我把肉切成均等的小块，把洋葱剁碎，把红辣椒切好，因为我今天要做匈牙利炖肉，前菜是芥末酱配水蛋，我在想如果甜品做杏子土豆球会不会太多了，也许还是水果最好，但是如果伊万在维也纳过新年，我就要试着调点酒了，用来营造一下气氛，我的母亲已经不会这样做了。我从烹饪书上了解到了有什么菜是我学不会的，有什么是我还可以做的，有什么也许是伊万爱吃的，只是这些有关涂抹、蒸馏、搅拌和生面团的话语，这些有关高低火的部分对我来说实在是太多了，我没有看懂，不知道应该怎么操作我的电烤箱，不知道在这份“传统奥地利菜肴”或者“匈牙利小菜”的菜单上，开关是否应该拧到二百

① 原文为意大利语。

② 原文为拉丁语。

度，我想让伊万大吃一惊，他在餐厅里的第一百份烤肠、烤肺头、煮牛肉和一成不变的果酱蛋卷已经令他感到绝望了。我给他做菜单上没有的菜，我琢磨我该如何把那个美好的古老时代的猪油与酸甜奶油同这个理性的新时代结合起来，这个时代只有酸奶，只有浇了一点油与柠檬汁的生菜叶，富含维生素的蔬菜占据了主导地位，不可以煮熟，因为要计算碳水化合物、卡路里与营养成分，不加香料。伊万没有察觉到我从一大清早就开始到处奔忙，不断冒出新的问题，为什么现在没有香芹了，哪里有卖龙蒿，什么时候能够买到罗勒，因为这些都是菜谱里所需要的。菜贩那里永远只有香菜和葱，鱼贩那里已经有许多年没有过鳟鱼了，所以我把运气都寄托在肉类和蔬菜上面。我希望我的手不要染上洋葱的气味，所以我一次又一次去浴室把手洗干净，喷了香水，以减弱它的气味，梳理好头发。只有伊万能看到成果：桌子铺好了，蜡烛点亮了，马利纳会惊讶于我甚至已经冰好了酒，提前温好了餐盘，在浇洒酱汁与烤面包片的时候涂好了睫毛膏，我对着马利纳剃须用的镜子梳妆，用刷子精确地描画眉毛，这无人赞赏的副业比我之前所做的所有其他工作都令人紧张。但我还是会得到最高的奖赏，因为伊万为此七点就到了，一直待到了午夜才走。五个小时的伊万，这足以让我在之后的两三天里都满怀信心，支撑我的循环系统，解决我的高血压，成为我的再治疗、预防治疗与最终治愈。在我心里，得到伊万的一小段生活不再是令人苦恼的、不正当的和令人极度紧张的，如果伊万在晚餐时提到他在匈牙利的时候经常驾驶帆船，我马上就去学开帆船，如果可能的话，我明天一早就去学，在古老的多瑙河上，在凯泽湖上，这样如果伊万有一天驾船离开，我就可以和他一起走了。因为只靠一己之力是留不住伊万的。因为晚餐结束得太早，我清醒地站在厨房的炉火前面，思索着我为何失去了我曾经有过的许多种能力。人们只能被某件事务、某次小小的退缩和某种战术所束缚，伊万称之为演戏。他要求我继续演戏，但他不知道那对我来说已经不再是演戏了，它已经超出了演戏。我在想我这门叫作“伊万”的课程，如果我道歉，如果我等待，因为伊万觉得我应该从一开始就安安静静地等他来，我不需要道歉。他还说：所以我必须走在你后面，小心不要让你落下，你急需上一门补习课，可谁又会浪费时间给你上这种基础课程？但是伊万并不好奇，他并不是真的想知道谁会浪费这样的时间，我必须马上把伊万的注意力分散开来，挤出一个难以言表的微笑，展示出一种情绪，一种糟糕的心绪，可是在伊万面前我什么也做不成。你太容易被看穿了，伊万说，别人一眼就可以看出你怎么了，演戏吧，给我表演点什么！可我又能在伊万面前表演什么？一开始我想要责备他，因为他昨天没有打电话，因为他忘了给我带烟，因为他到现在还不知道我抽什么牌子的香烟，但最后我只是做了个鬼脸，因为在我走向门口之前，在伊万按响门铃的时候，我心里就已经没有责备之情了，伊万立刻从我脸上读出了晴雨：明媚，晴朗，热浪，无云，连续五个小时的好天气。

那你为什么不马上说

什么？

你又想来我家了

但是！

我不让你说
你看
让你演下去
我不想演戏
但这根本不是在演戏

从想要看我演戏的伊万那里，我学到了许多骂人话。我依然对我听到的第一句骂人话感到震惊，但是现在我几乎已经上瘾了，我期待着那些骂人话，因为伊万开始骂人是个好兆头。

你真是一头蠢驴，真的，不然是什么？
你总是让我过来，是的，你
因为这是真的，请随便笑吧
别动这块冰
男人是猪①
你也就会这么点法语了
女人喜欢猪
我用我喜欢的方式和你说话
你是个小婊子
你做了你想和我做的事
不，不骗你，你还得多学着点
你太傻了，你什么也不懂
你会变成一个超级淫荡的婊子

① 原文为法语，下文同。

那也很好，这是最伟大的时代
是的，我也希望如此，还有什么？
你一定会变得截然不同
你有这个天赋，是的，你当然有
你是个女巫，这就够了
他们把你彻底宠坏了
是，就是你，不要为每一个词感到惊恐
你不懂法律吗？

这些骂人话都是伊万说的，因为我没有回答，只是惊呼，或者常常说："但是，伊万！"我现在并不像刚开始的时候那么当真了。

伊凡对于统治我的法律又了解多少？但我还是很惊讶，伊万的词汇表里竟然有法律。

尽管马利纳和我截然不同，我们对自己的名字却都怀有着某种畏怯，只有伊万彻头彻尾地进入了他的名字，因为他觉得他的名字是自然而然的，他因为它而具有了身份，而且说出这个名字、想起这个名字、独自念叨这个名字对我来说也是一种享受。他的名字变成了一种为享乐的途径，变成了我贫瘠生命中一种不可或缺的奢侈品，我令伊万的名字降临在城中各处，欢愉而轻柔地思考着它。甚至当我独自一人的时候，当我独自漫步穿行维也纳的时候，我也可以在许多地方自语道，我和伊万去过这里，我在那里等过伊万，我和伊万在林德餐厅吃过饭，在煤炭市场喝过咖啡，伊万在克恩顿环路上工作，在这里买衬衫，那家旅行社伊万经常去。他不必再去巴黎或者慕尼黑了！在我没有和伊万一起去过的地方，我也告诉自己，我一定要和伊万来一次这里，我要让伊万知道，我想要在某天晚上和他从科本茨塔上或者是从绅士街的高楼上俯瞰整个城市。如果有人叫伊万的名字，他马上就会有所反应，会一跃而起，但如果有人叫马利纳和我的名字，马利纳会犹豫，我也会犹豫。因此伊万有一点做得很好，他不叫我的名字，而是给我起了很多咒骂性质的绰号，他想起来什么就叫我什么，或者只是叫我“我的小姐”。我的小姐，我们又背叛了彼此，真是可耻，我们再也不要这么做了。不要管了。不要管了①。

我能够理解伊万对马利纳不感兴趣。我也保持着谨慎，不让他们两个人有所接触。但我不理解为什么马利纳从来都不谈论伊万。他从未提到过他，从未顺口一提，他以可怕的老练避免听到我和伊万的电话和在楼梯间撞上伊万。他佯作根本不认识伊万的车，即便在蒙策大街上，我的车常常就停在伊万的车的后面，早晨我和马利纳一起走出房屋的时候，为了使马利纳准时到达军事博物馆，我飞快地驶过军事博物馆大街那短短的一段路，这时他一定会注意到我没有把伊万的车当成一个路障，而是温柔地向它致意，用我的手划过它，即便是在它淋湿或者是蒙尘的时候，我因看到车牌号码在一夜过后依然保持不变而宽心，W99823。马利纳上车，我等着一句令人解脱的讥讽，一句令人羞愧的发现，他面容的些微改变，但马利纳以他一成不

① 原文为法语。

变的克制与不受阻挠的信任折磨着我。当我紧张地等待着那巨大的挑战，马利纳就一板一眼地为我讲起他这个星期的安排，今天要在光荣大厅里拍电影，他要和管理武器、制服和勋章的员工进行商谈，馆长出差了，在伦敦办讲座，所以他必须独自完成把新的武器和油画送到多禄泰拍卖行[①]的工作，但他不想做出决定，年轻的蒙特努威将会履行他的职责，马利纳这周末值班。我忘了这个星期是他值班，他也一定注意到我忘了这件事，因为我展现出了难以抑制的惊讶，但他一如既往地自欺欺人，好像根本没有别的人、别的事，好像只有他和我，好像我还记挂着他——一如既往。

穆鲍尔先生来采访我，他之前在《维也纳日报》工作，然后不顾政坛的现状调到了《维也纳晚报》，我已经试图拖延了几次，找了许多借口，但穆鲍尔先生以他的坚定、以他的吻手礼达到了目的，一开始所有人都和我一样，觉得这么做可以摆脱他，但那一天还是到了，一言既出，驷马难追，几年前还在做笔录的穆鲍尔先生拎着录音机来了，他抽“贝瓦迪利”牌香烟，也乐于接受一杯威士忌。因为各种问卷的问题都大同小异，穆鲍尔先生也算是尽了职，而我则在最大限度上透露了我的秘密。

1. 问题：……？

答：我现在在做什么？我不知道我有没有理解您的意思。

---

① 创建于1707年，不仅是中欧和德语区最大的拍卖行，也是世界拍卖行业的领导者之一。

如果您今天是这个意思，我不想回答，今天无论如何也不想。如果我可以用另一种方式来理解这个问题，以普遍的方式，像一个面向任何人的问题，那我还不够资格，不，我要说，我并不能当作一个权威，我的观点并不能当作一个权威，我根本就没有观点。他们说我们生活在一个伟大的时代，而我当然不觉得这是一个伟大的时代，谁能感觉到这一点，就算他还在上幼儿园或者小学一年级，之后他也当然会在中学里，甚至在大学里，因为许多关于伟大时代的演说感到震惊，伟大的事件、伟大的人、伟大的理想……

2. 问题：……?

答：我的进步……啊，您是问精神上的进步。夏天我在歌利亚散了很久的步，然后躺在了草地上。抱歉，这也是一种进步。不，我不想说歌利亚在哪里，否则它会被卖掉、会被开发，想到这一点我就不堪忍受。回家的路上，我肯定是走过了一段没有护栏的铁轨，有时候这很危险，因为看不到对面的车，因为那里有一丛低矮的榛树和桤木。现在人们不用翻过铁轨了，人们走地下通道。

（轻声咳嗽。穆鲍尔先生奇特的神经过敏，这也令我感到紧张。）

这个伟大的时代，这个伟大的时代确实有某种吸引我的东西，但我不会告诉您任何新鲜事：历史会授课，但是它没有学生[①]。

---

① 引自意大利马克思主义思想家安东尼奥·葛兰西的《狱中札记》。

（穆鲍尔先生友好地点了点头。）

无论如何，还是存在某种进步的，您也会承认这一点……是的，我原本想学法律，但过了三个学期以后我就中断了学习，五年以后我又尝试了一次，过了一个学期就又放弃了，我当不了法官或检察官，但是我也不想成为律师，我根本不知道我应该代表谁，应该为谁辩护。所有人与谁也不是，所有事与虚无。您看，亲爱的穆霍夫先生，抱歉，穆鲍尔先生，如果我们都受一种不可理喻的法律统治，我们连它到底有多么可怕都设想不出来，在我的处境之下，您会怎么做呢……

（穆鲍尔先生挤了挤眼睛。新的干扰，穆鲍尔先生得去换磁带了。）

……好的，如果您愿意，我就说得更明白一点，直奔主题，只是我还想说，有一些警告，您知道，因为正义触手可及，但是我的话还没有说完，正义仅仅是对某种难以企及的、纯洁的庞然大物的渴望，因此虽然它触手可及，但在它的近旁我们会称它为不义，此外，每次走过博物馆街、走过正义宫、恰好走到议会附近、走在帝国议会大街上对我来说都是一次折磨，因为我看不到正义。您想想，"宫"这个字竟然和正义联系在了一起，这是在警告人们，那里所谈论的是真正的不义，然后才是少得可怜的公正！我们的进步没有任何成果，而正义宫一天天被烧毁……

（穆鲍尔先生低语：1927年，1927年7月15日[①]！）

一座幽灵般的宫殿一天天被烧毁，它巨大的雕像，它规模

① 1927年7月15日，维也纳爆发叛乱，正义宫被烧毁。

巨大的谈判和通告，人们称之为审判！每天的火焰……

（穆鲍尔先生停下来问道，他是否可以把最后一段掐掉，他说“掐掉”，然后就真的把它掐掉了。）

……我有什么经历？有什么事情最让我印象深刻？有一次我惊恐地发现，我是在一处断层上出生的，我不太理解，但一个人肯定会具有某种向地性，它以它奇特的方式调节着方向。

（穆鲍尔先生受到了触动。急促地眨眼。）

3. 问题：……？

答：我怎么看待年轻人？没有看法，什么看法也没有，到目前为止我根本没有想过这个问题，我得请您理解，您问我的这些问题还从来没有人问过我。今天的年轻人？但我也得考虑今天的老年人和其他不再年轻、但也不算老的人，想一想，要谈论这个领域是多么困难，这个专业领域，这些关于青年与老年的专业领域。您知道，抽象思维也许不是我的强项，能够立刻引起我的注意的是数量上的堆积，比如游乐场里的孩子，在我看来，一群孩子是令人震惊的，我也无法理解在这么多孩子中间他们是怎么受得了的。孩子和成年人之间泾渭分明，现在还是这样，您以前也上过学吧？没有一个孩子不是完全愚蠢、彻头彻尾地堕落，但大部分人就是这样。在我看来，生活在孩子堆里、遇到和其他孩子一样的问题、在几种儿童疾病之外还能和其他孩子拥有共同语言，这就是一种进步。每次看到一大群孩子在一起，那都是一种警告……

（穆鲍尔先生挥动双手。显然不是在表示赞同。）

4. 问题：……？

答：我最喜欢的什么？最喜欢的工作，没错，您说，我从来都无所事事，工作会妨碍我，让我无法掌控全局，失去所有考量，我绝对不会从事这样的工作，您肯定也看到了这个世界上的工作是多么荒唐，听到了它们发出的地狱般的噪声。如果我可以，我就禁止人们工作，但是我只能禁止我自己工作，那些诱惑对我来说还不够大，我还不能把这当成我的功绩，在我看来那只是彻头彻尾的诱惑、不可理喻的诱惑，我不想使我变得比我所是的更好，我也知道有很多诱惑我根本不敢说出口。每人都要被迫面对最为沉重的诱惑，要和它们无望地抗争，拜托，不是现在……我不想说。我最喜欢的，您想说什么？风景，动物，植物？最喜欢的什么？书，音乐，建筑，绘画？我没有最喜欢的动物，没有最喜欢的蚊蝇、甲虫和蠕虫，我无论如何也不能告诉您，我喜欢哪一种鸟、哪一种鱼或哪一种猛兽，甚至在有机物和无机物之间做出选择也会令我感到为难。

（穆鲍尔先生愉快地指向弗朗西丝，它轻盈地走了进来，咧嘴笑了笑，伸了个懒腰，一下就跳到了桌子上，穆鲍尔先生得换磁带了。和穆鲍尔先生短暂的闲谈，他不知道我家里有猫，您当然可以讲一讲您的猫，穆鲍尔先生满怀责备地说道，您可以发表一下对这些猫的个人观点！我看了看表，紧张地说，但猫只是一个偶然事件，我不能在城里养猫，我们要谈论的不是猫，绝对不是猫，现在特罗洛普也跑进了房间，我气愤地把它们都赶出去了。磁带继续转动。）

4. 问题：……？（第二次）

答：书？没错，我读过很多书，我一直以来都读过许多书。不，我不知道我们有没有互相理解。我最喜欢在地板上读书，在床上也行，几乎躺平了，不，我谈论的不是书，而首先是阅读的行为，是白纸黑字、字母、音节和分行，是这种非人的凝视、这些字符、这些断言，是这些僵化为表达的来自人类的疯狂。请相信我，表达就是疯狂，从我们的疯狂中迸发而出。我谈论的也是翻页、从一页跳到另一页、逃亡，以及与一种荒诞的、已经凝固的喷溅流体的合谋，是跨行连句的卑劣行径，是以一句话庇护一生，在生活中又反过来庇护这句话。阅读是一种恶习，它可以取代所有其他的恶习，偶尔还会激活其他的恶习，它是一种放浪，是一种使人销蚀的瘾症。不，我不吸毒，我读书，我当然也有所偏爱，有许多书我根本就没有，有一些书我只在上午读，有一些只在晚上读，有一些书我爱不释手，我拿着它们在家中踱步，把它们从卧室带到厨房，我站在走廊里阅读这些书，我不用书签，我读书的时候嘴巴不动。我很早就学会了正确的阅读方法，我想不起来是用了什么方法，但您应该去了解一下，在我们省的小学里他们就做得非常好，至少在我学习阅读的时候是这样。是的，我也注意到了这一点，但我很晚才注意到，几个世纪以前的人不能阅读，至少是不能快速阅读，但速度很重要，不仅仅是集中精力，我请求您，如果品味一个简单或复杂的句子并不会让您反胃，就用眼睛，甚至用嘴巴再反刍一遍。一个仅仅由句子成分和表达内容组成的句子必须尽快享用，读一个充满了同位语的句子速度是非常快的，必须立刻读完，眼睛要悄无声息地滑过弯道，因为一个句子不会自行产生意义，它只会对读者“产生”意义。我无法“翻阅”一本书，那只限于工作的时候。有一些人，我告诉您，有一些人，经历过阅读的领域里最为奇特的震撼……但是我也具有文盲的弱点，在这里，我也认识许多不读书、不愿意读书的人。一个染上了阅读恶习的人会明白，为了免于罪孽，人们根本就不应该读书，不应该真的学会读书……

（穆鲍尔先生意外地掐断了磁带。穆鲍尔先生道歉。我还得再重复几句话。）

没错，我读过很多书，但所有的震撼、所有后续的影响都只来自一页书上的一瞥，是回忆起第十七页左下角的五个词：我们要去往灵魂[①]。那是广告上的话语，家徽上的名字，橱窗里没有人购买的书的标题，牙医等候室的画报里的一则广告，纪念碑上的铭文，从墓碑上跳到我眼前：这里安息着。在翻阅电话簿的时候看到了一个名字：滚动时在电话簿中输入一个名称：欧瑟比[②]。我现在回到我们的话题……比如我去年读到了：《他穿着缅希科夫[③]》，我不知道为什么，但我很快就对那个人穿着缅希科夫坚信不疑了，他不得不穿着它，知道这一点对我来说很重要，这是我生命中不可避免的一部分。从中会生成某种东西。但就这个话题我想说的是，我不会让您在日报或晚报上列举出哪些书让我印象深刻，或者为什么，放在哪里，读了多久。还有什么呢，您会问，但问题不是“还有什么”！只有几个句

---

① 原文为法语，引自兰波《坏血统》。

② 希腊人，罗马主教，天主教认为他是历史上第三十一位教宗。

③ 亚历山大·丹尼洛维奇·缅希科夫，俄国贵族，野心家，曾权倾天下，后被流放。

子、几个表达一直在脑中醒着，几年以后才能塑造成话语：荣誉没有白色的羽翼[①]。我的手在燃烧，我写下了火的本质[②]。爱让我燃烧起火，爱让我燃烧起火[③]。致唯一的创生者[④]……

（眨眼。我的脸红了，穆鲍尔先生得马上掐断磁带，没有人会关心这些，我也没想过我会被引向这个方向，维也纳的报纸读者大概不懂意大利语，大多数也不懂法语了，年轻人读不懂，但是这不是问题的关键。穆鲍尔先生会考虑一下，他没有跟上我，他可能也不懂意大利语和法语，他去过两次美国，但"创生者"这个词并没有出现在他的旅途中。）

5. 问题：……？

答：之前我只是懊悔，今天我觉得我就像失去了继承权一样失败，之后我会学着为别人感到懊悔。您走上了一条歧路，亲爱的穆鲍尔先生。我赞同这个城市，以及它那正在消失的狭小郊区，它同历史割裂开来了。

（穆鲍尔先生不悦地惊讶。我不为所动地继续说道。）

人们会说，比如这个世界，在这里，一个帝国被逐出了历史，以它微不足道、理想主义的战略。我很高兴能够活在这里，因为在这个地点没有任何事情发生，从这里看世界，会令人感到远远更为深沉的震惊，这里的人不会自以为是，不会沾沾自

---

① 引自德国诗人戈特弗里德·本的信件，信中称该句话出自巴尔扎克作品。

② 原文为法语，引自福楼拜写给他的情人、诗人路易丝·柯莱的信。

③ 原文为意大利语，引自诗人雅各布内·达·托迪。

④ 原文为英语，引自莎士比亚十四行诗集。

喜，因为这里没有幸免的岛屿，一切都在没落，今天和明天的帝国都在眼前没落。

（穆鲍尔先生越发惊讶，我想到了《维也纳晚报》，穆鲍尔先生已经在担心他的工作了，我也得考虑一下穆鲍尔先生。）

不如这样说，就像人们以前所说的：奥地利之家，因为“国家”对我来说太大、太辽阔、太不舒适了，所以我只能谈论一些更小的单位。当我坐在火车上望向窗外，我会想，这个国家的这个地方真美。当夏日临近的时候，我就开车穿行这个国家，去萨尔茨卡默古特或是克恩顿。人们可以看出，生活在真实的国家里的人们会去往何处，他们出于自己的良心会做什么，当他们独自一人，与他们国家所做下的丑恶行径毫无关系，他们没有从国家权力和资源的扩张中得到任何直接的好处，国家却因为自己的强大而膨胀。和别人一起住在家中已经足够可怕了。但是亲爱的穆鲍尔先生，我可没有这样说，在我说话的这一刻，我谈论的不是这个给孩子命名的共和国，谁又能诋毁这个小得可怜、尚未开化、可耻却无害的共和国？既不是您，也不是我，别激动，您冷静一点，给塞尔维亚的最后通牒早已下过了，只需要一两百年，这个可疑的世界就改变了，成为废墟，人们也早就适应这个新世界日常的混乱了。太阳底下无新事，不，我绝不会说这种话，新事物是有的，您可以指望这一点穆鲍尔先生，只是要从这里眺望，从这个不再有什么事情发生的地方眺望，这也很好，人们必须完全拒斥过去，不是您的和我的过去，但一些人会追问，人们是不是必须拒斥其他事物，另一些人没有时间，他们在自己的国家里忙忙碌碌、制订计划、完成交易，他们坐在自己的国家里，真正地超越了时间，因为他们默默无言，他们是一群失语者，统治着所有时代。我要向您透露一个可怕的秘密：语言就是惩罚。所有的事物都必须深入语言，在语言里，它们又注定会依照它们罪过的严重程度而消失。

（穆鲍尔先生看上去已经筋疲力尽。我看上去也已经筋疲力尽。）

6. 问题：……？

答：一种介质？一项任务？一次精神的使命？您是不是已经说过一次了？这个角色得不到感恩，不想再有更多的使命了！人们也看到了，这种行为很普遍，我不明白您的意思，但他们肯定有更高尚的观点，可能是很高尚的观点。高尚得令人痛苦，在那种稀薄的空气里只能待上一个小时，独自挣扎，然后最终攀向其他的高峰，当人们不得不下行进入最深的低谷的时候，进入精神的低谷的时候，我不知道您是否还愿意听我说，您的时间有限，报纸专栏的篇幅也有限，这一点一直都很令人苦恼，人们必须下行，不能上去，也不能走到街上、走向别人，这是一种屈辱，它不想存在，我无法理解人们怎么能获得如此高高飞扬的表达。我们可以指望谁完成这项任务、这项使命的目的又是什么呢？让我继续下行是不可设想的。也许您指的是某种管理或存档机构？我们已经从宫殿、城堡和博物馆开始了，我们的墓地已经勘探清楚了，贴好了标签，所有人都被写到了瓷质的铭牌上。之前人们还不清楚，哪一个是特劳森宫，哪一个是施特罗琦宫，圣三一医院在哪里，承载着什么样的历史，但现在人们不需要任何特殊的知识，不需要外国导游或是研究这一领域的熟人，就可以走进霍夫堡王宫列奥波德侧翼的帕尔菲宫，霍夫堡已经不再需要它了，应该加强管理。

（穆鲍尔先生尴尬地咳嗽。）

我当然反对所有的管理，反对世界性的官僚主义，所有人和他们的形象直到马铃薯里的甲虫都受到他们的支配，这一点您不会怀疑。但在这里不是这样，这里是逝者国度那种邪典式的管理，我不知道出于什么原因，您和我还想要吸引世界的注意力，以节日的游戏、节庆周、音乐周、纪念年或是献祭行为，世界无法做得更好了，尽管它竭力不吓到人们，因为它可以对将要来临的事物睁开双眼，最好的情况是，它们到来得越轻柔，我们坟墓的挖掘工作就越隐秘，发生的一切就越神秘，越不可遏制地奔向终结，因此好奇心越来越强烈，但可能还是真实的。维也纳的火葬场就是它精神上的使命，您看，我们还是找到了这项使命，对此人们已经谈论得足够多了，但我们对此保持沉默，这个世纪到了它最为脆弱的节点，有几个灵魂被思想点燃、被思想燃尽了，这样它们才能产生影响，但我自问，您肯定也会自问，是不是它们的所有影响都会引起新的误解……

（换磁带。穆鲍尔先生一口喝空了杯子里的水。）

6. 问题：……？（第二次重复）

答：我最喜欢的是“奥地利之家”这个表述，因为它最为透彻地解释清楚了我是和什么东西联系在一起的，比人们能够给我的所有表达都更清楚。我肯定在另一个时代也在这座家宅中生活过，因为我立刻能想起来，有一次，在布拉格的街巷和的里雅斯特的港口，我用波希米亚语、温迪施语还有波斯尼亚语做梦，我永远在家，在这座家宅里，而在梦境之外，我完全不想回到这座梦中的家宅，不想进入它，拥有它，提出各种要求，因为我喜欢那些王侯的领地，我卸任了，我在宫殿的教堂里摘下了最古老的王冠。您想象一下，之前的两次战争在加利西亚村里画下了一条新的边界，加利西亚，除了我没有人知道那里，它对其他人来说没有意义，没有人去过那里，没有人为之赞叹，它永远躺在协约国交战地图的笔迹下面，但出于不同的原因，它两次都被这个今天被称为奥地利的国家抛弃了，边界就在几公里外，在山间，在1945年夏天，在很长时间里都没有做出决定，我被疏散到了那里，到处向别人讲我未来要做什么，人们是把我当作南斯拉夫的斯洛文尼亚人，或者是奥地利的克恩顿人，很遗憾，我在他们谈斯洛文尼亚的时候睡着了，因为法语对我来说比较容易，我对拉丁语还更感兴趣。加利西亚当然还是加利西亚，毫无疑问，我们说的可能不是这个，因为我们还没有考虑到我们的发展问题。在外面家里一直都是这样，如果这一切结束了，我们就去利皮查，去看望我们住在布鲁的阿姨，看看我们的亲戚在切尔诺夫策过得怎么样，弗留利的空气比这里更好，等你长大了，你一定要去维也纳和布拉格，等你长大了……

我得说，我们看待现实的方式十分冷漠，我们根本不关心我们受困于哪些地方、哪些国家，或者还不曾受困于哪些国家。尽管我去布拉格和去巴黎的旅程有所不同，只有在维也纳，我生活的每一瞬间都是不真实的，但也不算失魂落魄地活着，只有在的里雅斯特我不是异乡人，但那也无关紧要了。我想不久以后就去一次威尼斯，不是必须去，但我想去，也许就是在今年，我还没有去过那里。

7. 问题：……？

答：我想这里存在着某种误解，我没有办法开口，没有办法给您一个更准确的回答，如果您能对我有点耐心，如果我们之间还存在着误解，那也至少是一种新的误解。我们不能再继续制造混乱了，没有人倾听我们，他们现在正在别处提问、回答，面对那些奇怪的问题，每一天都在预设将要到来的一天，创造出问题，好让这些问题运转。这些问题根本就不存在，人们只是因为听到有人谈论它们，就也谈论它们。我也只是听说过这些问题，我本来没有这些问题，我大可以游手好闲地喝喝酒，这样不是很好吗，穆鲍尔先生？但在独处的夜晚，迷乱的独白会出现，永远留下来，因为人是一种黑暗的生灵，只有在黑暗中他才是自己的主人，白天他就变回了奴隶。您现在就是我的奴隶，您也把我变成了您的奴隶，您，您这份报纸的奴隶，这份报纸最好还是不要叫《晚报》了，你们依靠着成千上万的奴隶维系的报纸……

（穆鲍尔先生按了个按钮，录音机停了下来。我没有听到他在说什么：谢谢您的采访。穆鲍尔先生极度尴尬，已经准备好了明天再来一次。如果耶利内克小姐在的话，我就知道我该说什么了，我将会有事、生病或外出旅行。我会遵守约定。穆鲍尔先生浪费了一整个下午，他让我意识到了这一点，他暴躁地收起录音机，走上前来，他说：吻您的手。）

给伊万打电话：

哦，没有什么特别的，我只是
你听上去怎么这样，你刚睡醒吗
没有，只是累坏了，整个下午
你独自一人吗，那些人
是的，走了，用了一整个下午
我一整个下午都在尝试
我浪费了一整个下午

伊万比我精力充沛。只要他没有筋疲力尽，他就活力十足，但是当他感到疲倦的时候，他看起来就比我还要疲倦，我们之间的年龄差距只会令他气恼，他知道他脾气不好，他想要发脾气，今天他不得不对我大发脾气。

你在戒备！
你为什么要戒备？
你必须进攻，进攻我啊！
把手给我，不，不是手心
我不是看手相的，
人能从手相上看出什么，
我就可以立刻在女人的手相上看出什么

不过这一次我赢了，因为我的双手什么也没有透露，我的手上没有掌纹。

但是伊万再次抓住了我的手。

我经常可以注视你的脸
那时候你看起来很老
有时候你看起来真的很老
今天你看起来年轻了二十岁
要多笑，少读书，多睡觉，少思考
你做的那些事情会使你变老
蓝色和褐色的裙子会使你显老
把你那些哭丧的裙子捐给红十字会吧
是谁让你穿这些死人的衣服的？
我当然很生气，我就想跟你生气
你现在看上去更年轻了，是我使你变得年轻！

伊万小睡了一会儿，又醒来了，我从赤道回来了，依然为百万年来所发生的事情感到震撼。

你在干什么？
没有什么，我在胡编乱造
这就对了！

我经常会编造一些故事。伊万用手捂着嘴，这样我就看不到他在咧嘴大笑了。他马上就得走了。现在是差一刻十二点。很快就到午夜了。

我刚刚在编造我要怎么改变这个世界！
什么？连你也这么想？这个社会，人际关系？那么这一定是今天最纯洁的竞赛了。

我编造的东西，你真的不感兴趣吗？

今天当然没有兴趣，你会编造出某种强有力的东西的，而我不应该打搅编造者的工作。

为了做得更好，我独自一人编造，但请让我为你编造。

伊万从不提防我。他不知道他在和谁打交道，他先入为主地认为我不会误导他，但这也可能是假象，他没有看出我有两副面孔。我也是马利纳的造物。伊万并不担心他的先入为主，他会停驻于我的肉体，也许只会停驻于我的肉体，但我的肉体却令我感到困扰，我根本就不能想它，在我们交谈的时候，在那一个小时里，或是临近黄昏的时候，或是深夜躺在床上的时候，墙壁就突然变成了玻璃做的，屋顶也消失了。我怀着极高的自制力与伊万面对面坐着，保持沉默，抽烟，然后交谈。任何人都不能从我们的手势、我们的话语中推测出这可能是什么，这将是什么，在某一个瞬间它叫作：伊万与我。在另一个瞬间叫作：我们。然后又变成了：你和我。这是两个对彼此毫无打算的生命，不想要共存，不想一同动身去往另一种生活，也不想用某种主流的语言签订协议。我们不需要翻译，我对伊万一无所知，伊万对我也一无所知。我们不会交流我们的感受，我们手中没有权力，也不想用武器来保护自己。这个基础是松垮而美好的，落到我土壤里的事物都会生长而出，我继续以话语种植我自己，种植伊万，我繁衍出一个新的宗族，在我和伊万合二为一的时候，神旨降临世界：

火焰鸟群

石膏像群

潜水火焰

翠玉水滴

尊敬的甘茨先生：

您身上第一件使我感到困扰的东西是您那叉开的小拇指，当您和一群人围坐在会议桌边，慷慨激昂地讲起您的预设[1]的时候，我和桌边的其他人都觉得很新奇，但是我很快就不这么觉得了，在其他的会议上，我也听过您的很多次讲话。您的说话方式很幽默。但最终开始困扰我，并且仍在困扰我的是您的名字。今天，再一次写下您的名字也令我感到吃力，只要听到别人提起您的名字，我就立刻开始头痛。我自己在想起您的时候，总是情不自禁地想到“根茨先生”或“甘斯先生”，我有时候想到的是“金兹”，但我还是觉得“贡茨先生”要更好一些，因为我没有偏离您的名字太远，而是使它染上了一种方言的色彩，显得有些好笑。我必须告诉您，因为“甘茨”[2]这个词每天都会出现，其他人会说出这个词，我也不可避免地会在报纸和书籍的每一段落发现它。我本应预见到，因为您

① 原文为法语。

② 德语原文（ganz）意为“非常、完整的”。

这个名字，您还要继续影响我的生活，使我的生活不堪重负。如果您叫科佩吉、维格勒、乌尔曼或是阿菲尔波克——我就可以表现得更平静了，可以在许久以后把您淡忘。甚至如果您叫迈尔、梅尔、施密特、施密德、施密塔，我也可以不去想您，因为这个名字会让我想起一位也叫迈尔的朋友，或是几位施密特先生，不管它们的写法是多么不同。我应该在一次会议上怀着惊讶或是嫉妒喘息，实际上，我本可以在这场寻常而庸常的对谈热潮中把您替换成另一位迈尔或另一位施密特。您会说，这是多么愚蠢的混淆！不久以前，与您会面几乎一定会引发我的恐惧，我最近刚刚决定要使用一种新的方法，穿戴金属衣服、铁链衬衫、利刺镶边、铁丝首饰的我才觉得自己已经全副武装，可以和您见面了，我的耳朵也不能裸露着，我在耳垂上挂了两束沉重的荆棘，是非常美丽的灰色，我每次转过头，它们都会刺痛我，或是相击发出瑟响，因为人们已经忘了，我是在十分年轻的年纪打的耳洞，是在我们乡下以惨无人道的方式打的，那时我还是个小女孩，是在最娇柔的年纪。我不理解人们为什么要说这个年纪是最娇柔的。但穿上这套盔甲的我就变得全副武装、刀枪不入了，我以此保护我的肌肤，请您允许我描述这一点，因为您曾经很熟悉它……

尊敬的先生：

　　您的名字我永远也说不出口。您常常为此而指责我。但与您重逢的想法并不会令我感到不愉快。我尽量不提您的名字，因为我无法攻克它的构造，我也发现，有许许多多的名字我都无法说出，不是因为我被这些名字触动了，而是出于对一个人最初的、原始的不信任，这在一开始是不公正的，但总有一天会显露出其公正性。您肯定会曲解我本能的不信任，我只能这么称呼它。现在，既然我们无法避免再次碰面，有时候我不知道，在您的生活中会有什么令您感到困扰，但有一个念头让我感到不安：您无疑还会以“你”称呼我，您把这个“你”强加给我，您知道在这种情况下，我可以允许您表演一段令人难忘、使人反感的间奏曲，因为我心软了，我不想伤害您，不想让您看出我在心里给您画下了界限，但我还是不得不画下这道界限。在这样的间奏里，说“你”是很寻常的事，但在间奏之后，再使用“你”就是不可容忍的了。我不会责怪您给我带来了尴尬而难言的回忆。您厚着脸皮，您感受不到我对这个“你”的反应有多么敏感，您也感受不到其他人的反应，而我所惧怕的就是，您根本意识不到我们的反应，因为这对您来说“非常”[①]常见。您当然从未思考过这个“你”，您把它运用自如，您也没有想过为什么我能在您所到之处看到许多尸体，他们无疑是受到了那持续的酷刑折磨，以“你”相称，以“你”思考。自从我上次和您相见以来，我都只能

① 在德语原文里为“Ganz”。

用最体面的方式来想您，以“先生”和“您”来思考您、谈论您，只有在必要的时候才说：我和甘茨先生是点头之交。我对您唯一的请求就是请您也遵守一样的礼仪。

维也纳，日期……

我致以最诚挚的问候

一个陌生女人

尊敬的市长先生：

您的信被送到了我这里，以您的名义，以所有人的名义祝我生日快乐。请原谅我的惊诧。这一天在我看来，只属于我的父母、只属于两个人之间的私密，您与其他人对此都一无所知。我自己从来都没有勇气去设想我的受孕与我的诞生。我的生日对我来说没有意义，只是对于我那可怜的父母有某种含义，甚至提到这个日期，对我来说都像是提到了某种禁忌，揭露了某种陌生的痛苦或者陌生的欢愉，一个敏感多虑的人几乎会认为这是一种惩戒。我应该说，一个文明人，因为我们的思想和感受在某些方面，在某些深受伤害的方面都出自文明，和我们文明化的进程紧密相连，这种进程使我们丧失了在一息之间和最野蛮的野性之物的相提并论的荣誉。您，一位出色的学者，比我更了解那些还没有被灭绝的最后的蛮人，了解他们在所有这些事情，在出生、孕育、生殖与死亡中展现的尊严，不仅仅是官僚的傲慢磨灭了我们的最后一丝羞耻，而且在这些数据调查和问卷调查之前还有某种更先出现、与之相关的精神，志在必得地发起这场启蒙运动，它已经在未成年人中间已经造成了巨大的破坏。当人类从所有的禁忌中得到解放，人类也将彻底沦为未成年人。您祝贺我，但我却不禁把您的祝贺与一位早已死去的女人联系起来，某位约瑟芬妮·H，在我的出生证明上，她是我的助产士。那时人们想必也会祝贺她以她的娴熟技巧完成了一次顺利的接生。但是我在几年前得知那天是星期五，我在星期五过生日（应该是在黄昏时分），这个消息并没有立刻使我感到高兴。只要有可能，我就不在星期五出门，我从来不在星期五远行，一周里的星期五令我感到危险。还有一件事，我出生的时候只裹了半张“幸运之膜”[①]，我不知道它的医学术语是什么，也不知道为什么人们会对它抱有迷信，认为新生儿身上这样或那样的膜会说明他是个幸运儿还是个孽种。但我已经说过了，我只有半个“幸运之膜”，人们说半个也聊胜于无，但我对这半张覆盖我身体的膜深思熟虑，我是一个深思熟虑的孩子，深思熟虑和长达几个小时的静坐是我的突出特征。但今天我自问，在今天已经太晚了，太晚了，我自问我那值得同情的母亲面对这一可疑的消息是从何入手的，半张“幸运之膜”的半份祝福。谁想要安静地、充满信心地把自己的孩子养大呢？如果他恰好裹着半张

① 指胎膜，俗称胎衣，包括绒毛膜、羊膜、卵黄囊、尿囊和脐带。

"幸运之膜"降生到世界上。您，尊敬的市长先生，当您面对着半个市长职务、半次表彰、半份荣誉、半顶帽子，对，面对这半封信，您该从何入手呢？我给您写的这封信永远也写不完，我对您美好祝愿的感谢也只能出自我的半个心房。人们会收到一些难以卒读的信件，他们的回信也同样难以理解……

维也纳，日期……

一个陌生女人

撕碎的信件躺在废纸篓里，具有艺术性地纠缠在一起，与揉皱的邀请函一起形成了一种展览、一次邀请、一段演说，与空荡荡的烟盒躺在一起，上面覆盖着烟灰和烟头。我把碳纸和打字机匆匆放回原位，以免耶利内克小姐发现我今天早晨干了什么。但她也只是瞥了一眼，她得去和她的未婚夫见面，商量婚礼文件的问题。尽管如此，她也没有忘记买两根圆珠笔，但是她又忘了把时间记录下来。我问：天哪，您为什么没有把时间记下来，您也知道我是什么样的人！我在手包里翻找，又在另一个手包里翻找，我应该去找马利纳要点钱的，往军事博物馆给他打个电话，但是最终我找到了那个信封，它就夹在大开本的杜登词典里，非常显眼，上面印着马利纳的秘密标志。他从来也不会忘记事情，我什么也不用找他要。信封会在适当的时候出现，厨房里的是给丽娜的，写字桌上的是给耶利内克小姐的，我卧室老旧的磁带盒里会有一两张给理发师的钞票，每两个月会有几张用来买衣服、鞋子和内衣的大钞。我从来都不知道什么时候会拿到这些钱，但是如果我有一件大衣穿破了，马利纳在降温之前就会为我把这笔钱预留下来。我不知道马利纳的钱是从哪里来的，有时候家里确实没有钱，他却能够带领我们度过那段昂贵的时光，他会准时支付房租，通常也会支付电费、水费、电话费和汽车保险，我从来都不需要为此操心。只有一两次电话欠费了，那是因为我们去旅行了，忘了付费，因为我们在旅途上收不到信件，拿不到账单。我轻松地说道：又一次轻松地解决了问题，把事情抛到了脑后，因为现在我们无灾无病，牙齿也不痛！马利纳没有办法给我更多钱，他更希望我能把家庭开支缩减下来，而当我发现手头的几个先令不够日常开支的时候，没有什么比发现许多存货和一个装得满满的冰箱更重要的了。我拿着我微薄的零用钱在维也纳散步，我可以在特策尼维斯基餐厅吃个三明治，在萨赫咖啡厅喝一小杯咖啡，吃过晚餐，我可以在安托奈特花店里买一束花，把“我的罪孽”①寄送弗兰齐丝卡·约丹做生日礼物，可以把车票、钱币、衣服送给那些纠缠不休的、走失的和无家可归的人，送给那些我并不认识的人，尤其是那些保加利亚人。马利纳会摇头，但他从来不会说“不”，他从我结结巴巴的表述中推测出来，那些“事物”“情况”和“问题”的严重程度已经超出了我们的能力范围。这样一来，马利纳就激发了我体内孕育的说“不”的勇气。尽管在最后一刻我还是会退缩，我还是说：我们能不能不要，比如说，我们能不能不要去请求阿特维夫人，如果我说小面包卷，她却谈论贝尔托·拉帕兹，他可是有一百万，或者你能不能给部长议员胡巴勒克打个电话！这种时候马利纳肯定会

---

① 原文为英语，一款经典香水。

说：不！我应该资助耶路撒冷一所女校的重建工程，我应该向难民委员会捐献三万先令，做出一点小小的贡献，我应该为北德和罗马尼亚的洪水捐款，为地震的灾民出资，我应该资助墨西哥、柏林和拉巴斯的革命，但是今天马丁还是急需一千先令才能安心地活到下个月，他是个可靠的人；克里斯蒂娜·旺特楚拉急需用钱，来为她的丈夫举办展览，但是他还不知道这件事情，她想找她母亲要钱，可是他们刚刚才因为这个老生常谈的问题吵了一架。三位来自法兰克福的学生付不起维也纳旅店的住宿费用，他们急需这笔钱，丽娜更急需用钱买电视遥控器，马利纳给他们钱，并说“好的”，但马利纳对天灾人祸说“不”。马利纳不讲理论，对他而言，一切都是“必要”和“没必要”的问题。如果一切由他，我们就永远不会有经济问题了，家里的经济问题都是由我引起的，因为保加利亚人、德国人、南美人，因为我的女性友人、男性友人、其他相识，因为所有这些人，因为世界局势和天气状况。在这一点上，我和马利纳、和伊万都从未达成一致，人们去找伊万和马利纳，他们不会觉得我比他们更有魅力，更值得信任。但马利纳说：只有你会这么做，连傻子都不会这么做。我说：他们急需用钱。

那个保加利亚人在兰德曼咖啡厅里等我，他告诉丽娜他是直接从以色列过来的，他一定要和我说话，我想不出来是谁要来问候我，是谁遭遇了不幸，我在维也纳许久都没有见过的哈里·古德曼会变成什么样，我希望他不要受世界局势的影响，没有建立什么委员会，没有身价百万，我希望我不需要亲自插手，铲上一抔土，自从我离开了克拉根福，我就没有办法再直视铲子和铁锹了，那时他们把我和威尔玛带到墙边，想要射杀我们，自从狂欢节过后、战争过后和一场电影过后，我就听不得枪声了。我希望他会问候我。但当然事与愿违，幸好我还在感冒，体温三十七点八度，没法立刻开始做什么事情，或者沉浸于什么事情。我无法直视广场，但我怎么能说我的广场在匈牙利大街上？我的匈牙利大街之国，我必须保卫它，我唯一的国度，我必须保护它、捍卫它，我为之颤抖，为之战斗，我誓死保卫它，我用我那凡人的双手紧攥着它，甚至在这里，在兰德曼咖啡厅里也紧紧攥着它，我的国度，所有国度都想要向它复仇。我刚走到门口，弗朗茨先生就冲我打了招呼，在坐满了人的咖啡厅里打着充满疑问的手势，但我只是短促地打了个招呼，就从他身边走了过去。我走向了站立的圆桌台，因为我不需要桌子，一位来自以色列的先生已经等了我一个小时，他有急事。一位先生翻开一页报道递给刚进门的人，动作非常引人注目，那是德国杂志《明镜》。但在我要见的先生面前我只感到自己的鲁莽，我穿了一件蓝色的春季大衣，尽管现在不是春天，但天气每天都在变。拿着杂志的先生抬起一只手，却没有站起身，除了他没有其他人在看我，所以他可能就是那位有急事的先生。就是他，他嘟哝了一句难以理解的德语，我问起我在特拉维夫、海法和耶路撒冷的朋友，但是这个人不认识我的朋友，他不是以色列人，只是几个星期前在那里，他经历了一段漫长的旅程。我向阿道夫先生点了一大杯浓缩咖啡，加奶，我没有问：您想要我做什么，您是谁？您怎么知道我的地址的？您是怎么来的维也纳？那个人低声说：我是从保加利亚来的。我在电话簿上看到了您的名字，您是我最后的希望了。保加利亚的首都肯定是索非亚，但那个人不是从索非亚来的，我知道不是每个保加利亚人都住在索非亚，但除此以外我对保加利亚一无所知，那里的人应该都很长寿，因为他们喝酸奶，但我面前的保加利亚人不算老也不算年轻，他长着一张别人记不住的脸，一直在颤抖，在椅子上扭来扭去，双手抓着自己的腿。他从杂志里挑出了一页报道，从德语的《明镜》里抽出了一张大页面的报道，我应该读一下它，现在就读，在这里读，这段报道讲的是一种疾病，是血栓闭塞性脉管炎，保加利亚人点了一小杯黑咖啡，而我默默无言地用勺子搅拌着我的大杯奶咖，匆匆阅读这篇文章关于血栓闭塞性脉管炎说了什么，肯定都是外行的论断，但脉管炎肯定是非常罕见的。我满怀期待地抬起头，我不知道这个保加利亚人为什么会对脉管炎感兴趣。保加利亚人连人带椅子往后挪了挪，指了指他的腿，他就得了这种脉管炎。我的脑中一阵激荡，一阵疯狂的刺痛，我没有在做梦，我应该和这样一个得了可怕的脉管炎的人在兰德曼咖啡厅做什么呢？马利纳现在在做什么，马利纳会做什么？保加利亚人保持着平静，他说：他的两条腿都必须马上截肢，他的钱在维也纳都花光了，他得去一趟伊策霍，那里有治疗脉管炎的专家。我抽烟，默默不语，等待，我身上有二十先令，已经过了五点，银行关门了，脉管炎还在眼前。邻桌的马勒教授愤怒地喊道：结账！弗朗茨先生友善地高声叫道：马上来！然后就跑了过去。我跟在他身后跑着，我得马上打个电话。弗朗茨先生说：怎么了，仁慈的夫人，您现在的样子不太好，小佩皮，拿一杯水来，马上[1]，给仁

① 原文为意大利语。

慈的夫人！我跑到了衣帽间，我在手包里翻找，但那本小电话簿不在里面，我想在电话簿里找我去的旅行社的电话，皮科罗，小佩皮给我送了一杯水过来，我在手包里找到了一片药片，我没有把它压碎，我把它含在嘴里，喝水，药片卡在了咽中，小佩皮嚷道：耶稣玛利亚和约瑟夫，仁慈的夫人在咳嗽，我是不是应该叫弗朗茨先生……但我找到了那个号码，我打电话，等待，喝水，我打通了，我继续等着，苏西先生还在办公室。苏西先生以迂腐的鼻音重复道：有一个外国人来找仁慈的夫人，去伊策霍的一等座，一千先令现金，不急，我们马上去办，乐意效劳，不要担心，仁慈的夫人，吻您的手！

我在衣帽间里待了一会儿，抽了根烟，弗朗茨先生走了过来，飘动的燕尾服看起来很迷人，我也迷人地回绝了他，我必须抽烟，必须等待。几分钟后，我回到桌边，面对着脉管炎。我请保加利亚人马上去我的旅行社，三个小时后有一班火车，苏西先生会把一切安排好，我喊道：结账！马勒教授认出了我，打了个招呼，更大声地喊道：结账！弗朗茨先生从我们身边跑了过去，回头喊道：马上来！我把那二十先令放到桌上，向保加利亚人示意账已经结清了。我不知道我想要他怎么做，但我说：旅途愉快！

伊万说：你又被骗了。

但是，伊万！

马利纳说：我们又被骗了，一千先令的路费！

我说：你并不小气，我得跟你解释清楚，那是一种可怕的脉管炎。

马利纳宽宏大量地说：我不怀疑这一点，苏西先生给我打过电话了，你的保加利亚人真的去了。你看！我是说，如果他的脉管炎好了，不用截肢了，那也很好，但现在他的脉管炎没有治好，可我们还是掏了钱。

马利纳说：你不必操心了，我来办。

今天我和一个麻风病人在莱曼咖啡馆里坐了不到一个小时，我想要马上跳起来、洗手、离开，不是为了防止被传染，而是想要拂去关于麻风病的知识，我想在回家以后用硼酸水洗眼睛，好让我的双眼在见过那张饱受摧残的面孔后平静下来。在去年唯一的一次飞行之前，那次是去慕尼黑，待两天就回来，因为我已经不能太久离开匈牙利大街了，我叫了一辆出租车，坐了一段时间才发现司机没有鼻子，可我们已经出发了，因为我轻率地说：去施韦夏特机场！当他转过身问我他可不可以抽烟的时候我才注意到，是一个没有鼻子的司机把我送到了施韦夏特，我下车拿了行李。但是在机场大厅里我又考虑了一遍，决定放弃那班飞机，搭了另一辆出租车回去了。晚上，马利纳惊讶于我还在家里而不是在慕尼黑。我没有办法搭那班飞机，那不是个好兆头，那班飞机最终没有抵达慕尼黑，而是因为起落架损坏而迫降在纽伦堡。我不知道为什么我总是碰上这些人，有一些还一直都对我有所乞求。今天来了两个法国人，他们的名字我没有能够立刻听清楚，两个人都无缘无故地待到了深夜两点，我真的不知道为什么人们会来我家，会待上好几个小时都不走，为什么他们闭口不谈自己的意图。也许他们就没有什么意图，但是他们不走，我就不能打电话。这时我很庆幸弗朗西丝和特罗洛普还在这里，这两个寄宿者给了我每隔半个小时就走出一次房间的借口，因为我得给它们喂猫粮和切碎的新鲜肺叶，因此，它们的在场对我来说很有用处。

那些猫最多还能再待上一个月，到时候它们可能就会被送回家里，或者会被人带到乡下，弗朗西丝会迅速长大、生小猫，然后就应该给它绝育，伊万也这么认为，我和他谈起过弗朗西丝的未来，他也觉得最好是这么办。我不让我自己去想我看不到长大以后的弗朗西丝了，我在夏天看不到它了，它将永远是一只小猫，永远也不会生小猫，因为我希望一切都保持现在的样子，这样我和伊万在之后的几个月里也不会变老。但我不能向科佩奇先生说这些，有关猫的事情他都知道，因为他养了二十五年的猫，现在家里还有四只猫，他也很了解里夫猴、各种老鼠和它们有趣的怪癖，他最喜欢讲的是自己的猫，一只善妒的暹罗猫，来自伊斯坦布尔的“玫瑰”，他最喜欢的、自杀了的波斯猫“极光”，它从窗子里掉了出去，他一直都无法理解这件事情。弗朗西丝不是暹罗猫，也不是波斯猫，只是一只娇小的、有条纹的中欧流浪猫，不是什么名猫，恰好来到了维也纳，它的哥哥特罗洛普是一只白猫，毛发中夹杂着一些黑斑，它的性情冷漠，从来不像弗朗西丝一样哭闹，只是打着呼噜跳到我的床上，坐到我的背上，在我读书的时候爬上我的肩头，和我一起埋首于书本。因为弗朗西丝和特罗洛普最喜欢和我一起读书了。如果我把它们赶走，它们就爬进书房，躲在书本中间，勤奋地阅读，直到有几本书松动了，轰然倒地。然后我就知道它们藏在哪里，在哪里捣乱了。是时候了，该让贝拉和安德拉什把它们的猫带回去了，或者是让伊万的母亲把它们带到乡下去了。我只对科佩奇先生说，它们只是寄养在我这里，等我的朋友们、一些不是那么亲近的朋友们结束了旅行，回到维也纳，就把它们带回去。但我请求马利纳拿出一点耐心来，他不讨厌猫，但是让猫长时间地在我们的住房里弄乱他的文件、扫荡他的书桌，尤其是把书架上的书撞掉，这是他所不能忍受的。最近，他也觉得整个房屋都散发着猫尿的味道，我已经习惯了这件事情，但丽娜和马利纳站在了同一条战线上，她下了最后通牒：有她无猫，有猫无她。

马利纳说：你只是一时开心，心血来潮，你永远也不会让它们习惯它们的砂盆，它们不会把你当回事，你最好还是养养豚鼠、金丝雀或者鹦鹉，不，还是不要了，我觉得它们太吵了！马利纳不同情这些流落至此的野猫，它们属于那两个孩子，马利纳只想要自己清静，他不觉得弗朗西丝和特罗洛普可爱、聪明或者有趣。但是如果我忘了喂这些可爱的猫，马利纳会记得喂它们，他喂猫的样子就好像这些猫一直都是他在喂，他绝不会忘了这件事情。马利纳就是这样，不幸的是，我就是我这样。

今天丽娜严肃地提醒我，我在一年前就想要重新布置房间了，当然不是整个房间，而只是三件家具，在丽娜还没来得及劝说我“是时候做点事情了”之前，我就不假思索地说道：下次吧，我们叫两个男人来帮忙！丽娜嗤之以鼻：男人！仁慈的夫人，做这种事不需要男人！她已经把我的橱柜推了五厘米，我上手帮忙，毕竟这是我的橱柜，但是它没有移动、没有晃动，它似乎变得更沉了，好像是由上千立方米的橡木做成的。我建议丽娜先把橱柜里的东西拿出来，把抽屉清空，我嘟哝着：您能不能借这个机会，借这个仅此一次的机会，把抽屉，不，我什么都没说……我低下头，专注地看着几年来堆积的尘埃。丽娜今天不想抱怨，否则她就肯定会说我“精神恍惚”了。丽娜骇人地喘着粗气：吻您的手，吻您的手，但柜子就是这么重！

我：但是丽娜，我们现在最好叫两个男人，我们给他们每个人一杯啤酒和十先令，这就是最好的办法。因为丽娜应该注意到了她对我来说是多么的珍贵，她的力气对我来说是多么重要，因为我已经准备好了给好几个男人买很多啤酒了，因为她对我和马利纳来说是不可或缺的。马利纳和我不希望她得疝气或者是心脏病，她不需要来回搬动橱柜和箱箧。我们两个里面，丽娜更强壮一些，我们要一起把橱柜从一个房间搬到另一个房间，尽管超过百分之八十的重量显然是由丽娜承担的。尽管我今天有点生丽娜的气，因为她今天不听我的，还很嫉妒我要给别的男人二十先令，丽娜觉得这简直是把钱“扔出窗外”。我又做了件错事。丽娜和我以一种致命的方式唇齿相依，我们唇齿相依，尽管她不让我给别的男人买酒喝，尽管只有她可以大声批评我，我却不可以大声批评她，只能在心里悄悄批评。因此，我在心里想象人们互不依赖的那一天，我会独自住在一栋房屋里，用几件小家电取代丽娜，只需按一下按钮，就可以举起一只橱柜并且搬动它，好像它没有重量一样。没有人还会不断地感谢别人，帮助别人，暗暗在心里生别人的气。没有人还会暴露出自己的优点或缺点。但之后我就看到自己站在一件家电的前面，丽娜在今年曾有一次劝说我买下它，今天她再次劝说我。她觉得，现在人们没有电动咖啡机和榨汁机就活不下去了。但是我很少喝咖啡，我也还有足够的力气给马利纳榨橙汁。我有一台吸尘器和一台冰箱，可是今年有一次，丽娜想把我家变成一座家电工厂，她坚决地说道：现在所有人都有这个东西了，女士们先生们都有！

在将来的某一天，人类将拥有黑金色的眼睛，他们将看到美，他们将从泥淖里和一切负担中解脱出来，他们将升入空中，他们将走到水下，他们将忘记他们的老茧和困苦。在将来的某一天，他们会获得自由，所有人都会获得自由，甚至会摆脱他们共有的自由。那将是更大的自由，是一种不可度量的自由，属于全部生命的自由……

在干草市场的咖啡厅里，我还在生丽娜的气，因为她时常能够知晓我的想法，有时她也会听到我讲电话，她认为那纯属异端，就凭这些话，她就有权把我扔出窗外，送上断头台和绞刑架，把我放到柴堆上烧死。但是我从来都不管她，不管她是不是愿意看到我一大早晨就精疲力竭地走来走去，不知道该买这个还是买那个，不管她是不是愿意看到我又算错了账，而且没有再检查一遍，不管她有没有听到我说的话，还是说她只是猜出我的想法，以便获得杀死我的权利。

在将来的某一天，人类会重新发现草原与荒原，他们会倾巢而出，释放他们的奴隶，动物会在烈日之下走向人类，走向自由的人类，他们会和谐地生活在一起，大海龟、大象、野牛，丛林和荒野的王者会和人类合为一体，共饮一注水源，呼吸变得纯净的空气，不再互相残杀，那将是开端，全部生命的开端……

我喊道：请结账！卡尔先生友善地说道：马上就来！然后就不见了。我太不公正了，我把餐巾纸揉成了小球，我在上面写了几个不完整的句子，咖啡洒到了桌上，薄薄的纸巾在咖啡里溶解了。我想要马上回家，我想去匈牙利大街，我会原谅丽娜，丽娜会原谅我。她会给我榨一杯橙汁，煮一杯咖啡。这不一定就是全部的生活。这就是全部的生活。

下午，我确信我可以平静地经过9号房了，尽管是从街道对面的一侧。我确信我可以在里面停留片刻，因为阿格尼丝夫人早上刚给伊万家打扫过卫生，然后就去另外两位独居男士的家里了。伊万的房东夫妇也从来不在这条街上露面，6号房的房东布莱特纳夫妇也不知道他们的消息，我只是会偶尔看到阿格尼丝夫人在我家门前来来去去，和布莱特纳夫人亲切地交谈。这次伊万的车停在了9号房的门口，我第一眼把它看成了我的车，但不是不小心停错的，因为伊万刚刚走出了房门，走向自己的车。我想快速走过去，但火眼金睛的伊万已经瞥见了我，挥着手叫我，我神采奕奕地跑了过去，在这个时候，他应该是想要带我去他的办公室，但很快我就没有那么高兴了，因为在我经常坐的前座上坐着两个小人，紧紧地挤在一起，伸着脑袋。伊万说：这是贝拉，这是安德拉什，请你们问好！两个孩子说“孩子[①]”，这不是在问好，他们也没有回答我的问题，因为我十分困惑地问他们是不是会说德语，他们就爆发出一阵大笑，互相说着悄悄话，我一个字也听不懂。这就是伊万的孩子，我一直想认识他们，我也知道一点关于他们的事情，比如贝拉更大

---

① 原文为匈牙利语。

一点，已经上小学了。我尴尬地和伊万说着话，忘了我要做什么，要去哪里，对了，我要去匈牙利大街上段的修车铺，因为我的车送去修了，也许已经修好了，我在心里不断地想着，如果车还没有修好，我就打车去第十四区看望一位女性朋友，一位患病的女性朋友。伊万说：我去那里顺路，我们可以捎你过去，我们捎你过去！伊万没有说：我捎你过去。他用匈牙利语对两个孩子说了点什么，下车转到了另一侧，把他们拽了出来，打开后门，把他们塞进了后座。我不知道，我现在宁可不要这样，我想去修车铺，打辆出租车过去。我怎么才能让伊万明白，他的举动对我来说太突然了？他说：快上车！一路上我都听着伊万讲话，有时候会回头看看后座，我必须找个话题，我还没有准备好。我不打算问贝拉他上几年级，去哪所学校，我不打算问这两个孩子他们最近过得怎么样，喜欢做什么，玩什么游戏，或者是想不想吃冰淇淋。这没有什么可问的。他们每隔几分钟就要打断一次伊万：你看到了吗？看，一辆观光马车！你，一个烟囱工！你想到那双运动鞋了吗？看，阿尔法·罗密欧！你，一个萨尔茨堡数字！你看，那个人是美国人吗？伊万对我讲起了一个艰难的下午，办公室里一个艰难的下午，并时不时地匆匆回答后座的孩子，他对我讲起“时间很紧”，讲起他的困难，他今天打算带孩子去看牙医。赫尔医生给贝拉拔了一颗牙，安德拉什有两颗牙有点小问题，我回头看，贝拉夸张地张开了嘴，安德拉什做着鬼脸，想要模仿他，却不禁笑了，现在机会来了，我没有问他们痛不痛，赫尔医生是不是一个好牙医，我也张大嘴说：我拔过一颗智齿，我长过智齿，你们可没有！贝拉嚷道：你，你撒谎。

晚上我对伊万说：这两个孩子长得不像你。贝拉尤其不像，如果他没有褐色的乱发和浅色的眼睛，他就更像你了！伊万肯定猜到了我有些怕这两个孩子，因为他笑着说：有这么糟吗？你表现得很好，是，他们不像我，但他们也不能容忍别人打探他们的事情，问他们问题，盘问他们，他们会表现得像闻到了烤肉的味道一样！我立刻提议：如果你们星期天去看电影，我也可以去，如果你们不介意，我就一起去，我想再去看场电影，现在阿波罗电影院里有一场电影，《荒原在生活》。伊万说：我们上星期天看过了。我不清楚，伊万是会带我再看一次，还是会给我讲述这部电影，我是会再次见到这两个孩子，还是伊万会把他的两个世界永远分开，如果它们已经不能再称为世界了。我们开始下棋，不再有讲话的必要了，这将是一场乏味、拖沓、僵滞的棋局，我们走不下去了，伊万进攻，我防守。伊万的进攻受阻了，这是我们下过的最漫长、最沉默的一局棋，伊万一次也没有帮过我，我们今天没有下完这盘棋。伊万比平时喝了更多的威士忌，他疲倦地站在那里，发表着他的伊万式咒骂，他站起来，来回走了几步，站在那里又喝了几口酒，他没有兴致了，今天是艰难的一天，没有人取胜，我们也没有下成平局。伊万想马上回家睡觉，如果我拖拖拉拉地下棋、让他越来越疲倦，他也会毫无主见地继续下棋。晚安！

马利纳回家了，他发现我还在客厅里，棋盘还摆在那里，我还没有把酒杯拿到厨房里。马利纳猜不出我刚刚坐在哪里，因为现在我坐在角落里的落地灯下，在摇椅上摇晃着，手里拿着一本书，《红星照耀中国》[1]，他俯在棋盘上吹着口哨，说：你输得那么大！我问，什么叫“那么大”，也许我根本就没有输。但马利纳猜出了事情的全部进展。他怎么知道我拿的是黑棋，因为根据他的推测，黑棋总是会输。马利纳抓起了我的威士忌酒杯，他怎么知道这是我的杯子，而不是伊万用的杯子，它也还剩一半的酒，还放在哪里，但是他从来都不拿伊万的杯子喝酒，他从来都不碰伊万之前用过的东西，比如一碟橄榄或者是盐焗杏仁。他在我的烟灰缸里掐灭了烟，而不是在另一个烟灰缸里，伊万今晚用了那个。我弄不明白。

我把那本关于中国的书留在了那里：敌军从东南地区出发，另一部队从北方出发……

伊万和我：逐渐趋同的世界。

马利纳和我，因为我们是一体：逐渐分裂的世界。

我对马利纳的需求从未如此之少，而他更是不知道该拿我怎么办。但是如果他没有及时回家，我就依然会沉浸于那场跨越整个中国的大行军，依然还在想那两个长得不像伊万的孩子，我会坠回我的恶习，写上百封信、喝酒、撕毁这些信件，以思想毁灭一切，毁灭最后的东西，我将会失去我那富庶的国度，我会偏离路线，会离开它。马利纳沉默也好过我一个人的沉默，在伊万这件事上，这种沉默对我有益，如果我不能理解这些，如果我不能理解我自己，我在最黑暗的时刻也依然清楚，我永

---

① 原文为英语。

远也不会失去马利纳——哪怕我会失去我自己！

我对马利纳和伊万都以“你”相称，但这两个“你”却通过一种不可估量、不可动摇的压力区分开来。我从一开始就没有对这两个人使用我经常使用的“您”。伊万和我的相识发生在一瞬间，我没有时间靠交谈和他拉近关系，我直接走向了他，先于任何话语。而马利纳，好几年间他一直在我脑中，我是那么需要他，可是有一天我们生活在一起，只不过是对某件一贯如此的事的肯定，只是这件事常常缺位，被其他人所阻碍，被各种决议与交易所阻碍。我对马利纳使用的“你”适合我们的交谈和争论。我对伊万使用的“你”是含糊不定的，它可能会褪色、黯淡或者是变亮，可能会变得易碎、温和而娇柔，它表达的疆域不受限制，它可以单独说出来，与其他词间隔很久，有时几乎具有塞壬般的魔力，永远散发着新的魅力，却没有那种我在伊万面前一个字也说不出来的时候，我在自己心里听见的声调。在他面前还没有这种声调，但有一天，我会使这个“你”在我心里圆满。它将成为一个完满的存在。

但我还是对多数人以“您”相称，说“您”是我不可或缺的需求，也是出于谨慎，但我至少有两种称“您”的方式。一个是针对大多数人的“您”，还有一个是危险而洪亮的“您”，我没有办法对马利纳讲，也没有办法对伊万讲，如果没有伊万，这个“您”就讲给那些可以进入我生活的人。因为伊万，我用这个“您”疏远别人，也疏远我自己。这是一个难以形容的“您”，偶尔也有人理解，但仅仅是在它的使用范围里，当“你”不再能建立一种亲密的情谊。因为我对所有可以用“你”相称的人说“你”，就因为我和他们一起上中学、上大学，和他们一起工作，但是这并不意味着什么。我的“您”类似于芬妮·古德曼的“您”，根据传闻，她始终对所有的恋人以“您”相称。当然，她也对所有无法成为她的恋人的人说“您”，她应该是爱过一个人，她对他说出那个最美的“您”。像古德曼这样一直被人谈论的女人可能既不能表示认同，也不能表示反对，但有一天城里开始流行一句话：您生活在月亮上吗？什么，您不知道？他们很喜欢这样说，说那个难以模仿的“您”！甚至连从不褒贬别人的马利纳也说，他今天见到了芬妮·古德曼，她也受到了约丹一家的邀请，他不情愿地说：我从未听过有哪一个女人把“您”说得如此优美。

我不在乎马利纳是怎么看古德曼的，他并没有在做比较，因为这个女人毕竟受过发音训练，而我没有学过腹式呼吸，没有办法调匀气息，也做不出艺术性的停顿。快到睡觉的时间了，我应该怀着恐惧和马利纳交谈，但我应该怎么开始呢，我只是认识了两个孩子，他们对马利纳不感兴趣。我们不会谈论还能够发生什么，他会怎么评价我这个小故事。我们不会谈论世界上和城市里发生的大事，在马利纳面前不会，我们又不是坐在酒馆的桌边。我可以谈论的是环绕我的、包围我的东西。有没有过精神上的剥夺？如果有，有没有一位被掠夺者陷入思想上最后的困境？这值得吗？

我可以问起最不可能的事物。是谁发明了书写？什么是书写？是一种财富吗？是谁剥夺了它？我们去往灵魂[①]？我们是劣

① 原文为法语，与前文所引的兰波诗句相呼应。

等种族吗？我们是否应该卷入政治，无所事事，且极度残暴？我们被诅咒了吗？我们会沉沦吗？马利纳站起身来，他喝光了我杯子里的酒。我在一阵深深的醉意中以睡眠抹去了我的问题。我会在夜晚膜拜野兽，挤入最圣洁的画像，进入所有谎言，我会在梦中变成野兽，像一只野兽一样被人杀死。

在睡梦中，有什么东西在我的脑中跳闪，闪着强光，闪着星点光芒，又翳暗了我，开始威胁我，那是毁灭的感觉，我对并不在场的伊万尖锐地说道：绝不是马利纳，马利纳是不同的，你不了解马利纳。我从未对伊万说过一句尖锐的话，甚至从未大声地和他说过话。伊万当然没有说过马利纳的坏话，他根本就想不到他，他怎么会嫉妒他和我共同生活在这里呢？他根本不会提起马利纳，就像人们出于分寸，也会对家庭中的囚犯或精神病人绝口不提。有时候，当我想到马利纳，我也会感到一种可怕的紧张，变得两眼无神，这种美好而澄净的误解统治着我们三个，是的，它统治着我们，支配着我们。我们是它仅有的臣民，安然无恙地生活着，在如此丰富的谬误之中，没有人能够以他的声音征服另一个人的声音。我们因为他人在外面奔波，因为他们在行使自己的权利，因为他们行使或者是荒废了自己的权利，因为他们在一刻不停地反抗彼此。伊万会说：所有人都在入侵别人的生活。马利纳会说：所有人的观点都是租来的，他们将为此支付越来越高昂的租金。

我租来的观点正在消失。我越来越轻易地与伊万分开，我也越来越轻易地再次找回他，因为我想到他的时候越来越没有占有欲了，我可以几个小时都不去想他，以免他在睡眠中不断地撞到手腕和脚踵，我不再束缚着他，或者是我放松了对他的束缚。他也不再经常皱眉了，他的眉头舒展开来，因为我的目光与我的柔情不再那么专横了，我很少再会诅咒他，对他施法，于是我们的相处也变得更轻松了，他走出房门，上车，低语几句话：现在是三点四十分，我还有时间去博览会，你呢？我也有时间，不，没什么，我明天要和别人开车去布尔根兰州，不，不开夜车，我还不知道，我的朋友……极轻的低语，另一个人听不清这些朋友怎么了，这些话语属于哪一种生活。我向伊万保证，只穿那些让人开心的漂亮衣裙，我也急急忙忙地向伊万保证按时吃饭，不再喝酒。我匆匆忙忙地和伊万说话，我还向伊万保证自己能够睡着了，睡熟了，沉沉地入睡了。

尽管我们在和孩子们交谈，但很快我们就开始越过孩子的脑袋在上面交谈，伴着暗示，用一种原始的德语，有时不可避免地会掺杂一些英语的句子，但并不是一句“SOS”，如果我们需要莫尔斯电码，那伊万和孩子们都看得懂。但孩子在场的时候我就感到异常拘谨，同时又比和伊万在一起的时候健谈，因为对我来说，伊万已经不再是那个宏大的伊万了，而是贝拉和安德拉什的父亲。一开始，我没有办法在孩子面前对他直呼其名，但后来我发现他们自己也这么做，但是安德拉什斯感到悲痛的时候还是会反复呼喊：爸爸[①]！那肯定是一个来自幼儿时期的词。伊万在最后一刻决定带我一起去美泉宫，当然是因为根本就觉得我无所谓的安德拉什问他：她不能一起去吗？她应该

① 原文为匈牙利语。

一起去！但在猴舍前，两个孩子都拽着我不放，安德拉什攀在我的手臂上，我小心翼翼地拽着他，此前我从来都不知道，孩子的躯体比成人的要温暖得多。贝拉更紧地靠着我，那只是出于对安德拉什的嫉妒，他们似乎很久都没有一个可以攀附、可以紧靠的人了，他们深受其困扰，而我无法完全满足他们。伊万帮我们投喂坚果和香蕉，因为我们攀在一起大笑，贝拉把坚果扔到了一旁。我热切地给他介绍狒狒和黑猩猩，去动物园这件事情我毫无防备，我应该提前翻阅一下布雷姆[1]的《动物生活》，面对水蛇的时候我完全不知道它吃什么，贝拉想知道它吃不吃老鼠，而伊万猜它吃甲虫和树叶，他已经开始头痛了，我喊道：你出去吧！因为贝拉和安德拉什还想看蜥蜴和蝾螈。因为伊万没有在听，我就开始给这些爬行动物编造难以置信的习性和故事，我知道他们来自哪个国家，几点起床，几点睡觉，它们吃什么，它们在想什么，它们是否会长命百岁。如果不是伊万因为头痛、因为缺觉变得极不耐烦，我们还要去看那些熊。我们喂了海豹，我在巨大的鸟笼面前编造有关秃鹫和山鹰的一切，我没有时间讲述鸣禽了。我不得不说，伊万会在胡博纳冰品店给我们买冰淇淋吃，但是我们得赶紧过去，否则就没有冰吃了，我说：伊万会生我们的气！但是只有冰淇淋有用。拜托，伊万，你能不能给我们买冰淇淋，我敢肯定，你向孩子们保证过了（眼睛从孩子的脑袋上扭开：拜托，帮帮我，我答应了给他们买冰淇淋[2]），你最好来一杯双倍奶咖。伊万闷闷不乐地点

① 布雷姆：指德国动物学家阿尔弗雷德·布雷姆。

② 原文为英语。

了单，他肯定已经精疲力竭了，因为我和孩子们在桌子下面踢对方的脚，动作越来越激烈，贝拉歇斯底里地大笑着：这是什么鞋，这么愚蠢的鞋！因此我又轻轻地踩了贝拉一脚，但伊万已经生气了：贝拉，好好表现，不然我们就回家！但是我们本来也得赶快回家了，不管孩子们表现得怎么样，伊万把他们扔到了汽车后座上，我停了一会儿，买了两只气球，我没有零钱，伊万没有看我，有个女人帮我破开了五十先令的纸钞，她以一种伤人的友善说道：这是您的孩子啊，多么可爱的孩子！而我绝望地说：谢谢，万分感谢，您真好！我默默上了车，把两根气球线塞到可爱的孩子们的手里。伊万一边开车一边说：你疯了，你不必这么做！[①]我转过身说：你们今天不呱呱叫了吗！你们不是不会停下吗！贝拉和安德拉什笑弯了腰：我们呱呱叫，呱，呱，呱，我们呱呱叫！当我们的叫声开始失控的时候，伊万就开始唱歌，贝拉和安德拉什不再叫了，他们也跟着一起唱，音调或准或偏，声音或大或小。

去德布勒森
买一只火鸡
马车有孔洞
火鸡蹦出来[②]

我不会唱这首歌，也永远学不会这首歌，于是我为自己悲

---

① 原文为英语。

② 原文为匈牙利语。

叹：唉！[①]

伊万把我们送到了9号房，他得回办公室取点文件，我和孩子们玩纸牌，一直都很喜欢我的安德拉什给我出主意，而贝拉讽刺地说：不是你这么玩的，你是个傻瓜，抱歉，傻女人！我们玩童话四方[②]，但贝拉抱怨说那对他来说太愚蠢了，他已经过了玩这个的年纪了，我和安德拉什才适合。我们玩动物四方、鲜花四方、汽车四方和飞机四方，我们有赢有输，我有时候是无意输的，有时候是为了让贝拉和安德拉什高兴而故意输的。玩到城市四方的时候安德拉什不想玩了，他不认识那些城市，我就告诉他，用手挡着脸说悄悄话，我说“香港”，安德拉什没听懂，贝拉气愤地把纸牌甩到桌上，像一位先生在决断性的重要会议上一把扯下领带，因为其他人的表现有失体面。安德拉什想玩童话四方，但他犹豫了一会儿，直到我建议说：我们来玩拱猪吧。他们肯定已经玩过几千次拱猪了，但他们又兴奋了起来，贝拉把纸牌打乱，我洗牌、发牌，他们抽牌、丢牌。最终猪牌到了我手里，伊万走了进来，贝拉和安德拉什转过身，用吃奶的劲爆发出一阵大笑：猪，猪！现在我们得陪伊万再玩一次，最后只剩下我和贝拉了，不幸的是，贝拉从我手里抽走了猪牌，他把纸牌甩了出去，嘶声嚷道：伊万，她是头蠢驴！我们在孩子们的脑袋上面交换了一下目光。伊万发出了可怕的咆哮，贝拉不敢再说话了。伊万提议喝一杯白兰地以示和解，

① 原文为匈牙利语。

② 一种纸牌游戏。

贝拉自告奋勇地给我们拿酒，他跑了两趟，给我们拿了杯子，伊万和我默默地坐下，双腿互相叠放着，孩子们在桌边乖巧而安静地玩着鲜花四方，我脑中一片空白。但之后我又想到了一点什么，伊万的目光在孩子和我之间摇摆，试探着发问，总体还是友善的。

那么我该永远等待吗？人该永远等待吗？是不是必须等待一生？

我们约在图赫劳本冰品店见面，那是一家意式冰淇淋店。伊万说，这样孩子们就不会起疑心：你好！你好吗？我在孩子面前表现得就像我有一个星期没有见过伊万了。我们的时间不多，伊万没有问我们就直接点了一份拼盘，因为贝拉之后要去上体操课，这对伊万的母亲来说是个麻烦，有时对伊万来说也是，甚至对不喜欢体操课的贝拉来说也是。伊万批评学校和课程设置，尤其是这门疯狂的体操课，永远在下午，是的，他们觉得这里人人都有私家车和保姆！我从未听伊万评价过维也纳的现实，他不做比较，也不讲述事件，他觉得这种东拉西扯既无趣味，也没有意义。只有今天的体操课让他失了控，他对我说“你们”，好像体操课是另一个世界的事情，是我所属的这个令人抗拒的世界的事情，但是我在越来越强烈的恐惧中也开始幻想，我不知道匈牙利那边的体操课是怎么上的。伊万付了款，我们和孩子们走上大街，走向他的车，安德拉什挥了挥手，但是贝拉问：她不一起去吗？为什么她不能一起去？然后他们三个穿过图赫劳本大街消失了，拐过转角，开往高地市场，被一辆外交官的车辆挡住了。我继续眺望，直到找不见他们的任何痕迹，然后我慢慢穿过圣伯多禄广场，走向格拉本大街，去往另一个方向。我要买长袜，我要给自己买件毛衣，我今天要买几件特别漂亮的衣服，因为他们消失了，伊万在孩子面前当然不会说，他会不会给我打电话。

我听到贝拉说：她应该一起去的啊！

我在格拉本大街给自己买了一条新裙子，一条长款的家居裙，可以在下午穿，在一些特殊的晚上的家里穿，我知道我要穿给谁看，我很喜欢它，因为它长而柔软，强烈地意味着“在家”。但是今天我不想当着伊万的面试穿，我肯定也不会当着马利纳的面试穿，马利纳不在场，我就能常常照镜子，我不得不在走廊的穿衣镜面前反复转身，距离男人有几里地远，和男人之间隔着深渊、高空与遥远的传说。我可以在时间和空间之外生活一个小时，怀着最深的解脱感遁入一段传说，那里肥皂的气味、洗面奶的刺痒、洗脸时的吱呀作响、浸入盆中的毛刷和修容刷深思熟虑的描画就是唯一的真实了。一件艺术品产生了，一个女人是为了一件家居裙创造出来的。一个女人是被秘密设计好的，从一开始就是这样，没有人的气息。要梳二十遍头发，要在脚上抹油膏，给脚指甲涂指甲油，要刮掉腿毛和腋毛，打开再关上淋浴喷头，爽身粉在浴室里腾云驾雾，可以在镜子里看到，永远是星期天，在镜子里、在墙边有人发问，可能已经是星期天了。

在将来的某一天，所有女人都将拥有金色的眼睛，她们将穿上金色的鞋履和金色的衣裙，她将梳理她金色的头发，她会喊道，不！她金色的头发将在风中飞扬，当她骑马奔赴多瑙河……

在将来的某一天，所有女人将拥有金红色的眼睛、金红色的头发，她们性别的诗篇将被重新谱写……

我走进了镜子，我消失在镜子里，我望向未来，我与自己合为一体，又与自己分离。我冲着镜子眨眼，我再次醒来，用刷子在眼睑边缘描出眼线。我可以不这样做。在这一瞬间我是不死的，我不再为伊万而存在，我不再居于伊万体内，那毫无意义。浴缸里的水流干了。我关上抽屉，把毛刷、脸盆、香水瓶和喷雾罐收进浴室的橱柜，以免马利纳看到生气。家居裙被挂进了衣柜，今天不适合穿它。在睡前我得呼吸点新鲜空气，上街走一走。出于谨慎，我拐进了干草市场，受到了城市公园的阴影与幽黑形体的威胁，绕过了左轨大街，匆匆忙忙，因为这段路是我所不熟悉的，但一到贝雅特丽丝大街我就又有了安全感，我从贝雅特丽丝大街走进匈牙利大街，一直走到雷恩街，这样我就不会知道伊万在不在家了。回去的时候我也小心翼翼，既不看9号房，也不看富有暗示意味的蒙策大街。伊万应该享有他的自由，伊万应该享有他的生活空间，即便是在这一刻。我一次上两级台阶，跑上了楼，因为隐约传来了电话的叮当声响，那可能是我们的电话，它真的是每隔一段时间就会响起，我撞开门，把门甩到身后，因为电话在尖叫，像是进入了警报状态。我把听筒抓了起来，气喘吁吁、深感震惊地说道：

我刚回来，我在散步

当然是自己，还能和谁，就走了几步
如果你在家，我又该怎么样
我没有看到你的车
因为我是从雷恩街走过来的
我忘了看你的窗口
我就愿意走雷恩街
我没有去干草市场
但是你已经在家了
因为城市公园，你根本不可能知道
我到底该看哪里
在蒙策大街，我的车今天也停在那里
那最好是我给你打电话，我明天给你打电话

然后是和解，是困倦，渐渐变得不再急躁，我不敢肯定，但离开夜晚的城市公园又使我有了安全感，不用再沿着围墙步履匆匆，不用再在黑暗中绕路了，而是已经有一点在家的感觉了，已经踩在了匈牙利大街的地面上，我在匈牙利大街之国保住了一命，被救出了水面。从嘟哝出第一个字、第一句话的时候，从开口的时候，从一开始。

在将来的某一天，所有男人将拥有金红色的眼睛和丝绸般的声音，因此他们的手将会充满爱的天赋，他们性别的诗篇将被重新谱写……

在划掉的时候，在审阅的时候，在删去的时候。

……他们的手将会充满善的天赋，他们将用纯洁的手撷取所有最高的善，因为他们不应永恒，因为人类不应永恒，他们不应永远等待……

在看穿的时候，在看透的时候。

我听到钥匙在门中转动，马利纳探询地望向室内的我。

你没有打扰到我，过来吧，你想喝茶吗，你想要一杯牛奶吗，你想要什么吗？

马利纳想自己去厨房拿牛奶喝，他略带讽刺地向我鞠了一躬，他在嘲笑我。他还得说点什么来惹恼我：如果我没看错，我们会走上坦途，崇山已经消失[1]。

请不要说普鲁士式的句子，不要在我面前这么做，你现在打扰到我了，每个人都有权利走上坦途！

我问伊万，他是不是曾经想过、之前有没有想过、今天有没有在想爱情。伊万抽着烟，烟灰掉到了地上，他默默地找他的鞋子，他找到了两只鞋，转向了我，他不知道该怎么说。

那是人们会想的东西吗，我应该想什么呢，你需要话语来描述它吗？你是在给我设陷阱吗，我的小姐？

是也不是。

但如果不是……你什么也感觉不到吗？一丝轻蔑，一种厌

---

① 原文为法语，为普鲁士国王腓特烈二世名言。

恶？但如果我也什么都不曾感觉到呢？我小心翼翼地问，我想让伊万用手臂环绕我的脖颈，这样他就不会走远了，不会距离我超过一米，好像我是第一次这样问他。

但是，不，那是什么样的蔑视？你在困境中需要什么？我来了，这就够了。天啊，你问的是什么无法回答的问题啊！

我得意扬扬地说道：我只想知道它是不是无法回答的。其他的我也不想知道了。

伊万穿好了衣服，时间不多了，他说：你有时候真可笑。

不，不是我，我立刻答道，是别人，是他们以前给我灌输了这些不可理喻的想法，我从来没有这么想过，我从来没有过轻蔑和厌恶，我体内有另一个男人，他从不赞同我，从不强迫自己回答别人强加的问题。

难道不应该说，另一个女人？

不，另一个男人，我没有弄混。如果我说另一个男人，你就得相信我体内真的有另一个男人。

我的小姐，但你是女性，我从一开始就发现了这一点，这你得相信我。

你怎么这么不耐烦，不听我说话！

今天我特别不耐烦，我对你没有耐心！

你得有点耐心，我们会有耐心的。

但你让我失去了耐心！

我怕最后是我的耐心导致你失去了耐心……

(耐心与失去耐心的句子结束了。没有几句话。)

在将来的某一天，我们的房屋将会坍塌，我们的汽车将会报废，我们将摆脱飞机和火箭的束缚，我们会放弃车轮与核裂变的发明，清新的风会从碧蓝的山上吹来，使我们的心胸变得宽广，我们会死去，会呼吸[①]，那就是全部生活。

荒漠里的水会流干，我们会再次走入荒漠，观看神启，纯净的雨林与水域会邀请我们，钻石会留在岩石里面，照亮我们所有人，原始森林会把我们救出我们思想的夜间密林，我们将不再思考，不再受难，将会有解脱。

尊敬的市长先生：

您以学院的名义祝我的生日快乐。请允许我告诉您我今天有多么震惊。尽管我不怀疑您的做法，我在几年前的开幕式上有幸……有幸结识了您。但您装腔作势地提到了这一天，甚至是一个确定的时刻，一个不可重现的时刻。那对我母亲来说想必是最为私密的时刻，出于礼貌，我猜对我父亲来说也是如此。我自己并没有以某种特殊的方式分享这一天，我只有记住这个日期的义务，我不得不把它填在所有城市、所有国家的登记表上，即便我只是途经那里。但我已经有很久没有去过国外了……

亲爱的莉莉：

你刚刚已经听说了我脑中所想的东西。我说“刚刚”，虽然已经过去很多年了。那时我曾请你来帮助

① 参见策兰《法国之忆》：“我们死了，却仍能呼吸。”

我，这不是第一次，是第二次，第一次的时候你没有来。感谢仁爱的天主，我认识了你。我词不达意，我只想说，甚至天主的仁爱也可以留在一个人的体内，我可以想象这一点，人们为了自己也会这么想，你为了他们也得这么做。但我更希望你只是为了我才这样做的。不需要紧急协议，我们已经签订过了。亲爱的莉莉，我知道你的勇气，你在许多情况下堪称豪迈的行为，我一直都对此很赞赏。现在已经过去七年了，你从来都没有以你的理智欺骗过你的心。有足够的理智和心肝的人都不会允许他欺骗自己和他人。我很愿意协助G先生。我们在听音乐的问题上，在音量大小和乐曲选择上面达成了一致，因为我对噪音的敏感程度在最后一刻病态地飙升了，我们在白天和黑夜都无法就事物的用途达成一致，我对时间的感知已经开始受到折磨，我认为规划时间是一件病态的事，但我也承认我对时间的态度或非态度是病态的。我们在紧急情况下也没有达成一致，我对猫狗持有不同的态度，我会说我不想和动物，尤其是和猫共处一室，而他会说他不想和狗或者我的母亲或者我躺在同一张床上。无论如何，我们还是达成了明确而和谐的协议。你也知道我的偏见，由于我受的教育、我的出身和世界上的等级制度，我受到了某种局限，我很容易对付，因为我习惯了特定的腔调、手势、与人交往的温柔和人们伤害我的和你的世界时的残暴，这些东西我多少明白。我尤其因为我的出身而不好对付。人们无法应付我。我对自己也感到陌生，我对我可耻的习惯难以启齿。甚至是想让我脱鞋的泰国大使，但你知道那个老掉牙的故事……我没有脱鞋。我不公开我自己的偏见。我把它们珍存于心。我宁可脱掉所有的衣服，只剩鞋子。如果有一天我必须这么做，我只会：将拥有的一切都抛进火里，包括鞋子。

维也纳日期……

亲爱的莉莉：

你刚刚已经得知，出于你的愧疚之情，你以一种糟糕的方式得知了我在说什么。你一直都不相信。但是你没有来。现在又到了我的生日，抱歉，是你的生日……

亲爱的莉莉：

今天我觉得我再也见不到你了。这不是一个出于最初或最后的冲动的愿望。在最初几年我写了许多痛苦的、哀叹的、责备的信件，但这些信尽管充满了谴责，却可以在其中看出比我们那些无关紧要的信件更多的喜爱之情。我们在那些信件里温柔地致意、相互拥抱、充满爱意地祝愿。我没有考虑过我的愿望，很久以来我什么也不考虑了，但我意识到我心里的某种东西释放了你，不再绕着你旋转，也不去找寻你。尽管G先生、W先生或A先生出于某种狂热想要把我们分开，但我们怎么会被一个第三者分开呢？把过错推到另一个或另一些人身上是很容易的，但据我所知，在儿戏中犯下的过错无论如何都是无足轻重的。如果我们没有分开的愿望，那也没有任何人可以使我们分离，释放也只可能是你内心最深处的愿望。我觉得我从来就没有放开过你，今天我也不能放开你。你在我体内重塑了你自己，你随着我们共处的时间而消逝，一个年轻的你出现了，不再受到之后的经历与思想的戕害。绝不会坠落。在我内心的墓园里，在虚构出来的形象旁边，那些转瞬飘飞与转瞬死灭的形象。

维也纳日期……

一个陌生女人

伊万把顽童、无赖、匪徒和换命儿[①]，把这些孩子[②]留给我，因为他必须出一次差，必须再向前跳出一步，而我则在房中掀起一场丽娜做梦也想象不出来的骚乱。我们用手掰碎了丽娜做的两个大理石蛋糕，却没有怎么吃它，我把刀、叉子、剪子和灯都收起来了。我之前从未意识到我家里有这么多危险的东西。我为伊万留着半开的门，但安德拉什已经走出了楼梯间。我肩负着可怕的责任，我每一秒都能够看出危险，始料不及，突如其来，因为就算伊万只带了一个孩子来，只要出了事，我就再也无法正视伊万，更何况现在两个孩子都在，比我更敏捷、更有创造力、更随机应变。所幸安德拉什没有跑到大街上，他跑上了楼，按响了那位女歌手的门铃，她不会起来给他开门，因

① 传说中妖魔把人类孩子偷走以后留下的丑陋替代品。

② 原文为匈牙利语。

为她有两百公斤重，正沉沉地躺在床上，我稍后会给她写一张致歉的便条，从门缝里塞进去，因为女歌手肯定已经坐了起来，揪着一颗肥腻的心。我把安德拉什拎回了房间，门撞上了，但是我没有钥匙。我拍打着门，伊万开门，伊万来了！两个人带两个孩子要容易一些，贝拉听从伊万的指令，把蛋糕稍大一些的碎屑捡了起来，但安德拉什发现了留声机，他已经抓住了装了新唱针的手柄，指甲划过了唱片。我愉快地对伊万说：别管他，没关系，那只是D大调的音乐会，是我的错！只是现在安德拉什一把抓起了烛台，我就立刻把它抢了下来，放到了更高的柜子上。我跑进厨房，从冰箱里取出了几瓶可口可乐。伊万，能麻烦你把瓶子打开吗，不，开瓶器就在那里！但贝拉把开瓶器藏起来了，我们现在要猜一猜它在哪里，我们玩着，猜着：冰，常温，冷，热，滚烫！[①]开瓶器在摇椅下面。孩子们今天不想喝可乐，贝拉把他那杯倒了一半在花瓶里，那里插着科佩奇先生送的玫瑰花，另一半倒进了伊万的茶里。我说：孩子们，你们能不能安静一会儿，我有话要跟伊万说，天啊，就安静一小会儿！我和伊万说话，他告诉我他不打算带孩子去蒂罗尔了，他们要提前几天去月亮湖，因为伊万的母亲不想再去蒂罗尔了。我没有办法回答他，因为安德拉什肯定已经找到了厨房的出口，正在向着厨房的阳台攀爬，我紧张地把他抱了下来，我说：过来，请进来，我给你吃巧克力！伊万不动声色地继续说道：你的电话昨天打不通，我应该早点告诉你的！伊万要去月亮湖，而我们谈论的并不是月亮湖和我，我立刻说道：那很好，我得

① 一种找寻物件的游戏，靠得越近提示温度越高。

去沃尔夫冈湖畔的阿尔特维家，我之前已经爽约过两次了，这次我含糊地答应了他们我要去，我得开车去那里，不去的话他们会觉得受到了伤害。伊万说：你应该去，你一定要离开维也纳，我不明白你为什么总是要拒绝，你不缺时间。唉[①]！贝拉和安德拉什现在在走廊里发现了我和马利纳的鞋，把他们的小脚放了进去，摇摇晃晃地走了过来，安德拉什大叫着摔倒了，我把他抱了起来，让他坐在我的膝头。伊万把贝拉从马利纳的鞋子里拽出来，我们和孩子们缠斗得筋疲力尽，同时还在找被他们藏起来的巧克力，仿佛救星一样，安德拉什把剩下的巧克力拿了过来，蹭脏了我的衬衫。他们要去月亮湖了，而我说我宁可去那家古老的旅店。七千米的峡谷！[②]贝拉喊道。我跨越了整个国土，我走了多远？一直走到布斯特胡德？但是，伊万，让他玩那双鞋吧，如果他一定要去七千米的峡谷。*拜托，请稍后打电话，我要和你说话*[③]。关于去威尼斯的邀请函、回复、付费回电，我什么也没有寄出，这没有那么重要，威尼斯不重要，我们可以以后再……伊万带着贝拉走进了浴室，安德拉什蹬着腿，想从我身上下来，然后他突然亲了一下我的鼻子，我也亲了安德拉什的鼻子，我们把鼻子顶在一起，我想永远和他黏在一起，但他玩够了。我希望这个世界上既没有月亮湖，也没有沃尔夫冈湖，但一言既出，驷马难追，安德拉什凑得更近了，我也把他抱得更紧，他必须属于我，这两个孩子必须彻底属于

---

① 原文为匈牙利语。

② 原文直译应为“七里靴”，一种神奇靴子，出身欧洲民间故事，传说穿上后会走得很远，此处夸张处理。

③ 原文为英语。

我。伊万走了进来，摆正了几把椅子，他说：可以了，我们没有时间了，我们得走了，她又在和你们玩这些可怕的游戏！伊万得在商店关门之前给孩子们买一条橡皮船。我和他们三个站在门口，伊万牵着安德拉什的手，贝拉已经跳进了楼梯间。再见，小姐！再见，你们这些顽皮鬼！我稍后给你打电话[①]。再见！

我把蛋糕盘和杯子拿进厨房，来回走动，不知道我还能够做些什么，我捡起地毯上的几粒蛋糕屑，丽娜会用吸尘器打扫干净的。我希望伊万以后也带着孩子来，他打电话的时候我要告诉他，在他动身之前，我一定要告诉他。但我最好还是不要告诉他。我会从沃尔夫冈大街给他写信，利用我们之间的距离，思考十天，然后动笔，一个多余的字也不写。我将找到最精确的字眼，忘掉语言的黑色艺术，我将以最天真的书写致予伊万，像在我们乡间的农家少女面对自己的恋人的时候，像一位女王毫无羞惭地面对自己选中的爱人的时候。我将写下一份赦免申请，像那些不期待得到宽恕的罪犯。

我已经很久没有离开过维也纳了，去年夏天也没有，因为伊万要留在城里。我曾经宣称过维也纳的夏天是最美的，没有什么比和其他人一起去乡下更愚蠢的了。我也不喜欢度假，沃尔夫冈湖令我感到败兴，因为整个维也纳都在沃尔夫冈湖畔，如果马利纳去克恩顿，我就一个人待在家里，这样还有可能和伊万一起开车去一两次古老的多瑙河，在河里游泳。但今年夏

① 原文为英语。

天，古老的多瑙河失去了它的美丽，最美的地方想必也变成了月亮湖畔，而不是游客横行、已经死灭的维也纳。时间仿佛静止了。明天伊万会送我去火车站，他们将近中午的时候才会发车。耶利内克小姐会在傍晚过来，我们会做点工作上的事情。

尊敬的哈特雷本先生：

感谢您五月三十一日寄来的信！

耶利内克小姐等着，我抽着烟，她这次也应该将这张纸抽出来扔进废纸篓。我没有办法回复一封五月三十一日寄来的信，三十一这个数字是不可使用、不可亵渎的。这位来自慕尼黑的先生想说什么？他怎么能在五月三十一日引起我的注意？他与我的五月三十一日有何关联！我匆匆跑进房间，耶利内克小姐应该不会发现我开始哭了，她应该把信件整理归档，她应该不给这位先生任何答复。所有的答复都有其时限，截止到夏天结束。在浴室里我又想到，我，怀着至深的恐惧，在匆忙之中，我今天还要写一封决断而恳切的信件，但是要自己写。耶利内克小姐应该会计算自己的工作时间，我现在没有时间了，我们希望对方度过一个美好的夏天。电话响了，耶利内克小姐要走了。再说一遍：美好的夏天！假期愉快！诚挚地问候我还不认识的卡拉万雅医生！电话在尖叫。

我没有结巴，是你觉得
但我前天和你说过
那肯定是个错误，我会说

非常抱歉，最后一晚

不，我和你说过，今天，很抱歉

我不希望你永远都做我想要你做的事情

我根本没有那么做，比如说，绝对不是这样的

我肯定说过，只是你

但我今天没有时间

明天早上我肯定会带你去

我已经迫不及待了，明天，八点！

罕见的会面。我们两个今天都没有时间留给彼此，在最后一晚总有许多事情要做。我本来是有时间的，我的行李已经收拾好了，马利纳听从我的请求出去吃饭了。他很晚才会回家，也是因为我的请求。我知道马利纳在哪里该有多好。但是我不想看见马利纳，我今天不能看见他，我必须考虑罕见的会面。总有一天，我们的时间会变得更紧，总有一天，这一天会变成昨天、前天、去年和两年前。在昨天之外将会有明天，一个我不想要的明天，而昨天……哦，这个昨天，这时我也想到了我和伊万的相遇，从最初的一刻直到现在……我很震惊，因为我从来都不愿意去想一开始是什么样，一个月前是什么样，孩子出现之前的日子是什么样，弗朗西丝和特罗洛普还在的日子是什么样，孩子们过得怎么样，我们四个在帕拉特的日子怎么样，当我紧抱着安德拉什闯入幽灵的轨道，飘浮在死者的头上，我曾经是怎样地发出大笑。我不再想要知道事情一开始是什么样子，我不再在乡间主街的花店门前驻足，我从未看过它，也从未向人询问过它的名字。但总有一天我会想要知道它，我将从

那一天坠回到昨日。但是明天还没有到来。在昨天和明天浮出水面之前，我必须缄默地把它藏在心中。现在是今天。我置身于此时此地。

伊万打来了电话，他不能送我去西站了，因为出了点紧急状况。没有关系，他会给我寄明信片，但是我不能再听下去了，我得马上打电话叫一辆出租车。马利纳已经走了，丽娜也不在身边。但丽娜正在来的路上，她在楼梯间遇到了拎着箱子的我，我们把箱子抬了下去，主要是丽娜抬的，她和我站在出租车前拥抱：希望仁慈的夫人平安归来，不要给医生增添生意！

我在西站跑来跑去，因为行李搬运工把我的箱子送到了3号站台的尽头，我们得往回走，因为我要坐的那班车现在到了5号站台，有两班去萨尔茨堡的车在同一时间发车。5号站台的那辆车比3号站台的车还要长，我们必须穿过砾石，走到最后一节车厢。行李搬运工想要现在就拿到报酬，他觉得我这么做很厚颜无耻，但他还是帮我搬了，因为我给了他不止十先令，但这么做还是很厚颜无耻。我倒希望他不会被这十先令贿赂。这样的话我就得返回，然后我就会在一个小时后回到家中。火车开了，车门弹开了，想要把我甩出去，我还可以用尽最后一丝力气把门撞上。我坐在我的行李箱上，直到检票员来把我带到座位上。列车不会在阿特南-普赫海姆之前脱轨，它会在林茨短暂停靠，我从未去过林茨，我每次都是途经，多瑙河畔的林茨，我不愿远离多瑙河畔。

……在这片诡异的风景里她看不到任何出路，四下只有柳树、风与流水……灌木仍在低语、大笑、尖叫、悲声叹息……为了不再听到可怖风声的号叫，她把头埋到了双臂之间……她不能前进，也不能后退，她只能在流水与垂柳的强力之间做出抉择。

安托奈特·阿尔特维站在萨尔茨堡的火车站里，向火车上继续驶向慕尼黑的人们挥手作别。这个火车站办理手续的等待时长一直都令我反感，但是这次我不用办理手续，因为我会留在这里，我属于内陆。但我也还要等安托奈特走过来，问候、亲吻所有人，然后她友善地向着启动的火车挥手，好像她要问候所有那些人，当然，她也没有忘记我。安提很期待我的到来，他马上就要再婚了，什么？我还不知道这件事？安托奈特总是记不住别人到底对什么事感兴趣，明天下午安提想和我一起开车去圣基尔根，因为今天他没有来接我。我半信半疑地听着安托奈特讲话。我不知道为什么安提会期待我的到来，安托奈特也不知道，这都是她出于好意而编造的。马利纳问候你，我干巴巴地说道。

谢谢！为什么你们不一起来，不，他还在工作吧！我们可爱的花花公子过得怎么样啊？

她竟然觉得马利纳是个花花公子，这让我很意外，所以我笑了：但安托奈特，你可能是把他和艾力克斯·弗莱瑟或者弗里茨弄混了！啊，你现在和艾力克斯在一起？我友善地说：你真的疯了。但我一直都没有办法告诉她，我一个人住在维也纳的公寓里，就像我没法说马利纳是个花花公子一样。安托奈特现在开的车是捷豹，现在人们都只开英国车了，她平稳而迅速地从一条她发现的弯路开出了萨尔茨堡。她很惊讶我安然无恙地到了这里，一段时间以来人们一直都在听说关于我的古怪新闻，但我并没有在那些人所说的时间去往那些地点。我絮絮叨叨地讲起我是什么时候第一次来的沃尔夫冈街（我省略了最重要的一件事，旅馆房间里的一个下午），那次从头到尾都在下雨，旅行失去了意义。尽管我已经记不清了，我却说那次在下雨，这样安托奈特就能展现给我一个无雨的、晴朗的萨尔茨卡默古特了。那时我也只能抽空和艾丽奥诺丽见上一个小时，因为她在大饭店里帮厨，安托奈特不悦地打断了我：不，不是这样，诺丽，怎么会是这样！在哪里的餐厅？在大饭店，现在已经关门了，倒闭了，但住在那里还是不错的！我立刻绝口不提艾丽奥诺丽，放弃了向安托奈特解释，并且感觉受了伤害。我本来永远也不应该来这里的。

阿尔特维家里已经有五个人坐在那里喝茶了，晚餐时间还要再来两个人，我已经没有勇气说：但是你们向我保证过没有人在，会很安静，没有别人！明天旺特楚拉一家也会来，这个夏天他们把房子租了下来，周末安提的姐姐会来，她坚持要把她的婴儿一起带来，你在听我说话吗？真是难以置信，德国的罗特维茨家族娶了这个天生的骗子，她还没出生的时候就是个骗子了，她成功地[①]欺骗了他们，那些德国人真的相信这个婴儿是金斯基的孩子，也是阿尔特维家的孩子，真让人惊讶。安托

① 原文为法语。

奈特沉浸在惊讶中。

喝下午茶的时候我溜了出去，我沿着河岸四处游荡，反正已经来了，我就顺便参观一下。这一带的居民变幻无常。旺特楚拉家为租下了在沃尔夫冈湖的房子而道歉，我没有责怪他们，毕竟我也来了。克里斯蒂娜焦躁不安地跑过房间，披着一条旧斗篷，这样人们就看不到下面的圣罗兰连衣裙了。这完全是巧合，她本来想去最偏远的施蒂利亚州的。但现在旺特楚拉一家已经来了，他们没有办法继续他们的节日游戏了，尽管那可有可无。克里斯蒂娜用手按着太阳穴，这里的一切都令她头痛。她在花园里种生菜和香草，她做什么菜都放香草。他们在这里过着简单的生活，难以想象的简单，今天桑德勒只做了一份牛奶粥，这还是在一个节日的晚上。她又将手按回了太阳穴上，用手指梳理着头发。他们从来都不去游泳，走到哪里碰见的都是熟人，这一点我也同意。然后克里斯蒂娜问：那么，你住在阿尔特维家？好吧，这是个人喜好的问题，安托奈特是个有魅力的人，但是那个安提，你怎么能够受得了他呢，我想我和他没什么往来，他什么也不会，只会嫉妒桑德勒。我惊讶地说：为什么呢？克里斯蒂娜轻蔑地说：据我所知，那个安提从来也没有真的画出一幅什么画来，别人会做的事情，比如桑德勒会做的事情他都不会做，他们就是这样，这群半吊子，和这些人交往对我来说毫无意义，事实上我根本就不认识安提，我只是会偶尔在这里还有萨尔茨堡的理发店里见到安托奈特，不，我在维也纳从来没有见过他们，因为他们太保守了，虽然他们根本就不想这样，安托奈特也是，尽管她很有魅力，但是对现代艺术一窍不通，为了维持她的经济状况，她还嫁给了安提·阿尔特维，而桑德勒，我怎么想就怎么说了，我是什么人，我一直是这样的人，你今天让我发了疯，你听着！如果再有孩子走进厨房，我会把他们中间的一个打倒在地上，请鼓起勇气，我对阿尔特维医生说道，我想经历这些，那副面孔，他之后摆出的那副面孔，他只是觉得他不可能以他淡红色的立场说服这位共和党人，他的名片上第一百次出现了亚瑟·阿尔特维医生，这会让他开心，只因为所有人都知道他是谁。他们那些人就是这样！

隔壁的曼德尔一家越来越像美国人了，一个年轻人坐在客厅里，凯茜·曼德尔对我轻声低语，他非常出色[①]，如果我理解对了，他是一位出色的作家，如果我听对了他的名字，他肯定叫作马克或是马雷克，但是我从来没有读过他的作品，也没有听说过他，他肯定是刚刚被凯茜发现的，或者是还在等待她发现。过了十分钟，他以不加掩饰的贪婪问起了阿尔特维一家，我的回答却有所保留，有时候根本不做回答。阿尔特维伯爵在做什么？那个年轻的天才问道，然后又继续问我认识阿尔特维伯爵多久了，我是不是和他真的关系很好，阿尔特维伯爵是不是真的……不，我不知道，我没有问过他在做什么。我？也许两个星期吧。出海？也许吧。是的，我想他们有两到三艘船，我不知道。可能是的。马克先生或马雷克先生想做什么？想受到阿尔特维一家的邀请，还是只是想不断地提及这个名字？凯

① 原文为英语。

茜·曼德尔看起来丰满而友善，面色红得像螃蟹，因为她还没有晒黑，她的鼻音像一个维也纳化的美国人或者一个美国化的维也纳人。如果不算上莱布尔，她就是家中最出色的帆船手，是阿尔特维家所面临的唯一严重威胁[1]。曼德尔先生沉默寡言，说话细声细语，他更喜欢旁观。他说：他们不知道我妻子体内蕴藏了何等的精力，如果她不马上登上她的船，她就会每天都在我们的花园里挖地，把房子翻个底朝天，有些人只管活着，有些人只管看着别人生活，我就属于那些看着的人。您也是吗？

我不知道。他们递给我一杯加了橙汁的伏特加。我之前什么时候喝过这样的酒？我朝杯子里面看，好像里面还有另一只杯子，同时我想起来，它会让我身上发热，我想把杯子放下，或者把酒倒掉，因为有一次，我在一栋房子里喝橙汁伏特加喝醉了，那是我经历过的最可怕的一夜，有人想要把我从窗口扔出去，我听不见凯茜·曼德尔关于国际帆船赛事联盟说了些什么，她当然是这个联盟的一员。我喝光了杯子里的酒，为了让轻声细语的曼德尔先生开心，他很清楚阿尔特维一家是多么看重守时这一点。我在暮光中漫步回返，海边一片嗡嘤声，蚊虫和蝴蝶在我的脸颊周围飘飞，我找到了路，慢慢下行，回到了那间房屋，我想，我必须看上去充满信心、容光焕发、心情愉悦，我不可以让大家看到我面如土色，土色的面孔只能留在外面的夜色中，留在道路上，我只能在我自己的房间里流露出土色，然后我走进灯火通明的房屋，神采奕奕地说道：晚上好，

① 原文为英语。

安妮！老约瑟芬蹒跚着穿过走廊，而我神采奕奕地笑道：晚上好，约瑟芬！无论是安托奈特，还是整条沃尔夫冈大街都杀不死我，没有什么会让我发抖，没有什么会扰乱我的记忆。我让自己的目光瞥向我的房间，我看到了我的房间，但是我没有崩溃，因为在盥洗台上，在古老的彩釉瓷器做成的盥洗盆旁边，我立刻就看到了一封信。我先洗了手，小心翼翼地在盆里甩干了水，把水罐放了回去，然后我坐到了床上，把伊万的信拿在手里，他在我出发之前已经寄出了这封信，他没有忘掉寄信，他没有弄丢地址，我不断地亲吻着那封信，考虑着我是应该小心地从边缘把信拆开，还是用指甲刀或是水果刀把它裁开，我看着上面的邮票，上面是一位怀孕的女人，为什么又是这个？我不想马上读信，我想先听一会儿音乐，然后躺卧很长时间，保持着清醒，握着这封信，读出我的名字，那是伊万写下的，然后把信放在枕头下面，之后又把它抽出来，在深夜小心翼翼地拆开它。有人敲门，安妮把头伸进来：请来用晚餐，仁慈的夫人，先生们已经在房间里了。房间指的不是这里，而我必须马上过去，补妆，再一次在阿尔特维家的房间里摆出微笑，所以我没有太多时间了。下面传来了一阵沉闷的敲锣声，我还没有来得及熄灯，就撕开了那封信。我没有看到称谓，那封信实际上只有一、二、三、四、五、六、七、八行——只有八行——在那一页纸上，在纸页的下方我读到：伊万。

我跑进房间，我现在可以说话了：这里的空气真新鲜，我散了步，在附近看了看，去了一两个朋友那里，但对一个从大城市来的人来说，我最喜欢的还是这里的空气，这里的乡野！

安托奈特用她洪亮而尖锐的声音提到了一两个名字，并安排客人入座。一开始只有猪肝土豆球做的汤。安托奈特一直坚守着传统的维也纳式烹饪，尤其是在沃尔夫冈街的房子里。她绝对不会做时下流行的新奇菜式，也不会做法国菜、西班牙菜或意大利菜，宾客们不会像在旺特楚拉家一样面对着煮得太软的意大利面目瞪口呆，也不会像在曼德尔家一样看到一块凹陷的、愁眉苦脸的奶油甜点。也许安托奈特是受了阿尔特维这个姓氏的拖累，因为这一姓氏和这一家的菜肴都一样不容更改，同时她也明白，多数宾客和亲戚都知道她的这一原则。就算维也纳不存在了，只要阿尔特维家还有人活着，他们就还会继续吃李子蛋糕、凯撒苹果和轻骑兵烤肉，房间里不会有自来水，也不会装暖气，亚麻的手帕都是手工缝制的，人们将在房间里交谈，人们的交谈不可以和“对话”“讨论”和“见面”混淆，而是轻松的品头论足的一种日薄西山的变种，每个人都听得懂，都可以因此而保持好情绪。安托奈特不知道的是，她的这种行为方式因为受到了阿尔特维家族精神的深刻影响，也多少受到了她自己的改变，已经变成了一种杂乱无章的知识与一种偶然习得的现代艺术。半个桌子的人在今天只能讲法语，因为安提、贝奥蒙叔叔和她女儿玛丽的亲戚来自世界各地。当说法语的局面已经不可控制的时候，安托奈特就往那边抛去了一个请求：安提，麻烦你，把它拉上，是的，我感觉到了，把它从那边拉上！安提站起来两次，把窗帘拉上，来回扳着窗户锁。现在的人真是笨手笨脚，我们的工匠真是笨手笨脚！但家里的工匠，没关系，都是这样！我亲爱的朋友们，你们已经看到，我们是怎样毁掉了萨尔茨堡，甚至维也纳！但在巴黎的家里绝对是一样的，我向你们保证！[1]但是安托奈特，我为你感到惊叹，因为你今天做的还是老式的食物！是的，没有安托奈特就不会这样！不，我们的所有餐具都是意大利的，比如下面那一套餐具就来自维特里，之前的那些餐具来自萨勒莫！有一个维特里的漂亮的大盘子我很喜欢，是灰绿色的，上面画着树叶，它被烧毁了、弄丢了，那是我的第一个水果盘，为什么现在人们不但要喝橙汁伏特加，还要维特里的瓷器？你确定那不是法扬斯瓷器吗？[2]天哪，安托奈特喊道，哥特兰叔叔把我弄糊涂了，请帮帮我，法扬斯是从法恩扎转写来的，还是就是一个地方，我搞不明白。格拉帕的巴萨诺？你得去一次，亲自去一次，就是这样，记住了吗，玛丽？不[3]，玛丽冷冷地[4]说道，老贝奥蒙犹豫地望向自己的女儿，又像寻求帮助一样望向了我。但是因为玛丽的态度很冷淡，安托奈特又立刻把话题转向了萨尔茨堡，穿着她假兔毛做成的鞋子走来走去，向我低语道：不，现在也没有这样的假兔毛了。然后高声对大家说道：还有《魔笛》[5]，你们都听了吗？她现在在说什么？安妮，请给约瑟芬讲一讲，她今天真是让我失望，她明明知道为什么，您根本不用向她解释。你们怎么看卡拉扬[6]？我觉得这个人是个谜！

安提在两首乐曲的话题之间抚平了烘干的假兔毛上面的褶

① 原文为法语。

② 原文为法语。

③ 原文为法语。

④ 原文为法语。

⑤ 莫扎特所作歌剧。

⑥ 指赫伯特·冯·卡拉扬，奥地利著名指挥家。

皱，那是卡拉扬指挥的威尔第的《安魂曲》，他没有征求安托奈特的意见就来指挥了，还有《魔笛》，是一位著名的德国导演编排的，安托奈特很清楚他叫什么名字，却糊里糊涂地说错了两次，而丽莎也不怀好意地一会儿说佐什克，一会儿说博什克。但是安托奈特又说起了卡拉扬，安提说：但我请你们注意，安托奈特觉得所有男人都是一个彻头彻尾的谜，所以男人们觉得她既疏远又迷人。安托奈特被她的丈夫逗笑了，发出了难以模仿的阿尔特维式笑声，无疑芬妮·古德曼是维也纳最美的女人，用最甜美的样子说话，但安托奈特有最美的笑声。啊，都是因为安提！我亲爱的，你根本不知道，你说得多么正确，但最糟的是，她卖弄风情地说道，现在她端着一盘奶冻，她从那里面拿出一只甜品匙，并优雅地倾斜着一只手，在空中挥舞着（啊，约瑟芬真是无价之宝，就像奶冻来的一样及时，但我是不会跟她说的）——最糟的是，安提，你对我来说依然是莫大的谜题，请不要否认！她感动地泛红了面孔，脸上的红晕久久不褪，好像她想起了什么她之前从未说过的话。亲爱的，我崇拜你[1]，她柔声低语，但人人都能听到。因为如果与一个男人相处了十年，准确地说是十二年，仍能带给我莫大的谜题，那么我们就不再能用我们公开的秘密来烦其他人了，你赚大发了，我说得对吗？我今晚一定要告诉你！[2]她看着，等着我们喝彩，也望向了我，然后把如炬的目光投向了安妮，因为安妮走了过来，想要从错误的一侧收走我的盘子，但下一刻她又深情款款地直视着安提了。她把头转

① 原文为法语。

② 原文为法语。

了回来，她翘起的头发随意地垂到了肩上，金褐色，微微有些蜷曲，她心满意足了。老贝奥蒙开始冷酷无情地讲述过去的日子，那时还有真正的避暑胜地，安提的父母从维也纳搬走了，带着装满盆碗、银器和衣物的箱箧，带着用人和孩子。安托奈特叹了一口气，环顾四下，眼皮有点打架，因为这些故事已经讲了上百遍了，霍夫曼斯塔尔[1]和施特劳斯[2]每个夏天都在他们那里度过，马克斯·莱因哈特[3]和卡斯纳[4]，还有菲尔施·曼斯菲尔德写的那本珍贵的纪念卡斯纳的书，我们今天所有人都得看一看，还有卡斯蒂廖内的宴会，一个无与伦比的奇迹，令人难忘，难以置信，是的[5]，但莱因哈特，此外无他[6]，一位真正的绅士，他喜欢天鹅[7]，他当然喜欢天鹅！这个人是谁？[8]玛丽冷冷地问道。安托奈特耸了耸肩，但安提友善地给那位老先生帮了腔，哥特兰叔叔，请您讲一讲您登山时那些可笑的故事，你们知道吗，他们开始登山的时候，真的笑死人了，你知道，安托奈特，哥特兰叔叔是最早在阿尔贝格山上学会滑雪的人之一，和克里斯蒂娜、泰勒马克是同一代人吧？他也是最早吃葵花子、晒日光浴的人之一，这在那时候是很前卫的，裸体日光浴，请您讲一讲吧！孩子们，我快要死了，安托奈特宣布说，

① 指胡戈·冯·霍夫曼斯塔尔，奥地利诗人、剧作家。
② 指小约翰·施特劳斯，奥地利作曲家、指挥家。
③ 奥地利导演、演员、戏剧活动家。
④ 指鲁道夫·卡斯纳，奥地利作家。
⑤ 原文为法语。
⑥ 原文为法语。
⑦ 原文为法语。
⑧ 原文为法语。

我很高兴我可以如我所愿，吃得脑满肠肥，我快要死了。她以锐利的目光望向安提，放下餐巾，站了起来，我们都从小房间走进了隔壁的大房间，等着喝摩卡，安托奈特还在阻止老贝奥蒙讲起阿尔贝格和克奈普、裸体日光浴或本世纪初的冒险。我刚刚还提到了卡拉扬，但是你们不知道，他是不是那种时常恍惚的人，拜托，安提，不要这么信誓旦旦地看着我，我现在就住嘴。但他们是怎么说克里斯蒂娜的歇斯底里的？然后又转向我：你能不能告诉我，这个女人到底怎么了，她盯着我，好像她吞下了一把扫帚，我一直都友好地问候她，可这个傲慢的女人只想让我倒霉，旺特楚拉有他的雕塑，当然还和以前一样，让人发疯，他已经臭名昭著了，他的缪斯跑了，因为她们不得不待在工作室里，待在家里，我能理解，但是我们得有气量[1]，要公开支持他，他确实才华横溢，安提买下了他的第一件作品，我拿给你们看，那也是桑德勒最喜欢的！

再过一个小时我就可以去睡了，可以躺在床上，盖上一条厚厚的农家羽绒被，因为萨尔茨卡默古特的夜晚一向很清凉，外面有什么东西闪着微光，房间里也有什么开始了哼唱，我将会下床，来回走动，找寻一只哼唱的、轰鸣的甲虫，却找不到它，然后将有一只飞蛾落在我的灯上取暖，我可以打死它，但是它没有妨碍我，所以我也不能伤害它，除非它发出了一些声响，制造了一些令人煎熬的噪音，激起了我的杀气。我从箱子里拿出几本侦探小说，我只需要阅读。但读了几页以后我意识

① 原文为法语。

到，我已经读过这本书了。《谋杀不是艺术》。钢琴上放着安托奈特的乐谱，两册《歌曲与乐曲》，我把它们翻到不同的地方，试着轻轻打出几个我儿时曾经打过的节拍。《战栗的拜占庭》[1]……《费拉拉侯爵，可敬的诸位》[2]……《死亡与少女》[3]《军中女郎》里的《行进》[4]……《香槟之歌》[5]……《献给夏日最后的玫瑰》[6]。我轻声哼歌，但我唱错了：战栗的拜占庭！然后我唱得更轻了，唱对了：人们用眼睛喝的葡萄酒……[7]

早餐后只剩下了我和安提，我们驾着他的摩托艇离开了。安提脖子上挂了一只天文钟，他用钩子递给我一根杆，一瞬间内，我想要把它还给他，松手把它掉在了地上。你真笨，你应该把它戳下去，我们快撞上了，快开船！安提一般不大喊大叫，但只要他在船上他就一定会喊叫，仅此一点就可以毁掉我的游船体验。现在我们开始往回开，他转过方向，我想起了在湖上和海上，在摩托艇里度过的所有那些日子，我再次回望昔日的地带，那片被遗忘的湖泊，就在这里！我想告诉安提我的感觉是多么的奇异，但是他飞速地划过水面，根本没有在听我说话，因为他想在帆船赛开始前及时赶回去。我们在圣吉尔根附近摇晃。距离第一次枪响应该过了十分钟，现在是第二次枪响，每分钟都有人移走信号球。你看，他们要移走最后一个了！我什么也没有看到，但是我听到了开始的信号。我们待在正在启动的帆船后面，我所能想到的只是有人在我们面前拉动了风帆，

①②③④⑤⑥ 均为歌剧选段。

⑦《月之醉》的第一句歌词。

一场帆船赛开始了，安提解释道，然后我们的船速放慢了，以免扰乱船赛，安提摇着头看着这艘悲伤的帆船上的帆船手。伊万应该很会驾驶帆船，明年我们将一起乘帆船出海，也许是去地中海，因为伊万并不喜欢我们的小湖泊。安提激动了起来：天哪，他可真笨，他拉得太紧了，他偏离方向了，我用手指的那个人正在加速，而其他人差不多都是原地不动。那个人有自己的风！什么？安提解释得很清楚，但我看到我被遗忘的湖面上漂着这些玩具，我想和伊万在这里一起航行，但是要远离其他人，即便做到这一点要划船划到手脱皮，即便我不得不总是绕着树来回航行。安提划到了第一个浮标，想要从大家身边绕过，他非常紧张。他们必须穷追不舍了，第二艘船现在已经落后了至少五十米，那艘船的帆船手已经屈服于风向了，这时我才发现了真实的、显而易见的风，我喜欢这阵风，我敬佩地看着安提，重复着我学到的教训：航行时最重要的就是显而易见的风向。

安提对我的参与报以温和的赞同，那艘船上的人并没有那么可笑，他不得不继续后退，终于开始加速。快些，再快些！真是令人愉快，我说，但安提又生气了，他说，一点也不令人愉快，那个人脑子里想的只是风向和他的船，我仰望天空，尝试记住滑翔所需要的是热风与暖流，我改换了视角，湖泊不再是湖泊，无论它是一片波光，还是泛着铁青，但它昏暗的波纹意味着某些事物，现在两艘船跳到了背风面，因为还没有受到太大影响，它们还在试图鼓起风帆。我们追随着它们又走了一段路，靠近了下一个浮标，局面变得残酷起来。安提认为它们将在帆船赛中“落败”，因为它们的表现配不上，真的配不上，安提已经很清楚他为什么不参加帆船赛了。我们开船回家，在更猛烈的浪上颠簸着，但安提突然关掉了引擎，因为莱布尔从对面驶来了，他也在圣吉尔根，我对安提说：那边那艘大轮船是干什么的？安提喊道：那不是轮船，那是……

两个人开始冲着彼此挥手。你好，阿尔特维！你好，莱布尔！我们的船靠到了一起，两个人激动地交谈着，莱布尔还没有把船开出来，安提邀请他明天来用午餐。又来了一个人，我想，好胜的五短身材莱布尔先生，他开着他的双体船赢得了所有帆船竞赛，我充满期待地挥着手，不时望向后视镜，因为我不能像安提一样尖叫。因为今天傍晚这个莱布尔先生肯定就会让整个圣吉尔根都知道，他看到安提和一个金发女人在一起，而安托奈特不在场。常胜将军莱布尔先生不可能知道，安托奈特今天一定要去理发，她根本不在乎安提和谁一起在湖上航行，因为三个月以来，安提的脑子里只有湖泊与帆船，安托奈特曾在众目睽睽之下痛苦地担保过，在这片该死的湖上，安提眼里是不会有别人的，不会有任何人。

晚上，我们不得不以三十或三十五节的船速再次来到湖上，因为安提与船匠约好要见面，夜晚很清凉，安托奈特摆脱了我们，她必须去看某人的首映式，而我一直在听音乐：在船上出神……我在威尼斯，我想起维也纳，我俯瞰水面，望入水中，进入我漂流其中的黑暗故事。伊万和我是个黑暗的故事吗？不，他不是，只有我是个黑暗的故事。只能听到引擎的声响，它在湖面上听起来很悠扬，我站起身抓住窗框，我已经能看到对岸了，一串阴凉的灯火，失落而疲倦，我的发丝在风中扬起。

……除了她没有一个活人，而她迷失了方向……好像一切都开始了骚动，垂柳掀起了波浪，激流走着自己的轨迹……某种前所未有的不安沉重地压在她的心上……

如果船上的风没有那么猛烈，我会在前往圣吉尔根的半途上苦涩地哭出来，但引擎声变得吞吞吐吐，完全静止了下来，安提抛出船锚，锚线放到了头，他冲我喊叫，我听从于他，我已经学会了在船上的时候要听从别人这一点。只有男人可以说话。安提找不到装备用汽油的罐子了，而我想整晚都待在船上，在这样的寒冷之中，我会怎么样？没有人看到我们，我们离岸边依然很远。但之后我们就找到了罐子，也找到了漏斗。安提走到船的前侧，我擎着灯笼。我不确定我是不是真的想回到岸上。但发动机启动了，我们起锚，默默地开船回家，因为安提也知道我们差点就得在水里待一整个晚上了。这件事我们没有告诉安托奈特，我们学着别人的样子，按照惯例问候大家，我忘了那些人的名字。我忘了许多事。晚餐时我也想不起来，我要和艾尔娜·扎内提说些什么，或者是应该说些什么，她和安托奈特一起去看了首映式，我试着向她致以维也纳的科佩奇先生的问候。艾尔娜很惊讶：科佩奇？我道了歉，我肯定记错了，维也纳的某人让我问候她，也许是马丁·莱纳。没关系，没关系，艾尔娜通情达理地说道。我整个晚餐期间都在想这件事情。但这不是没关系的事，这也许至关重要，不容混淆，也许我该向艾尔娜要点东西，不是萨尔茨堡的地图，不是湖区或萨尔茨卡默古特的地图，也不是要向她问起某一家理发店或者药店。天啊，我该对艾尔娜说点什么，或者是问点什么！我对她别无所求，但我应该问她点什么问题。我们在大房间里喝着摩卡，我一直满怀内疚地看着艾尔娜，因为我什么也想不起来。我想不起来周围这些人的任何事情，我忘了，我忘了他们的名字，忘了问候、问题、要宣布的事情和闲聊的内容。我不需要沃尔夫冈湖，我不需要休养，我在傍晚人们交谈的时候感到窒息，我不是真的又感到窒息了，只是一种比喻上的窒息，我害怕窒息，我害怕失去，我还要失去什么东西，我已经失去了一切，这是唯一重要的事，我知道是怎么回事，而我无法在这里和阿尔特维家人和其他人坐在一起。在床上吃早餐很舒服，沿着湖边跑步有益于健康，在圣沃尔夫冈湖拿出报纸和香烟令人舒适，也毫无必要。但要知道，我将会极度怀念这些日子，我将惊恐地尖叫，因为我就这样度过了这些日子，而在月亮湖畔，生活是……我将永远也无法弥补。

午夜，我回到大房间里，从安提的书架上拿走了《帆船基础知识》《从船头到船尾》《迎风与背风》。非常可怕的标题，这也不适合安提。我又拿了另一本书，《绳结，拼板，帆索》，它看起来很适合我，“本书内容实际……具有系统化的清晰……易于理解，内容涉及从渔夫绳结到链形绳结”。我读的是一本写给初学者的简明易懂的教科书。我已经服过了安眠药。如果我现在开始学习，结果会怎么样呢？我什么时候可以出航远行，我将怎样出航远行？我本来可以在这里很快学会航行的，但我不想。我想要出航远行，我不觉得我还需要其他东西，比如训练、不断训练、和别人一起训练等等。我读着书，眼睛没有闭合的欲望，我现在不会闭上双眼。我必须回家。

清早五点，我悄悄溜到大房间里的电话旁边。我不知道我该怎么把电报费付给安托奈特，因为我不能让她知道这封电报的内容。电报接收，请稍候，请稍候，请稍候，请稍候……我等待，抽烟，等待。提示音响了，一个年轻、活泼的女声问道：请说姓名、号码。我胆战心惊地报上了阿尔特维的名字和电话号码，那个人很快打了回来，电话刚响了一声我就抓起了听筒，低声说话，以免家里的其他人听到我：马利纳先生，匈牙利大街6号，维也纳第三区。文本：请发紧急电报因为提早返回维也纳句号明晚抵达句号问候……

马利纳的电报在上午抵达，安托奈特没有时间深究，所以只是简短地表示了惊讶，我和克里斯蒂娜一起开车去萨尔茨堡，她很想知道阿尔特维一家人是怎么了。据说安托奈特极其歇斯底里，就算这样，安提也是个可爱而聪明的人，但这个女人还是让他彻底发疯了。这样啊，我说，我没有注意到这一点，我绝不会这样想的！克里斯蒂娜说：如果你愿意和这些人待在一起，我们就邀请你来，在我们这里你可以找到真正的安宁，我们生活得非常简单。我竭尽全力向车窗外张望，但找不到回答。我说：你知道的，我认识阿尔特维一家很久了，但不是这样，不是这样，我很喜欢他们，不，他们真的没有那么让人疲倦，为什么会那么让人疲倦呢？

我太累了，我哭了一路，萨尔茨堡总会出现的，还有十五公里，还有五公里。我们已经到了火车站。克里斯蒂娜想起来她还要去见一个人，在这之前她要去买点东西。我说：看在上帝的分上，你去吧，商店马上就关门了！我终于独自一人站在那里，我找到了我的车厢，这些人一直在出尔反尔，我也在出尔反尔。为什么我之前没有发现我不再能忍受别人了？是从什么时候开始的？我怎么了？我麻木地驶过林茨和阿特南-普赫海姆，手里拿着一本晃晃悠悠的书，《瞧！这个人》[①]。我希望马利纳站在月台上，但月台上空无一人，我只得打电话，可我不喜欢在火车站打电话，在电话亭或者是邮局里打电话。我不会在电话亭里打电话。我上辈子肯定进过监狱，我没有办法站在电话亭里打电话，在咖啡馆里也不行，在朋友家里也不行，我打电话的时候只能待在家里，旁边不能有人在，至多是马利纳在，因为他不会听。但那是另一回事了。我心怀恐惧地站在西站的电话亭里打电话。我不能这样做，我会发疯，我不能走进电话亭。

你好，是我，非常感谢
但是我六点才能到西站
我求求你，早点出发
你也知道我不能，我倒是想
好吧，当我没说，我想办法
不，怎么了，你为什么这么说
没事，当这件事没发生吧，我说
不要搞这么复杂，打辆出租车
我们今晚就会见面，你会见到我

① 原文为拉丁语，是德国哲学家尼采的著作。

是的，今天晚上，我们肯定会见面的

我忘了马利纳今天值班，我打了一辆出租车。有谁今天还想看到这种被诅咒的汽车？弗朗茨·费迪南大公在萨拉热窝的时候就在车里被谋杀，谁还想看到这件血腥的汽车外衣？我得找时间翻一翻马利纳的藏书：私人汽车，Graef& stift牌，登记号AIII-118，类型：双蝶阀体，4缸，115mm孔径，140mm行程，28/32 PS功率，287号引擎。第一次（炸弹）暗杀造成的后墙损坏，右侧可见造成公爵夫人死亡的射击痕迹，挡风玻璃左侧可见1914年6月28日造成尊敬的大公的……

我拿着军事博物馆的手册穿行所有房间，房子看上去像是几个月没有住人了，因为当家里只有马利纳一个人的时候就不会有混乱出现。早晨经常只有丽娜一个人，如果她也消失了，那就说明箱子上和橱柜上不会有尘土，只有我在的时候，尘土和污渍才会在几个小时内卷土重来，不会有乱放的书、散乱的纸条。四下没有散落的东西。在我出门前我给安妮留下了一只信封，应该可能会有寄到圣沃尔夫冈的给我的信，大概是一张明信片，不是什么特别的惊喜，但我也需要这张明信片，把它摆在格子里，和来自巴黎和慕尼黑的信件、明信片放在一起，最上面是一封从维也纳寄往圣沃尔夫冈的信件。我依然向往月亮湖。我走到电话前面，等待，抽烟，我按下了伊万的号码，让电话响着，他有可能几天都不回电话，而我本可以一整天都在这死灭的、躁动的维也纳散步，或者就坐在这里，我心不在焉，我开始神游，什么是神游？我飘游的精神去了哪里？我从里到外都心不在焉，我在这里整个人都心不在焉，我可以坐在我想要坐的地方，我可以触摸家具，我可以振奋起来，因为我逃回来了，回到了我的心不在焉之中。我回到了我的国度，它也并不在场，我挚爱的国度，我扎根于其中。打电话的人一定是马利纳，但那是伊万。

那么为什么是你，我在那里试过
我是突然有事，很紧急，我只是
是的，我们有的，是的，他们问候你
我那里天气也很好，非常好
但你那里总是这样，你却不一定
很遗憾，但不幸的是我必须
我必须挂断了，我们必须现在马上
你能给我一张明信片吗，你不能吗，那么
但我给你写信，寄到匈牙利大街，一定
如果你觉得这没这么重要，那么
我当然可以，你要注意不要给我
不，当然不，我现在必须挂断了！

马利纳走进了房间。他抱住了我。我可以再一次抱住他。我依附在他身上，紧紧地依附着他。我大概是在那里发疯了，不，不只是在湖边，也在电话亭里，我大概已经发疯了！马利纳抱住我，直到我平静下来，我强迫自己平静下来，他问道：你在看什么？我说：我对这个有兴趣，它勾起了我的兴趣。马利纳说：你自己都不信！我说：你还是不相信我，你说得对，但是某一天，我也有可能会对你产生兴趣，对你做的一切产生兴趣，你想想，你感受一下！

马利纳露出了难以捉摸的微笑：你自己都不信。

最漫长的夏天也许开始了。所有街道都空空荡荡。我可以怀着某种深沉的迷醉穿行这片荒芜，阿尔布雷希特斜坡和约瑟夫广场将会大门紧锁，我想不起来我在这里寻求过什么，图像，纸页，书本？我漫无目的地穿行城市，因为在行走的过程中我感受到，我清清楚楚地、伴着一阵战栗感受到，在多瑙河运河的帝国大桥上，我曾向河里丢过一枚戒指。我结了婚，那一定意味着婚约。如果我可以就这样与伊万同在，我将不再等待来自月亮湖的明信片，我将耐下心来，我无法自己离开伊万，因为我的身体违背了我所有的理智，只是像一副恒久、温柔而疼痛的十字架在他的身上摇摆。一生都将如此。普拉特的看守掷地有声地说道：您不能在这里久留，晚上有坏人，您回家去吧！

我最好还是回家去，我在凌晨三点起床，靠在匈牙利大街9号的门上，两侧是门上的狮首，但很快我就走到了匈牙利大街6号，沿着街道一直望向9号的方向，满怀热忱，注视着我的热忱行进的轨迹[1]，这条我再次心甘情愿地走过的道路，从他的家到我的家。我们的窗户一片漆黑。

维也纳沉默着。

---

① 意指《福音书》中基督的受难过程。

第二章

第三个男人

冰面迸裂了，我摔到了极点下面，坠入了地心。我坠入了地狱。微弱的昏黄火焰在四下盘绕，我的鬈发着火了，一直烧到了脚下，我喷出火焰，又吞下火焰。

马利纳本应过问一切。但我不问自答：这次地点不是维也纳。这次的地点名叫“到处”与“无处”。时间不是今天。时间已经不存在了，因为可能是昨天，可能是许久以前，可能反反复复，可能永不到来。这个闯入了其他时间的时间单位是不可度量的，非时间是不可度量的，在这段非时间里，发生了从未在时间里发生过的事情。

马利纳本应无所不知。但我告诉他：这些是今晚的梦。

一扇巨大的窗户打开了，比我见过的所有窗户都大，但不是面对着我们匈牙利大街上房屋的庭院，而是面对着一片阴郁的云海。云层下面有一处湖泊。我不禁怀疑这是哪一片湖泊。但湖面现在没有封冻，这也不是“女巫之夜”[①]，站在湖中央冰面上的饱含情感的男声合唱团也消失了。云层遮蔽的湖泊周围环绕着许多墓地。上面没有十字架，但每座墓上都笼罩着一团浓黑的阴云。许多坟墓，碑上的铭文已经难以辨认。我的父亲站在我身边，手搭在我的肩上，把我拉了回去，因为掘墓人正在走向我们。我父亲迫切地看着这位老人，在我父亲的注视之下，掘墓人恐惧地转向了我。他想说话，但很长一段时间里只

① 4月30日晚，意指自由与恶作剧之夜。

是默默地动了动嘴唇，我终于听到了他的最后一句话：

这是被杀的女儿们的墓地。

他本不该告诉我的，我痛苦地哭了。

房间大而昏暗，不，那是一个大厅，墙壁很脏，它可能是在阿普利亚①的霍恩施陶芬城堡②里。因为这里没有窗户，也没有门。我父亲把我锁了起来，我想问他打算怎么处置我，但是我没有勇气去问他，我再次环顾四周，因为一定会有一扇门，唯一的一扇门，让我走出去，但我已经明白了，这里什么也没有，没有出入口，没有任何开口，因为一切都被黑色的软管包裹住了，它们粘在墙壁上，像许多硕大无朋的水蛭，想从墙上吸走什么东西。为什么我之前没有注意到这些软管呢，它们一定从一开始就存在！我在昏暗之中看不见东西，我一直都在沿着墙壁跌跌撞撞，为了不跟丢父亲，我可以跟着他找到门，现在我找到他了，我说：门，告诉我们门在哪里。父亲平静地从墙上取下第一根软管，我看到了一个孔洞，透过孔洞有风吹来，我低下头，父亲继续走着，取下一根又一根软管，在我发出尖叫之前，我已经吸进了毒气，越来越多的毒气。我身处一个毒气室里，就在这里，在世界上最大的毒气室里，我独自一人在里面。人类无法抵御毒气。我的父亲消失了，他知道门在哪里，但是他不告诉我，在我垂死挣扎的时候，我想再次见到他、告诉他那件事的愿望死灭了。我的父亲，我对已经不在面前的他

① 意大利南部的一个区域。

② 位于德国霍恩施陶芬，一座中世纪的城堡。地点的混乱可能与人物深处梦中有关。

说道，我不应该背叛你，我不应该告诉别人。人们在这里是活不下去的。

在一开始，世界变得一片混乱，我知道是我发疯了。组成世界的元素依然还在，只是完全打乱了顺序，以一种前所未有的方式重新组合。汽车四处翻滚，溅上了各种色彩，人们涌现出来，戴着狞笑的面具，如果他们走向我，他们就会摔倒，都是一些稻草人、牵线木偶和纸人偶，而我继续在已经不再是世界的世界上行走，紧握双拳，伸出双臂，想要击退那些撞向我、在我身上撞碎的东西和机械，当我因为恐惧而无法前行的时候，我就闭上双眼，但那些闪亮、灼目而又疯狂的色彩溅到我的身上，溅上了我的脸、我赤裸的双脚，我再次睁开眼睛，想看看自己在哪里，因为我想要弄清情况，然后我高高地飞了起来，因为我的手指和脚趾都膨胀成了天蓝色的轻盈气球，把我带向了一个虚空的高处，更可怕的是，气球在那里炸裂了，我掉了下来，掉了下来，然后站到了地上，我的脚趾变黑了，我没有办法继续走路了。

警报！

我的父亲走出了色彩浓郁的喷溅，他嘲讽地说道：继续走啊，继续走啊！我用手捂住了嘴，我所有的牙齿都掉了出来，亘在地上，不可跨越，仿佛面前立着两道大理石筑成的弧线。

我哑口无言，因为我必须远离我的父亲和这两堵大理石的墙垣，但我用另一种语言说道：Ne！Ne！[1]然后用许多种语言说

① 捷克语或克罗地亚语，意为“不”。

道：No！No！[1]Non！Non！[2]Njet！Njet！[3]No！Ném！Ném！[4]不！因为就算是用自己的语言，我也只能说“不”，此外我想不起任何词了。一只滚动的机座，也许是一只大转轮，从吊船上冲我倾倒粪便，我说：Ne！Ném！但为了不让我再喊“不”，我的父亲把他短而粗硬的手指戳进我的眼睛，我看不见了，但我必须继续喊叫。我露出了微笑，因为我的父亲抓住了我的舌头，想把它扯下来，这样就没有人能听到我在喊“不”了，尽管根本也没有人在听，但是在他把我的舌头扯下来之前，有一件惊人的事情发生了，一块巨大的蓝色污斑掉进了我的嘴里，我不再能够发出声音了。我的蓝色，我美丽的蓝色，孔雀在其中漫步的蓝色，我遥远的蓝色，我地平线上的偶然之蓝！蓝色进入我的体内，进入我的咽喉，我父亲现在扯出了我的心脏与脏腑，但是我还可以行走，我先走上了一块泥泞的冰面，然后走上了一片永恒的坚冰，它在我的体内回响：是不是没有人了，在这里没有人了，在这个世界上没有人了，也没有情谊了，那么人与人间的情谊是不是一文不值了！我的什么东西在冰上冻结了，冻成了一个冰坨，而且我抬起头看，看到其他人生活在温暖的世界里。老西格弗里德给我打电话，起先声音很轻，然后不耐烦地提高了声音：你在找什么，你在找什么书？而我哑口无言。老西格弗里德想要什么？他的声音越来越清楚，从上面传来：那会是一本什么样的书，你的书会是什么样？

---

① 英语，意为“不”。

② 法语，意为“不”。

③ 以德语拼写的俄语，意为“不”。

④ 匈牙利语，意为“不”。

站在没有退路的极点的顶端，我突然喊出了声音：一本关于地狱的书。一本关于地狱的书！

冰面迸裂了，我摔到了极点下面，坠入了地心。我坠入了地狱。微弱的昏黄火焰在四下盘绕，我的鬈发着火了，一直烧到了脚下，我喷出火焰，又吞下火焰。

请放了我！请暂且放过我！我说话的音调像是学生时代的样子，但是我想我比那时更有自信，我意识到了事态的严峻程度，我扑倒在冒烟的地板上，躺在地上想，我一定还可以给别人打电话，我提高了声音，想以此获救。我打电话给我的母亲和我的妹妹艾莉诺，我严格遵守顺序，先打给我的母亲，以童年时代的第一个爱称呼唤她，然后打给我的妹妹，然后（醒来的时候我想起来了，我没有给我父亲打电话）。我竭尽全力，从冰里走进了火里，我在其中消隐，头骨正在融化，因为我必须按照顺序打电话，因为我逆着魔法而行。

这是世界末日，灾难般地陷入虚无，使我发疯的世界已经终结，我抓住我的头，感到惊恐，因为我的头发被剃光了，我剃光的头上插着金属板，我惊讶地环顾四下。我周围坐着几个身穿白大褂的医生，看起来很友善。他们一致表示我已经得救，现在可以拆除金属板，我的头发会重新长出来。他们做了电击。我问：我要现在付款吗？我的父亲不会付款。先生们保持着友善，不着急。最重要的是，您得救了。我再次摔倒了，我第二次醒了过来，但是我没有从床上掉下来，也没有医生在那里，我的头发长了出来。马利纳把我抱了起来，又把我放回到床上。

马利纳：别害怕。没事。但是给我讲讲吧：你的父亲是谁？

我（我痛苦地哭了出来）：我真的在这里。你真的在这里吗？

马利纳：天啊，你为什么一直在说“我的父亲”？

我：很好，你提醒我了。让我想一想。给我盖上被子。谁会是我的父亲？比如说，你知道你的父亲是谁吗？

马利纳：不说这个了。

我：我们来谈一谈，我是自己想象出来的。你没有想象出什么吗？

马利纳：你想要回避吗，你想要钻空子吗？

我：也许吧。我想把你带到暗处。给我讲讲吧。为什么你觉得，我的父亲并不是我的父亲？

马利纳：你的父亲是谁？

我：我不知道，我不知道，真的不知道。你比较聪明，你无所不知，你的无所不知让我厌倦。你自己不会对此感到厌倦吗？唉，不会，你不会。给我暖暖脚，好的，谢谢，只有我的脚睡着了。

马利纳：他是谁？

我：我是永远不会说的。我也不能说，因为我不知道。

马利纳：你知道。你要发誓你不知道。

我：我从不发誓。

马利纳：那我告诉你，你听着，我告诉你他是谁。

我：不。不。不。永远也别告诉我。给我拿一块冰来，一块寒冷的冰，给我一块湿毛巾放在头上。

马利纳（走了）：你会告诉我的，不要坚持了。

午夜时分，电话轻轻呜咽，它海鸥般的唳鸣唤醒了我，然后里面传来了波音飞机喷管的嘶响。电话来自美国，我松了一口气，说道：你好。一片黑暗，我周围有什么东西在噼啪作响，我站在湖面上，湖冰开始融化，这曾经是一片冻着厚厚冰层的湖泊，现在我悬在电话线上，悬在水面之上，我能够抓住的只有这根电缆。你好！我知道打电话的是我的父亲。湖冰很快就会完全消融，而我身处一个远离湖畔的岛屿，四顾无援，没有船只。我想冲着话筒喊：艾莉诺！我想给我的妹妹打电话，但电话的另一端只可能是我的父亲，我冻得寒栗，悬在电话线上等待，沉没、浮出，却依然与之相连，我可以清清楚楚地听到来自美国的声音，我在水里也可以越过水面打电话。我加快了语速，潺潺的水声吞没了我的声音：当你到来，我就在这里，就在这里，你知道这有多可怕，然后电话断线了，我孤立无援，独自一人，不，没有一艘船！在我等待答复的时候，我看到阳光明媚的岛屿天色渐暗，夹竹桃灌木在四下沉落，火山被冰晶覆盖，连火山也冻住了，气候改变了。我的父亲在电话里发出大笑。我说：我孤立无援，来吧，你什么时候来？父亲继续笑着，像在剧院里，他一定就是在那里学会了这么可怕的笑声：哈哈哈。总是：哈哈哈。但是今天没有人还会笑了，我说，没有人还会这么笑了，停下来吧。我的父亲不停地笑。我可以给你打回去吗？我问，只是为了制止这种剧院里的笑声。哈哈。哈哈。岛屿沉没了，从各大洲上都可以看到它，而笑声持续着。我父亲去了剧院。上帝只是一种想象。

出于偶然，我父亲再一次走进了房间。我母亲手里拿着三朵花，那是我的生命之花，不是红的，不是蓝的，也不是白的，但它们是给我的，在我父亲靠近我们之前，她就把第一朵花抛给了他。我知道她做得对，她不得不把这朵花抛给他，但现在我也发现她什么都知道，乱伦，这是乱伦。但是我想请求她把第二朵花抛给我，我怀着至深的恐惧看着我的父亲，他把另外两朵花从我母亲的手里抢了过来，因为他也要向我母亲寻仇，他踩上它们，践踏着这三朵花，他经常这样愤怒地跺脚，他踩着、跺着，好像这样就可以踩碎这三个错误，这就是我的生命。我不能继续直视我的父亲，我拽住我的母亲，开始尖叫，没错，是这样，是这样，这是乱伦。但之后我发现，不只是我的母亲保持着沉默，一动不动，我从一开始也没有发出过声响。我尖叫，但是没有人听得到我，没有什么可听的，只有我的嘴张大了，他也夺走了我的声音，我不能说出我想对他喊的那个词，在我挣扎的过程中，在这张干燥、张开的嘴里，它又来了，我知道，我将会发疯，为了不发疯，我冲着父亲的脸啐了一口，但我的嘴里没有口水，甚至没有一丝呼出的空气撞到了他。我的父亲不可触碰。他无动于衷。我的母亲默默地扫除了踏碎的鲜花，那一点小小的垃圾，以保持房屋的清洁。在这个时候，我的妹妹在哪里？我在家里看不到我的妹妹。

我的父亲拿走了我的钥匙，他把我的衣服从窗户扔到大街上，但我本来也准备把这些衣服上面的灰尘掸掉，然后捐给红十字会。我必须回家，我看到他的同伙走了进去，第一个人打碎了盘子和玻璃杯，但是有一对玻璃杯被我父亲拿到了一旁，当我颤抖着走进房门，向他靠近的时候，他就抓起一只玻璃杯冲我扔了过来，杯子砸到了我脚边的地上，于是他把所有的玻璃杯都冲我扔了过来，他瞄得很准，只有几个碎片打到了我，但血水像小溪一样从我的额头上流下，从耳朵里流出，从下颌迸出，衣服上渗出了血迹，因为有几块极细的碎屑穿透了衣料，我的膝盖静静地滴淌出鲜血，但是我想要做什么事情，我必须告诉他。他说：站着别动，别动，然后看！我现在什么也听不懂，但我知道可怕的事情马上就要开始了，比我所担心的更可怕，因为我的父亲下令说要撕毁我的所有藏书，是的，他说的是“撕毁”，我想要挡在我的书前面，但是许多男人狞笑着站在那里，我跪倒在他们面前，说道：放过我的书吧，就放过这些书吧，对我做你们想要做的事，做你想要做的事吧，把我扔出窗外，就像那时一样，再来一次！但我父亲好像对之前的事一无所知，他一下取走了五六本书，像拿着一包砖块一样，把它们扔进了一只古老的箱子。那些人用冻僵的手指把东西拽走，一切都开始沙沙作响，克莱斯特[1]的《死者的面具》不出一会儿就开始在我面前飞舞，还有荷尔德林[2]的照片，下面写着：大地，我爱你，请你相信我吧！我现在抓住的只有这些照片，我把它们紧紧贴在胸前，巴尔扎克的简装文集在周围飞旋，《埃涅阿斯纪》[3]掉到了角落里，这些人踢了卢克莱修[4]和贺拉斯[5]一脚，另一个人开始不紧不慢地踩踏几本书，手里不知道还拿了一本什么书，在角落里，我父亲撞到了一个人的肋骨（我在哪里见

---

① 指海因里希·冯·克莱斯特，德国诗人、戏剧家、小说家。

② 德国浪漫派诗人，后文诗歌出自《致太阳神》。

③ 古罗马作家维吉尔创作的一部史诗。

④ 古罗马诗人、哲学家。

⑤ 古罗马诗人、批评家。

过这个人，他在贝雅特丽丝大街上就撕毁了一本我的书），我父亲友善地对他说道：和她在一起很合你的心意，对吗？现在我父亲冲我眨了眨眼睛，我知道他是什么意思，因为那个人羞怯地笑了，说他本来也想，为了让我高兴，他也愿意这么做，好像他想要把我的书恢复原状，但是我充满仇恨地从他手里夺下了我的那些法文书，因为那是马利纳给我的，我说：您别想夺走它们！我对我父亲说：你把我们都出卖了。但是我的父亲咆哮道：什么，现在你不要想了，我会的，我会卖了你！

那些人离开了房间，每个人都拿到了小费，他们挥舞着大手绢，喊道：书籍之幸，然后他们对所有好奇地站在那里旁观的邻居说道：我们做完了所有工作。现在我的《林中路》[①]掉到了地上，还有《瞧！这个人》，我麻木地蹲了下来，在许多书本之间流着鲜血，事情就应该是这样，因为我每天晚上入睡前都会抚摸它们，马利纳送了我这么多美妙的书，而我父亲绝不会为此原谅我，所有的书都无法阅读了，事情就应该是这样，不再有秩序，我将永远无法得知库恩伯格[②]在哪里，小泉八云[③]在哪里。我躺在书本中间，再一次一本一本地抚摸它们，起先只有三本，然后变成了十五本，然后变成了一百多本，我穿着睡衣躺在了第一层书架上。晚安，先生们，晚安，伏尔泰先生，晚安，爵士，好好休息，我鲜为人知的诗人们，做个好梦，我

① 德国哲学家海德格尔的文集。

② 指费迪南德·库恩伯格，奥地利作家。

③ 小说家，生于希腊，后归化日本。

尊敬的皮兰德娄[1]先生，普鲁斯特[2]先生。还有修昔底德[3]！这些先生第一次向我说晚安，我尽量离他们远一点，以免他们溅上血迹。晚安，约瑟夫·K[4]对我说。

我的父亲想抛弃我的母亲。他坐着一驾马车从美国回来，他坐在那里，像马车夫一样举着嘶嘶作响的鞭子，他旁边坐着娇小的玫兰妮，她以前是我的同学，现在也长大了。我的母亲不希望我们做朋友，但玫兰妮还是不断地往我身上挤，把她硕大的胸部贴上来，我的父亲很喜欢她的胸部，但是它们却吓到了我，她打着手势大笑，梳着两条褐色的发辫，之后却又变成了金色的长发，她谄媚地靠近我，以赢得我的让步，但我只能看到她的侧脸，我扶着我的母亲登上了车，我们已经开始怀疑了，因为我们都上了车，都穿上了新衣服，就连我父亲也在长途旅行后换掉了西装、刮了胡子，我们走进了《战争与和平》的舞会大厅。

马利纳：起床了，动一动，和我一起坐起来，深呼吸，深呼吸。

我：我做不到，请原谅，但是如果梦还要继续，我也睡不着了。

马利纳：你为什么一直在想《战争与和平》？

---

① 意大利小说家、戏剧家。

② 法国小说家，著作《追忆似水年华》。

③ 古希腊历史学家。

④ 奥地利作家弗朗茨·卡夫卡的代表作《审判》中的主人公。

我：就是这样，这本书因果相关，不是吗？

马利纳：你不用什么都信，你还是想想你自己吧。

我：我？

马利纳：战争与和平根本就不存在。

我：那它是什么？

马利纳：战争。

我：我应该找到和平。我想要和平。

马利纳：这是战争。你只有短暂的间隙，仅此而已。

我：和平！

马利纳：你心里就没有战争，你心里就没有战争吗？

我：别这么说，今天别这么说。你有点可怕。

马利纳：这是战争。你就是战争。你自己。

我：我不是。

马利纳：我们都是，你也是。

我：那么我不愿继续存在，因为我不想要战争，然后你会让我入睡，然后就是终结。我想要战争结束。我不想再恨了，我想，我想……

马利纳：来，深呼吸。又来了，你看，没事的，我抱着你，到床边来，别害怕，深呼吸，休息一下，现在不要讲话。

我的父亲和玫兰妮跳起了舞，这是《战争与和平》里的舞厅。玫兰妮戴着我父亲送给我的戒指，但他还是让所有人都深信，在他死后，我会继承一枚更值钱的戒指。我的母亲直挺挺地坐在我身边，一言不发，我们旁边的两把椅子空空荡荡，因为那两个人一直在跳舞。我的母亲不再和我说话。没有人请我跳舞。马利纳走了进来，一位意大利女歌手唱道：你来了，你终于来了！[1]我跳起来拥抱马利纳，我急切地恳求他来和我跳舞，我冲母亲摆出了轻松的微笑。马利纳握住了我的手，我们在舞池的边缘互相依偎着，这样我的父亲就能够看到我们了，尽管我很确信我们两个都不会跳舞，我们还是在尝试，我们必须学会跳舞，至少要骗过我父亲，我们两个停了下来，好像我们已经跳够了，我们注视着彼此，只是我们的动作与舞蹈无关。我不断向马利纳轻声表示感谢：谢谢你来，我永远不会忘记，哦，谢谢，谢谢。现在玫兰妮也想要和马利纳跳舞，她当然也要和他跳舞，我在一瞬间感到一阵寒栗，但马利纳平静而冷漠地说：不，很遗憾，我们要走了。马利纳在替我报仇。在出口处，我的白色长手套掉到了地上，马利纳把它们捡了起来，它们从我手里沿着台阶掉到了地上，但是马利纳把它们捡了起来。我说：谢谢，谢谢你所做的一切！别管它，马利纳说，我会给你捡起来的。

我的父亲在荒漠里沿着河滩行走，他把我引到了荒漠里，他结婚了，他在沙地上写下的女人名字不是我母亲的名字，但是我没有立刻意识到这一点，直到我看到了第一个字母。阳光阴郁地照亮了那些字母，它们躺在沙地上，就像凹槽里的阴影，而我唯一的希望是这些字母将在黄昏到来之前迅速消失。但是天啊，天啊，我的父亲回来了，持着那根金碧辉煌的、镶嵌着

① 原文为意大利语，出自意大利作曲家梅尔卡丹特的歌剧《维尔吉尼娅》。

宝石的维也纳大学的手杖，我曾经握着它发过誓：我承诺，我承诺[①]，我将尽我所知，尽我所信，在任何情况下都不背离我的知识。他用这个并不属于他的、值得尊敬的手杖，这根我曾经把手指放在上面、发下了我唯一真正的誓言的手杖，有了这根我的誓言仍然在上面燃烧的手杖，他真的敢在这岿然不动的沙地上再次写下那个名字，我读出了它，玫兰妮，还是玫兰妮，我在暮色中想道：不[②]，他绝不应该这样做。我的父亲走到了水边，心满意足地倚靠着那根金黄的手杖，我必须跑开，尽管我知道我是较弱的一方，但是我可以让他大吃一惊，我从后面跳向他的后背，想把他扑倒，我只是想把他扑倒，为了那根来自维也纳的手杖，我根本不想伤害他，我不能用这根手杖打他，因为我曾经对着它发过誓。我站在那里，高举着手杖，我的父亲伏在沙地上吞吐着怒火，他咒骂着我，因为他觉得我想用这根手杖打他，直到把手杖砍断，他觉得我想用这根手杖打死他，但我只是把手杖指向了天空，对着地平线、大海和多瑙河高声喊道：这是我从圣战中带回来的。我抓了一把沙子，那就是我的知识，我跨过了水面，我的父亲跟不上我。

在我父亲的宏大歌剧里我应该扮演主角，这是导演的要求，他已经通知了这件事情，因为这样会有成群结队的观众到来，导演是这么说的，记者们也是这么说的。他们正在等待，手里拿着笔记本，我应该谈谈我的父亲，也谈谈这个我并不了解的

① 原文为拉丁语，维也纳大学的历史传统：毕业生须用两根手指放在学校的权杖上宣誓。

②“玫兰妮”在德语中写作“MelaNIE”，“不”在德语中写作“NIE”。

角色。导演亲自来强迫我穿上一件戏服，因为它是为别人做的，所以他亲自用别针把衣服别起来，以调整大小，别针刺到了我的皮肤。他的动作太笨拙了。我对记者说：我什么都不知道，请去问我的父亲，我真的什么都不知道，这个角色不是为我设计的，这只是为了吸引成群结队的观众！但记者写下的是完全不同的东西，我也没有时间尖叫或者是撕碎他们的笔记，因为我马上就要登台了，我奔跑地穿过整个歌剧院，拼命地尖叫。我找不到一本台词，而我连两句入场提示都记不住，这不是我的角色。我熟悉这段音乐，哦，我知道它，这段音乐，但是我不知道台词，我无法扮演这个角色，我不可能了解这个角色，我更加绝望地请求导演告诉我第一首二重唱的第一句是什么，我要和一个年轻人一起唱。他和其他所有人都露出神秘的微笑，他们知道什么我不知道的事情，但这些人都知道些什么？我开始怀疑，但是幕布拉了起来，下面是庞大的人海，成群结队，我开始胡乱地歌唱，但是满心绝望，我唱道："有谁能够救我，有谁能够救我！"[①]我知道台词不是这样，但是我也注意到音乐淹没了我绝望的唱词。舞台上站了许多人，有一些心知肚明地保持着沉默，有一些闷闷地唱着歌，因为他们拿到了报酬，一个年轻的男人唱得自信而响亮，有时他也快速而秘密地提醒我，我明白了，在二重唱里只能听到他的声音，因为我的父亲只为他写了曲调，他当然没有为我写，因为我没有受过训练，只能够被展示出来。我只应该唱歌，这样我们就能挣到钱，我脱离

①"我"及后文所唱的唱词均出自德国浪漫主义作曲家理查德·瓦格纳的代表作——歌剧《特里斯坦与伊索尔德》。歌剧讲述了一个爱情悲剧，唯一的解脱是走向死亡。

了这个不属于我的角色，我为我的生命而歌唱，这样我的父亲就对我束手无策了。“有谁能够救我！”然后我忘了这个角色，我也忘了我没有受过训练，最终，尽管幕布已经放了下来，幕间休息已经开始了，我还在真情实感地歌唱，唱的却是另一段歌剧，我听到我的声音飘出了空旷的房屋，到达了至高的顶空和至深的深渊，“但愿我们这样死去，但愿我们这样死去……”这引起了那个年轻人的注意，他不知道这个角色，但是我继续唱着。“死亡即是一切。一切都走向死灭！”那个年轻人走了，我独自一人站在舞台上，他们关上了灯，留下我独自一人，穿着可笑的戏服，里面还夹着别针。“你们看到了吗？朋友，你们看不到他们！”我伴随着一声沉重的颤音跌出了这座岛屿和这部歌剧，还在唱着，“但愿我们这样死去，永不分离……”跌进了已经没有乐队的乐池。我挽救了这次演出，但是我摔断了脖子，躺在被人遗弃的座椅和谱架中间。

我的父亲打了玫兰妮，然后有一只大狗气势汹汹，马上就要开始吠叫，他打了那只狗，而那只狗忠心耿耿地由着他殴打。我的母亲和我也这样忍受着殴打，我知道那只狗就是我的母亲，忠心耿耿。我问父亲为什么他连玫兰妮也要打，他说他不想回答这个问题，这在他看来毫无意义，我问起她这件事情就已经是一种放肆行为了。他不断地重复说，玫兰妮在他看来毫无意义，他只需要她再陪他一两个星期，没有新鲜感了，我得理解这一点。我想那只狗并不知道，它应该冲着我父亲的腿咬上一口，殴打就结束了，但它只是轻轻地哀号着，没有咬他。然后我父亲心满意足地和我交谈，这让他感到轻松，让他积蓄起了打人的力量，但是我越来越压抑，我试图向他解释他让我感到多么难受，他必须知道这一点，我竭尽全力地讲述我去了多少家医院，手里还拿着账单和处方，因为我觉得我们应该分担账目。我父亲心情很好，但他不懂其中的逻辑，他既不理解我受到了殴打，也不理解他的行为和我的愿望。最终，我把一切都告诉了他，这毫无用处，毫无意义，但气氛并不紧张，我们之间的氛围反而是轻松愉快的，因为现在他想要拉上窗帘和我一起睡觉，不让玫兰妮看到我们，她还躺在那里呜咽，一如既往，什么也不懂。我躺下来，心中怀着一丝仁慈的希望，但我很快又站了起来，我做不到，我对他说，我不介意，我听到自己说：我不在乎这一点，我从来就不在乎，这根本就不重要！我的父亲没有生气，因为他也并不在乎，他开始了独白，提醒我说这我已经说过了，说的都是同一回事。他说：同一回事，也就是什么也没有说，你什么也没有说，都是同一回事，同一回事！但是有人在打搅我们，有人一直都在打搅我们，这绝不是同一回事，只有他觉得是，因为我根本不在乎。呻吟着打搅我们的人是玫兰妮。我父亲从布道坛上站了起来，手里拿着星期天的布道辞，都是同一回事，所有人都安静而虔诚地听着，他无疑就是星期天那位伟大的布道者。最后他总会咒骂某件事情或者是某个人，以使他的布道显得强劲有力，现在他又开始咒骂了，今天他骂的是我的母亲和我，他咒骂她的性别和我的性别，而我走向教堂的圣水池，沾湿了我的额头，以父亲的名义，我在布道结束前就走了出去。

我的父亲和我一起游进了上千个环岛的王国。我们潜到湖中，一群最为魔幻的鱼游向了我，我想和它们一起游去，但是我的父亲已经跟上我了，我看到他时而游在我的身边，时而游到我的身下，我必须试着游到礁石上，因为我的母亲藏到了珊瑚礁后面，正默默地盯着我，警告着我，因为她知道会发生什么。我潜入深水，在水下尖叫：不！还有：我别无所求了！我竭尽全力了！我知道在水下喊出声音是非常重要的，因为这样可以驱赶鲨鱼，这声喊叫也肯定能把我的父亲驱赶开，他想要攻击我，想要吞噬我，或者他还想再和我睡觉，在礁石前面把我捆起来，让我的母亲看见。我喊道：我恨你，我恨你，我恨你甚于恨我的生命，我发誓要杀了你！我在我的母亲那里找到了一个地方，在她分出几千叉的、不断生长的深海的珊瑚丛中，我忧惧地悬在她的分叉之上，我悬在她的身上，但我的父亲抓到了我，他再次抓到了我，但喊叫的不是我，而是他，那是他的声音，不是我的：我发誓要杀了你！但我喊道：我恨你甚于恨我的生命！

马利纳不在身边，我放好枕头，我找到了一只装着矿泉水的玻璃杯，是吉斯金格牌，我很渴，于是我喝了这杯水。我为什么要说这个，为什么？恨他甚于恨我的生命。我的生命很美好，而且因为马利纳正变得越来越好。这是一个阴郁的早晨，但已经有阳光闪现。我在说什么，马利纳为什么还在睡觉？就是现在。他应该向我解释我的话。我并不恨我的生命，那么我会恨什么甚于恨我的生命。这是不可能的。只有在夜晚我才会失控。我小心翼翼地抬起头看，以使一切保持正常，我的生命，我烧了一壶热水，我要喝茶，尽管我在厨房里还穿着长睡袍，冻得瑟瑟发抖，我给自己泡了一杯茶，我需要它，因为在我束手无策的时候，泡茶也是某种行动。水烧开以后我就不在环岛里了，我给茶壶加热，用小勺点数着放进去的伯爵茶叶，倒上水，我还可以喝茶，还可以把开水注入我的茶壶。我希望马利纳不要醒来，但我保持着清醒，直到七点，我叫醒他，把早餐给他送过去。马利纳的状态也不太好，也许他很晚才回家，他的鸡蛋煮得太老了，但是他什么也没有说。我嘟哝着道歉，牛奶坏了，但为什么才放了两天就坏了？它确实是放在冰箱里的。马利纳抬起头，茶里浮出了白色的小颗粒，我把他的茶倒掉了，他今天只能喝不加奶的茶了。所有的东西都变质了。抱歉，我说道。怎么回事？马利纳问道。走吧，拜托，走吧，收拾收拾东西，不然你会迟到的，这么早我没有办法和你说话。

我像其他所有人一样披上了西伯利亚犹太人的大氅。那是在隆冬时节，不断有雪落到我们的身上，我的书架在雪中坍塌了，雪慢慢地掩埋了它。我们都在等着撤离。书架上的照片也打湿了，我爱过的所有人的照片，我掸掉雪，摇晃着那些照片，但雪又落了上去，我的手指已经冻僵了，我只能任雪掩埋这些照片。我感到绝望，因为我父亲看到了我的最后一次尝试，因为他不属于我们，我不想让他看到或者是猜出我的挣扎，看出这张照片上是谁。我父亲也想要穿上大氅，但是他太胖了，忘了那些照片吧，他对某个人说道，然后又脱掉了那件大氅，想找一件更好的，幸好那里没有更多的大氅了。他看着我和别人一起离开，我还想要和他说话，让他最终明白他不属于我们，因为他没有这个权利，我说：我没有时间了，我没有足够的时间了。真的没有时间了。周围有几个人在指责我，我没有办法表现出团结一致，“团结一致”，多么罕见的表述！这些对我来说都是一回事。我应该签字，但是我的父亲先签了字，他一直都“团结一致”，我却从来都不知道这个词是什么意思。我迅速地对他说道：好好生活吧，我没有时间了，我并不团结一致。我必须找到某个人！我还不知道我要找谁，是一个来自佩奇的人，我在所有人中找他，在这可怕的混乱中找他。我最后的时间也流尽了，我开始担心他已经先于我撤离了，尽管只有在那里我才可以和他说话，和他独处，在第七代①，我并不能保证他的存在，因为我哪里也去不了。我在许多棚屋中间，我在最后面的房间里找到了他，他也在疲倦地等着我，在空荡荡的房间里，他身边有一束头巾百合，他躺在地上，裹着他那比黑色更黑的西伯利亚大氅，几千年前我见到他的时候他穿的就是这件大氅。他困倦地坐了起来，他老了几岁，他精疲力竭。他用自己最初的声音说道：唉，你终于，终于来了！我扑到地上，笑着、哭着亲吻他，你在这里，只要你在这里就好，唉，终于，终于！那里还有一个孩子，我只看到了一个孩子，但我觉得这里应该有两个孩子，那个孩子躺在墙角里。我立刻就认出了他。在另一处墙角里躺着一个女人，温柔而耐心，那是他们的孩子，她不反对我们在撤离之前躺在一起。突然有人喊道：起立！我们都站了起来，准备出发，那个孩子已经坐在了火车上，我们必须加快动作，于是我们也开始动身。我只需找到那把为我们遮风挡雨的雨伞，我也要用它为所有人遮风挡雨，为他，为那

① 来自《圣经》，意指世世代代。

个温柔的女人，为这个孩子，但是我的雨伞并不属于我，有人把它落在了维也纳，而我深感不安，因为我想要把雨伞还给他，只是现在我们的时间不够了。这是一把死去的雨伞。太晚了，我只能拿上这把伞，这样我们就可以穿过匈牙利，因为我找回了我最初的爱。下雨了，淅淅沥沥地淋到我们的身上，尤其是那个快乐而冷静的孩子，他已经被淋透了。又开始了，我的呼吸变得急促，也许是因为那个孩子，但我的恋人说道：别担心，像我们一样，放宽心！月亮很快就要升起来了。但我心中一直怀有一种对死亡的恐惧，因为又开始了，因为我将要发疯了，他说道：别担心，想想城市公园，想想树叶，想想维也纳的花园，想想我们的树，那棵开花的泡桐树[①]。很快我就平静了下来，因为我们两个都一样平静，我看到他指向他的头，我知道他们对他的头做了什么。货车需要跨过一道河流，那是多瑙河，却又变成了另外一条河，我试着保持平静，因为在这里，在多瑙河，我们第一次相遇了，我说，是这样的，但之后我的嘴张大了，没有发出惊叫，因为根本就不是这样。他对我说，我永远也不会忘记，他说：这轻而易举！我理解错了，我喊叫，却没有发出声音，我说：这轻而易举！在河里，在深深的河里。我可以和您说话吗，就一会儿？有一位先生问道，我得告诉您一条消息。我问：谁，您要告诉谁一条消息？他说：我只告诉卡格兰公主。我对他说：不要说出这个名字，永远也不要。什么也别告诉我！但是他向我举起了一片干枯的树叶，我就知道了他说的是真话。我的生命结束了，因为他在撤离的途中溺死

① 泡桐树（德语为“Paulownien”），此处指代策兰（德语为“Paul”）。

在了河里，他曾是我的生命。我爱他甚于爱我的生命。[1]

马利纳抱住我，是他在说：别担心！我必须安静下来。但是我站起身来，和他一起在房间里踱步，他想要我躺一会儿，但我不能继续躺在这张过分柔软的床上。我躺在地板上，很快又站了起来，因为我曾经躺在这样的地板上，披着温暖的西伯利亚大氅。我行走，说话，释放话语，吞咽话语，和他一起踱步。我绝望地把头倚在他的肩上，在这个位置，在马利纳的这一侧肩上有一处锁骨骨折和一块铂板，这是因为一次车祸，他给我讲过。我意识到我感到了一阵寒意，我开始颤抖，月亮升了起来，从我们的窗口看得见月亮，你看见月亮了吗？我看到的是另一轮月亮和另一个恒星的世界，但那不是我想谈论的那一轮月亮，只是我必须讲话，持续不断地讲话，为了自救，为了不让马利纳插手，我的头颅，我的头颅，我要发疯了，但是马利纳不应该知道。可是马利纳知道，我向他乞求，缠在他的身上，在房中跑来跑去，倒在地上，重新站起来，解开我的衬衫，再次倒地，因为我失去了理智，就是这样，我失去了理智，我无可救药，我要发疯了，但马利纳再一次说道：别担心，放轻松。于是我放轻松，让自己倒在地上，我想起伊万，我的呼吸变得平静一点了，马利纳按摩我的手和脚，还有心脏附近的地方，但是我要发疯了，只有一件事情，我只求你一件事情……但是马利纳说：为什么要求我，不要乞求。但我再次以

① 此处先生疑为莫舍·卡恩，策兰的意大利语译者。树叶是策兰常用的诗歌意象，也是两人在维也纳相恋时策兰赠给巴赫曼的礼物。

我今天的声音说道：拜托了，伊万绝对不能知道，绝对不能（我恍惚记得，马利纳对伊万一无所知，为什么现在我和他能谈起伊万？）——伊万绝对不能知道，我向自己保证，只要我还能说话，我就会说话，重要的是我还在说话，你知道，我只能说话了，求求你，和我说话吧，伊万绝对不能，绝对不能知道，请你给我讲点什么东西，和我谈谈晚餐的事情，你是在哪里吃的饭，和谁一起，和我说话吧，谈谈新的唱片，你把它们带来了吗，哦，旧日的气息！和我说说话吧，我们谈什么无关紧要，谈什么都行，说话，说话，说话，然后我们就离开了西伯利亚，不再身处激流，不再置身于多瑙河的湿地，我们又来到了这里，匈牙利大街，你啊，我的应许之国，我的匈牙利之国。和我说话吧，不要考虑我们的电费，把所有灯都打开，把所有开关都拧开，给我水，把灯打开，把所有灯都打开！把七连烛台也点起来。

马利纳打开了灯，马利纳端来了水，疯狂消退了，晕眩加剧了，我向马利纳说了些什么，我提到了伊万的名字了吗？我说了“七连烛台”了吗？你知道，我稍微振作了一点，说道，你不用当真，伊万还活着，他过去也活过一次，很奇怪，是吧？最重要的是，你不要担心，只是我今天不吐不快，所以我现在很累，但是让灯亮着吧。伊万还活着，他会给我打电话。如果他打电话，就告诉他——马利纳又在和我一起踱步，因为我不能安安静静地躺着，他也不知道他该对伊万说些什么，我听到电话响了：告诉他，告诉他，请告诉他！什么也不要告诉他。最好是说：我不在家。

我的父亲坚持要在特定的日子里给我们洗脚，像我们所有的使徒皇帝一样。伊万和我已经洗过了脚，水变脏了，水面上漂着乌黑的泡沫，我们很久没有洗过脚了。我们宁可自己洗，因为我的父亲不负有这种值得尊敬的责任。我很高兴，我们现在把双脚洗干净了，它们的味道很洁净，我给伊万把脚擦干，然后擦干我自己的脚，我们坐在我的床上，满怀喜悦地看着对方。但是现在有人来了，晚了，门已经打开了，是我的父亲。我指着伊万，我说：是他！我不知道等待我的是死刑还是只是去劳动营。我的父亲看到了肮脏的水，我把我洁白、气味清新的双脚从中抬了起来，我也骄傲地向他指了指伊万干净的双脚。尽管如此，尽管我的父亲没有履行他的责任，他不应该注意到我很高兴，走了这么长的路，终于洗掉了脚上的所有脏污。从他那里到伊万身边的路太长了，我的脚变脏了。隔壁的收音机在说：爸爸，爸爸。我的父亲咆哮道：关掉收音机！那不是收音机，你很清楚，我肯定地说道，因为我根本就没有收音机。我的父亲再次咆哮道：你的脚完全弄脏了，我现在已经告诉所有人了。希望你知道。肮脏，肮脏！我微笑着说：我已经洗过脚了，我希望所有人的脚都有这么干净。

这是什么音乐，关掉音乐！我的父亲发出了前所未有的咆哮。马上告诉我，哥伦布是在哪一年抵达美洲的？有多少种原色？多少种色调？三原色。奥斯特瓦尔德[①]说有五百种。我飞快地给出了所有的正确答案，但是声音很轻，如果我的父亲没有

① 德国化学家，1920年创立了自己的色彩系统，曾获诺贝尔化学奖。

听到，我就没有办法了。他再次发出喊叫，每次他提高声音，都有一件家具从墙上掉下来，或者一块木头从镶木地板上迸出来。如果他根本就不想听答案，那么他为什么要发问呢？

窗前一片漆黑，我打不开窗户，我把脸贴到玻璃上，什么也看不见。我慢慢想起那阴暗的水洼可能是一片湖泊，我听到一个醉酒的男声合唱团在冰上唱歌。我知道我的父亲走到了我身后，他曾经发誓说要杀了我，我很快躲到了长而厚的窗帷和窗户之间，因此他望向窗外的时候我没有感到惊讶，但我已经知道了我不该知道的事：湖岸上是被谋杀的女儿们的墓地。

我的父亲在一艘小船上开始拍摄他宏伟的电影。他是导演，一切都要遵从他的意志。我已经让步了，因为我的父亲想和我一起拍几段戏，他向我保证不会有人认出我来，他请了最好的化装师。我的父亲为自己取了个名字，没有人知道是什么名字，有时候，在半个世界的电影院的霓虹灯上都能够看到他的这个名字。我坐在一旁等着，还没有换装，也没有补妆，头上戴着卷发器，只有肩上搭了一条毛巾，但是我突然发现，我的父亲利用这样的情况已经悄悄开始了拍摄，我跳了起来，没有找到任何可以把自己遮蔽起来的东西，但是我仍然跑到他与摄影师面前说道：停下来，立刻停下来！我说，这卷胶片必须立即销毁，这与电影无关，因为它违反了协议，必须把这卷胶片扔掉。我父亲回答说他就想这样，这将是整部电影最有趣的部分，他继续拍摄。我惊恐地听到了摄影机的轰鸣声，我再次要求他停止，把胶卷交出来，但他无动于衷地继续拍摄，再次拒绝了我。

我越来越亢奋，我喊道，他有考虑一秒钟的机会，我不害怕他的勒索，如果没有人帮我，我也知道该如何自救。因为他毫无反应，“一秒钟”也结束了，我望向船只的烟囱与甲板上密布的机械，我跌绊着穿过缆绳，不断搜寻着，不知道怎么才能阻止他所做的一切。我跌回了更衣室，更衣室的门已经被拆除了，我不能把自己锁在里面，我的父亲大笑着，但是在这一刻我看到了一只装着肥皂水的小碗，放在镜子前面，是为了梳妆准备的，我灵光一闪，拿起小碗，把里面的碱液倒在了机械上，倒进了小船的排气管，到处都冒出了蒸汽，我的父亲僵硬地站在那里，我告诉他，我确实警告过他，我不会再听从他了，我变得不一样了，从现在开始，我将会报复任何像他一样破坏了协议的人。整艘船都在不断地冒着蒸汽，影片的拍摄中止了，工作必须立刻停止，所有人都恐惧地站在一起商讨着，但他们说的是，他们本来也不想听从导演，他们很高兴这部电影拍不成了。我们通过绳梯离开了小船，坐在小救生艇上摇晃着，然后被带到了一艘大船上。当我筋疲力尽地坐到了大船的座位上，人们开始对小船实施救援工作的时候，有一些人漂了过来，他们还活着，但是身上有烧伤的痕迹，我们必须一起回去，他们都要坐上这艘船，因为在离我们那艘沉没的船很远的地方，有另外一艘船爆炸了，那艘船也属于我的父亲，上面有许多乘客，那边还有许多伤员。我感到毫无来由的恐惧，我怕是我那装肥皂水的小碗引起了那一艘船的爆炸，我已经开始预感到，当我们上岸的时候，我会被指控犯有谋杀罪。越来越多的人漂向了我们，他们被捞了上来，已经死了。但之后我如释重负地听说，另一艘船是因为完全不同的原因沉没的。我与它无关，那都是因为我父亲的疏忽。

我的父亲想带我离开维也纳，去往另一个国度，他和善地对我说，我必须离开这里，我的朋友给我造成了很坏的影响，但我已经注意到他希望的是没有任何目击者，他希望我没法在任何地方和任何人讲话。事情可能会这样发展。我不再为自己辩护，我只是问他，我是否可以往家里写信，他说到时候再看，这对我不利。我们去了一个陌生的国度，我甚至有权利上街，但是我不认识任何人，我也不懂他们的语言。我们住在一个很高的地方，那里让我感到晕眩，没有房屋能这么高，我从来没有在这么高的地方住过。我整天躺在床上，弓着身子，我被监禁了起来，但也没有被监禁。我的父亲只是偶尔过来看我，多数时候他都派一个脸上有绷带的女人过来，我只能看到她的眼睛，她知道一些事情。她为我送来食物和茶，很快我就站不起来了，因为我感到周围天旋地转，我刚刚迈出一步就想起了其他事情，我必须站起来，因为食物里或者是茶里肯定有毒，我必须撑到浴室，把那些食物和茶倒进厕所，那个女人和我的父亲都没有注意到我，他们给我下了毒，这太可怕了。我必须写一封信，我在手包、抽屉和枕头里藏了许多信件，它们只有响亮的开头，但我必须写一封信，把它送出这栋房屋。我吃了一惊，圆珠笔掉到了地上，因为我的父亲站在门边，他早就猜出来了，他找出了所有的信件，他从废纸篓里捡出一封信，喊道：张嘴！这是什么意思！我让你张嘴！他喊了几个小时，没有停息，他不让我说话，我一直在大声哭泣，而他喊得更响了，在我哭的时候，我没有办法告诉他，我什么也吃不下了，我把那些食物都倒掉了，我已经发现它有毒了，我已经寄出了那封揉皱的信件，它躺在软垫下面，我不断地抽泣。张嘴！我用眼神告诉他：我想家了，我想回家！我父亲嘲讽地说：想家！真是深切的思乡之情！我没有让你的信寄出去，那些给你珍贵的朋友们的珍贵的信件。

我瘦得皮包骨头，站都站不稳，但我还是起来了，午夜，我从阁楼上轻轻取下我的许多个行李箱，我的父亲睡得很沉，我听到了他的呼噜声与喘气声。尽管房屋很高，我还是探出身子往下看，街道的另一侧停着马利纳的车。马利纳没有收到信，他一定明白是怎么回事了，他把他的车给我开过来了。我躲在箱子中间收拾着最重要的东西，不管结果如何，我必须保持安静，迅速行动，必须在今晚，否则我就永远也做不到了。我拎着许多箱子在街上踉跄，我不得不走几步路就放下箱子，等我的呼吸再次恢复顺畅，再次可以拿起箱子，然后我坐到车上，我把箱子扔到后面的广场，插上车钥匙，发动了车子，我在夜晚空旷的街道上摇摇晃晃地开着车，我大概知道去维也纳的主干道要怎么走，我知道方向，但是我开不过去，我停在原地，我做不到。我至少要开到邮局，马上给马利纳打电话，让他来接我，但是我做不到。我必须转弯，天已经亮了，车子失去了掌控，它滑回了之前停靠的广场，再次停在了那里，我还想再踩一下油门，撞向墙壁，撞死在上面，因为马利纳没有来，天已经亮了，我躺在窗帷上面。有人拽我的头发，是我的父亲。那个脸上裹着绷带的女人把我从车里拽了出来，把我赶回了房间。我看到了她的脸，她很快又把蒙脸的绷带拉了下来，我开始哭号，因为我认识她。他们两个会杀掉我。

我的父亲把我带进了一座高高的房屋，还有一座空中的花园，他让我在里面种植鲜花与小乔木作为消遣，他不断开着我种的那些圣诞树的玩笑，它们是我儿时在圣诞节种的，但只要他还在开玩笑，一切就都还是正常的，树上挂着银色的小球，开着浅紫色与鹅黄色的花朵，只是那不应该是它们开出的花。我也在许多陶罐里种花，我撒下种子，长出来的花朵颜色总是错乱而不符合预期的，我对此很不满意，但我父亲说：你真把自己当成公主了，天啊！你到底把自己当什么了，当成什么更好的东西了，什么！你会失去它们，你会放弃它们，这个和那个——他指向我的花草——它马上就要死了，这是什么自欺欺人的消遣，这些绿色的东西！我手里拿着花园的水管，我可以把水柱开大，打到他的脸上，让他停止侮辱我，就因为他给了我这个花园，但是我松开了手，我以手掩面，他应该告诉我要怎么做。水流到了地上，我不想再浇花了，我关上龙头，走进房间。我父亲的宾客来了，我必须把盘子和装杯子的托盘端来端去，然后坐在那里听他们说话，我从来都不知道他们在谈论什么，我应该做出回答，但是当我在思考回答的时候，有人尖锐地盯着我，我的话就变得结结巴巴，不合时宜。我的父亲露出了微笑，他的微笑迷住了所有人，他拍着我的肩说道：她想给你们看一下，在我这里，她只能在花园里工作，请你们看看这位辛勤工作的园丁，给他们看看你的手，我的孩子，给他们看看你洁白秀美的小手！大家都开始大笑，我也竭力大笑，我的父亲笑得声音最大，他喝了许多酒，那些人走了以后他也一直在喝。我得再一次向他展示我的手，他把我的手翻转过来，我感到迷惑，跳了起来，我挣脱了他，因为他喝醉了，站在那里摇摇晃晃，我跑了出去，想把门摔上，躲进花园里，但我的父亲跟了上来，他的眼神极为可怖，他的面孔涨得棕红，流溢着怒气，他把我赶到了栏杆那里，这里和整个房屋都不在高处了，他开始撕扯我，我们搏斗着，他想把我扔出栏杆，我们都滑了下去，我跳到了另一侧，我必须抓住墙壁，或者马上跳上隔壁的屋顶，或者回到房间里。我开始失去理智，我不知道我该如何脱身，而我父亲可能也害怕从栏杆上掉下去，不再想把我拖到栏杆那里了，他举起一只花盆，冲我扔了过来，花盆在我身后的墙上摔碎了。我父亲举起了另一只花盆，它在我面前的地上开裂了，咔的一声裂成了碎片，泥土溅到了我的眼睛里，我的父亲不能这样，我的父亲不可以这样！幸好门铃响了起来，警示着某人的到来，门铃又响了一次，可能是那些客人里面的一个又回来了。有人来了，我低语道，停下来！我父亲讥讽地说：有人来救你了，很好，当然是来救你的，但是你就待在这里，你听着！门铃不断地响着，那一定是来救我的，因为我满脸都是泥土，什么也看不见，还在摸索着房门，我的父亲开始抓起花盆往栏杆外面扔，想要赶走那个人，不让他进来救我。但是一定逃出去了，因为我突然就站在了通往大街的房门口，马利纳站在我的面前，站在黑暗中，我低声说话，他没有听清，我呵着气，现在别过来，今天别过来，而马利纳显露出了前所未有的苍白和无助，他无助地问道，那么，到底怎么了？请离开吧，我必须让他平静下来。我低语道。我听到了警报，警察已经开着巡逻车过来了，我怀着至深的恐惧说道，现在帮帮我，我们必须摆脱他们，必须。马利纳开始和警察对话，向他们解释说这里有一个庆祝活动，非常欢乐的庆祝活动。他把我推进了黑暗。警察真的离开了，马利纳回来了，他迫切地说着话，我听明白了他是从上面飞下来的，他把我毫发无伤地带了出来。你现在跟我来，否则我们就再也见不到彼此了，那样的话就完了。但是我低语道，我不能跟着你，让我再试一试，我想让你平静下来，因为你按了门铃他才会那么干，我必须马上回去。请不要再按门铃了！我明白，我们还会见到彼此，马利纳说。但是不要这样，那样就完了，因为他想要杀掉我。我轻声反驳，不，不，他只想杀我，我开始哭泣，因为马利纳走了，我不知道我该怎么办，我必须抹去我的痕迹，我捡起街上的碎片，我用手把花朵和泥土扫进水沟。今晚我失去了马利纳，马利纳今晚本应毫发无伤，我们两个，马利纳与我，但这一切比我更强大，比我对马利纳的爱更强大，我将继续自欺欺人。房间里亮着一盏灯，我的父亲躺在地上睡着了，在一片狼藉中间，一切都毁坏了、破碎了，我躺在我父亲的身边，在一片狼藉中间，因为这就是我的位置，在他身边，在疲倦、悲伤、衰老、熟睡的他的身边。尽管看着他令我反感，我也必须注视着他，我必须弄清楚他的脸上还写着什么危险，我必须弄清楚他的恶意因何而起。我感到惧怕，却不同以往，因为他脸上的恶是我从来也没有见过的，我爬向了一个陌生的男人，他的手上沾着泥土。我是怎么陷入这里的，陷入他的权力，陷入这个人的权力？我筋疲力尽，感到怀疑，但我的怀疑过于深厚，我很快就打消了它，那肯定不是一个陌生的男人，那肯定不是徒劳的，肯定不是骗局。那肯定不是真的。

马利纳拧开了一瓶矿泉水，但是他把一个大杯子递到我的面前，里面装了一小口威士忌，他坚持要我喝了它。我不想在午夜喝威士忌，但是马利纳看起来充满了担忧，他的手指按着我的手腕，我就喝了它，我的感觉并不好。他试探着我的脉搏，点数着，看起来并不满意。

马利纳：你对我还有所隐瞒吗？

我：我看到了一些事物，我试着从中看出一点逻辑，但是我一点也不懂。有一些事情看起来像是真的，有一些我对你的期待，我走下了一道楼梯，为了留住你，这肯定还与警察有关，但你什么也没对他们说，他们应该走了，那是一场误会，还是我自己告诉的他们，我把他们赶走了。是吗？梦里的恐惧还要更深重。你会报警吗？我不会。我没有报警，是邻居报的警，我把痕迹都抹去了，我说了谎话，我应该这么做，不是吗？

马利纳：你为什么要为他掩盖？

我：我说过了，那是一个庆祝活动，一个骚乱的、司空见惯的庆祝活动。亚历山大·弗莱瑟和小巴尔多斯都站在下面，正在互相道别，然后亚历山大差点撞上了什么东西，我不告诉你那是什么，它非常庞大，足以杀死一个人了。人们把玻璃瓶扔下去，但是当然没有扔花盆。我说过了，那是一片废墟。这是有可能的。当然，这不是很常见，不是在每一个家庭，不是在每一天，不是在每一处都会发生，但它有可能发生在庆祝活动上，想象一下人们的心情。

马利纳：我没有在说那些人，你知道。我也没问你他们的心情。

我：人们不会感到恐惧，如果人们知道这真的可能发生，也不会害怕，恐惧会在之后到来，以另一种形式，在今晚到来。没错，你想知道的是别的事情。我在白天确实见到了亚历山大和小巴尔多斯，差点就碰上了他们，但是我离他们还有几百米远。我对亚历山大说，我就这样、我肯定、我可能是受到了打击，我欲辩无言，但是我说了很多话，因为亚历山大已经有了想法，我感到他想要告发我，我不会容许这种事情发生，你必须明白！我也说了，“人们”会在街上扔东西，那人一定相信街上空无一人，但谁能想到巴尔多斯几个小时以后会站在下面，“人们”也许，甚至肯定看到了他，但只有我知道发生了什么，我开始谈论艰难的时代，只是从亚历山大的表情中可以读出来，他无法原谅这一艰难时代发生的事故，我还创造了一种属于艰难时代的重疾，我创造了许多重疾。但是亚历山大不信。我本来也不想说服他，而是要阻止最可怕的事情在这一刻发生。

马利纳：你为什么要这样做?

我：我不知道。我就是这样做了。那时我觉得这样做是对的。之后就什么都不知道了。根本没有理由，每个人都走向了衰败。

马利纳：你说了什么?

我：什么也没有说。至多说了一个字，我只能再说一个字了——但那时我不知道这个字的含义——尽管我已经不知道它的意思了。(我用手冲马利纳打着哑语。)如果我没有逃出来呢?或者我这样声称：我受制于人。你微笑了，你没有遇到过这种事情，你从未站在门边。

马利纳：我笑了吗？是你在笑。你应该去睡了，只要你继续隐瞒真相，和你说话就毫无意义。

我：我给警察塞了钱，他们没有都接受贿赂，但这些小伙子收了，这是真的。他们很高兴，他们可以回到巡逻车上或者是自己的床上。

马利纳：这个故事和我有什么关系？你只是在做梦。

我：我是在做梦，但是我向你保证，我开始明白了。那时我开始阅读那些被我扭曲的东西。如果写着“夏季时装”，我就会读到“夏季谋杀”。这只是一个例子。我可以举出上百个例子。你信吗？

马利纳：当然，我相信一些你自己都不愿意相信的东西。

我：那就是……

马利纳：你忘了我明天值班。请按时起床。我已经筋疲力尽了。如果早餐的鸡蛋不煮得太嫩或者是太老，我将感激不尽。晚安。

新的冬季谋杀来了，它们已经被引进了最重要的谋杀之家。我的父亲是这个城市的第一位女装设计师。我要担任新娘模特，但是我不想这么做。今年只有白色的谋杀，有少数几件黑色的谋杀，白色的谋杀是在冰宫里，在零下五十度的寒意里，人们在那里，在观众的面前结婚，在冰冻的帷幕和冰花中间。新娘和新郎必须赤身裸体。冰宫建立在滑冰俱乐部的旧址上，夏天人们在那里举办摔跤比赛，但是我的父亲租下了整个广场，我应该和小巴尔多斯结婚，音乐磁带已经插好了，在这种温度下演奏它引起了我对死亡的恐惧，但是我父亲让那些寡妇确保一切顺利进行。她们是音乐家的妻子。

我的父亲从俄国回来了，这让他感到不悦。他没有参观冬宫，却研究了刑具，他把女沙皇玫兰妮带了回来。我必须和巴尔多斯一起走上冰面，走进一座优雅、精巧的冰亭，整个维也纳和整个世界都在为我们喝彩，因为这场演出将通过卫星转播，那应该是在美国人或者俄国人或者他们一起登上月球的那一天。只是我父亲认为维也纳的这场冰上表演将使整个世界忘记月球与世界上的强权。他坐着有毛皮里衬的马车穿过第一区与第三区，在这场大型奇观开始之前，任自己和那位年轻的女沙皇接受万民瞻仰。起先，扩音器的广播把所有人的注意力都引到了冰宫那异想天开的细节上面，轻薄的冰片像美丽的玻璃一样剔透，嵌在窗户上。上百座冰做的吊灯照亮了广场，四下的设施令人叹为观止，长沙发，矮凳，摆满了易碎的瓷器、玻璃杯和茶杯的餐具柜，都是用冰做的，色彩斑斓，像奥加尔特瓷器一样绘着精美的纹路。壁炉里面放着冰做的木柴，上面涂了煤油，看起来像在燃烧，可以透过尖锐的冰幔看到巨大的、带有华盖的床榻。女沙皇称呼我的父亲为“大熊”，她点着头，认为住在这座宫殿里是一种享受，只是睡觉的时候太冷了。我的父亲凑到我的身边，以一种极度轻佻的语气说道：我相信你不会冷，如果你今天和巴尔多斯先生共享这张床，他是不会让你们之间的爱火熄灭的！我跪倒在父亲面前，不是求他饶我一命，而是要他放过小巴尔多斯，我几乎不认识他，他也几乎不认识我，他正毫不理解地看着我，已经冻得失去了理解力。我不明白为什么巴尔多斯也要成为大众娱乐的牺牲品。我的父亲向女沙皇解释，我的这位共犯也要脱掉衣服，用多瑙河与涅瓦河的河水沐浴，直到我们都冻成冰雕。真可怕，玫兰妮动情地说道，我的大熊，你还不如早点杀死这两个不幸的人。不，我的小熊，我的父亲回答道，这样他们就无法经历这一自然的进程了，按照美的原则，这是必不可少的，我要让他们活着接受水的浇灌，他们对死亡的恐惧会令我深感愉悦！你真残忍，玫兰妮说，但我的父亲向她保证，她会沉醉其中，他知道残忍和淫欲是多么接近。可是你裹着皮衣，舒舒服服地看着，他说，并且他希望玫兰妮变得比所有女人都残忍。街上的人和整个维也纳都在欢呼：这种事可不是每天都能看见的！

我们站在五十度寒意里的宫殿前，一丝不挂，必须按照规定的位置站立，有一些观众发出了叹息，但是每个人都认为无辜的巴尔多斯是我的共犯，因为人们开始往我们身上浇灌汹涌的冰水。我听到我还在呜咽，还发出了几句咒骂，我最后感觉到的东西是我父亲胜利的笑声，我最后听到的声音是他满意的舒气。我再也不能为巴尔多斯求情了。我变成了冰。

我的母亲和妹妹派了一位国际议员到我这里，她们想知道，我在这件事情“之后”是否愿意恢复与父亲的关系。我对那个中间人说：绝不可能！那个人一定是我的一个老朋友，他对此感到不安，并且认为这很可惜。他觉得我的立场太冷酷了。然后我离开了我的母亲和妹妹，她们沉默而无助地站在那里，我走去了隔壁的房间，亲自与父亲谈论这件事情。尽管我的思想没有屈服，我的判决没有屈服，我的整个身躯都没有屈服，我也不认为这是我应尽的职责，可我还是会再次和他睡觉，咬紧牙关，整个身体都无动于衷。但他应该知道，我这样做只是为了取悦别人，为了不引起国际轰动。我的父亲很气馁，他向我暗示，他身体不舒服，已经停止了生长，而我再次无言以对，他以一种自己并没有患上的疾病壮大声势，以使他不必一直考虑我和玫兰妮。我突然明白了他为什么要尽可能地推脱一切，因为他现在和我的妹妹住在一起。我无法为艾莉诺做什么事，她给我送来了一张便条：为我祈祷，为我祈祷吧！

我坐在床上，我太热了，我太冷了，我抓起了一本书，我在睡前把它扔到了地板上，《与地球对话》[1]，我忘了我看到了哪一章，我在目录、在附录中漫无目的地搜索着，对专业名词和外语词的阐释，地下起源的力量与进程，内部的动力。马利纳把书从我的手中拿过来，拿到一边。

马利纳：你的妹妹为什么出现了，你的妹妹是谁？

我：艾莉诺？我不知道，我没有名叫艾莉诺的妹妹。但是我们都有姐妹，对吗？抱歉。我怎么能！但是你应该是想了解一下我真正的妹妹吧。在儿时，我们当然总在一起，在维也纳，我们在星期天上午去听金色大厅的音乐会，有时候我们和同一个人约会，她也读书，有一次她写了三页悲伤的故事，那根本不适合她，就像许多事情不适合我们一样，我也没有把那个故事当真。我错过了一些事情。我的妹妹在做什么？我希望她很

① 德国地质学家汉斯·克洛斯的地质学自传。

快结婚。

马利纳：你不应该那么说你的妹妹，这只会让你感到疲惫。那艾莉诺呢？

我：我应该认真对待那个故事，但那时我太年轻了。

马利纳：艾莉诺？

我：她比我的妹妹大很多，她肯定生活在另一个时代，甚至是在另一个世纪，我见过她的照片，但是我想不起来了，想不起来了……她也读书，有一次我梦到她给我读书，以一个鬼魂的声音。燃烧着生活，不要心痛[①]。这句话出自哪里？

马利纳：她后来怎么了？

我：她客死在异乡。

我的父亲把我的妹妹关了起来，他不告诉我们原因，他让我把我的戒指给我的妹妹，因为我的妹妹应该戴上这枚戒指，他把戒指从我手上扯下来，说道：这就够了，这足够了！你们两个如出一辙，你们两个将经历不同的事情。他已经“罢免”了玫兰妮，有时他会说，她已经“被释放了”，他已经看透了她，她的野心和她被他点燃的渴望。他发表了一段长篇大论，想让我理解她的渴望，但奇怪的是他提到了“雪”这个词，她想和他一起穿行我的雪原，穿行我们共同的、阿尔卑斯山前的雪地。我问他有没有收到我的信，但事实是它们被困在了雪里。我再一次向他索要一些必需品，两只奥加尔特咖啡杯，因为我

---

① 原文为意大利语，引自文艺复兴时期意大利女诗人斯坦帕的十四行诗。

还想再喝点咖啡，否则我就无法履行我的职责，但是咖啡杯不见了，这是最痛苦的事情，我必须告诉我的妹妹，至少把咖啡杯还给我。我的父亲发动了一场小型雪崩，我感到惊恐，没有说出我的愿望，咖啡杯埋在了雪下。他只是想蒙骗我，他诱发了第二场雪崩，我慢慢地了解了雪，因为雪会埋葬我，不会有人再找到我。我抓住树枝，那是我得救的希望，但是雪从树梢崩落，我懦弱地试着叫喊，我别无所求，他大概已经忘了我，我已经别无所求，我面临着雪崩的危险，我必须用双臂划行，我必须在雪里游泳，必须待在表面上，必须在雪上漂游。但我的父亲走上了一块板状的雪，引发了第三次雪崩，它摧毁了我们的整个森林，那些最古老的、最强壮的树木现在失去了它们莫大的力量，我无法继续履行我的责任了，我同意休战，我父亲对救援队说他们将得到免费的啤酒，他们可以回家了，在明年春天到来之前什么也做不了了。我陷入了我父亲的雪崩。

我在我家后面积了薄雪的山坡上第一次尝试滑雪。我必须试着来回摇晃，以免滑到没有雪的地方，我滑下山，停在了写在雪地上的一句话上。这句话可能是以前写的，在我年轻时留下的雪里是一行笨拙的孩子的笔迹。我觉得这句话来自那个褐色的笔记本，在新年夜，我在本子的第一页上写道：不得不经历“为什么”的人能承受所有的“如何”。但这句话的意思也是，我在面对我父亲的时候依然怀有困难，我现在依然不能摆脱这种不幸。一位占卜老妇在我身边滑雪，附近还有一组我不认识的人。她确保每个人都在斜坡的尽头停了下来。在我停下的地方，我筋疲力尽地发现地上有一封信，是在1月16日写的，与一个孩子有关，这封信被反复折叠、封缄了很多次。现在还不能打开阅读——它完全被冰霜覆盖了——因为它包含了一句预言。我走上了穿行大森林的路，然后脱掉滑雪板，把滑雪杖留下，沿着城市的方向继续走下去，一直走到了我在维也纳的朋友家里。所有男人的名字都不在房屋的名牌上。我试着用最后一丝力气向莉莉解释，我解释着，尽管她根本没有来，尽管我质疑她从未到来，但我非常平静地站在门口告诉她，我的母亲和艾莉诺今天来了，她们要来把我安置到一个不错的疯人院里，我不需要在这里住宿了，我必须马上去机场，但我突然想不起来了，我是要去施维夏特还是阿斯佩恩，我不可能同时去这两个机场，我也不记得我的母亲和妹妹是不是真的要坐飞机过来，今天有没有航班，我的母亲和我妹妹是不是真的要来，是不是知道这件事。只有莉莉知道这件事。我不能说出这句话，我想喊叫：只有你知道这件事！你做了什么，你什么也没做，你只是让事情变得更糟了！

既然维也纳的所有男人都消失了，我就不得不租一个年轻女孩的房间，这个房间并不比我儿时的房间更大，我用过的第一张大床也摆在里面。我突然爱上了这个女孩，我拥抱她，而我在匈牙利大街的房东布莱特纳夫人（或者是贝雅特丽丝大街的房东男爵夫人）躺在旁边，身形胖大，她已经注意到了我们在互相拥抱，尽管我们身上盖着我巨大的蓝色被子。她并没有生气，但她说她之前从没想过会这样，她很了解我，也很了解我的父亲，她直到今天才知道我的父亲去了美国。布莱特纳太太抱怨说，因为她认为我是一位“圣女”，她不断重复着“一位圣女”，我没有听说过这件事情，我试着向她解释，但很显然，在我父亲的不幸的事件之后，我束手无策。我更仔细地打量那个女孩，我从未见过她，她非常温柔、非常年轻，她向我讲起了维瑟湖畔的林荫道，我感到不堪重负，因为她竟然提到了维瑟湖，但我不敢和她以“你”相称，因为那样的话她就会明白我是谁了。她永远也不应该知道。一段音乐响了起来，柔和、轻悄，我们试着跟着这段音乐唱几句词，交替着吟唱，男爵夫人也在试着吟唱，她是这栋楼的房东，布莱特纳夫人，我们总是唱错，我唱道“我抛弃了我所有的悲伤[①]”，那个女孩唱道“看到你们的朋友了吗，看到了吗[②]？”布莱特纳夫人则唱道“当心！当心！夜晚将要飘逝！[③]”

我在去找我父亲的路上遇到了一群学生，他们也想去找他，我可以告诉他们走哪条路，但是我不想和他们同时抵达门口。我倚在墙上等待，直到那群学生按响了门铃。玫兰妮打开了门，她穿了一条长睡袍，胸部再次显得高耸起来，所有人都可以看到，她过分热情地向这些学生打招呼，装作她认识所有人，假装她在课上见过他们，她容光焕发地说道，今天她还是玫兰妮小姐，但不久以后她就是玫兰妮夫人了。不，我想道。然后她看到了我，我败坏了她的兴致，我们虚伪地问候彼此，向彼此伸出了手，但只是碰了一下，没有握手。她走出了门廊，这是

① 出自勋伯格《月迷皮埃罗》。

②③ 出自瓦格纳《特里斯坦与伊索尔德》。

他们的新房，我注意到玫兰妮怀孕了。我的丽娜垂头丧气地站在房间里，她没有料到我的到来，因为在这栋房子里她已经改名叫丽塔了，因此也根本想不起我来了。房屋非常庞大，却只有两个房间，一个很小，另一个面积很大，这样的空间分隔是我父亲的设计，我了解我父亲的想法，肯定是他想要这样做。我在家具中间看到了我在贝雅特丽丝大街用的蓝沙发，因为我父亲正在忙着布置大房间，我和他说话。我向父亲建议道，那只蓝沙发和一些其他家具并不适合这个房间，而他拿着一只水平尺走来走去，测量墙壁和门窗，因为他还有一些重大计划。我问他，我现在该不该口头告诉他，或者是给他写下来我想要什么样的布置，他更喜欢哪一种方式。他却一直在忙，只是冷漠地说道：我很忙，我很忙！在我离开房屋之前，我注意到了一些东西，墙上高高挂着一只饰有羽毛的滑稽墙饰，一只壁龛里放着几只塞了填充物的、纤小的死鸟，发着红光，我脱口而出，这一点也不美观，一如既往地不美观。几乎是这一件墙饰导致了我们的分离。是它的冷漠，它的不美观，对我来说，这两个词交织成了同一个。改名叫丽塔的丽娜把我送到外面，我说，这一点都不美观，这里没有任何装饰物，这里一片冷漠，只要有我父亲在场，就都是一样的。丽娜尴尬地点了点头，她悄悄地把手递给我，现在我想要鼓起勇气，我想要，我必须要把门沉重地撞上，发出一声巨响，就像我的父亲以前总是把门撞上一样，这样他也能体会一下，什么叫有人“把门撞上”了。但那扇门轻柔地合上了，我从来都不能把门撞上。在房前，我倚在墙上，我本不该走进这栋房屋，我本不该去找玫兰妮，我的父亲重修装修了房屋。我不能回去，我也不能离开，但我本来可以爬上篱笆，那里的灌木十分茂密，于是我怀着极度的恐惧跑向篱笆，爬了上去，那样我就得救了，那样我可能就得救了。但是我被缠在了篱笆上，那是一根电线，通了十万伏特的电压，我受到了十万次电击，是我父亲装的这些电线，强电压在我的所有神经里咆哮。我被我父亲的狂怒烧死了。

一扇窗户打开了，外面是一片阴云密布的幽暗原野，上面有一片不断缩小的湖泊。一片墓地环绕着湖畔，坟墓清晰可见，坟墓上面尘土堆积，一瞬间，死去的女儿们的发丝开始飘扬，她们的面孔难以辨认，她们的头发开始飘落，直到所有的女人都举起了一只手，举起了她们的右手，在白光中清晰可见，她们的手生长而出，所有人的手上都没有戒指，没有戴戒指的手指。我的父亲让湖水漫到了岸上，让她们走不出来，让别人看不到她们，让这些女人在墓中溺死，让这些坟墓溺死，我的父亲说：想象一下这场演出，《咱们死人醒来的时候》[①]。

醒来以后，我想起我已经很多年没有去过剧院了。演出？我不知道什么演出，我没有演出，但它肯定是场演出。

马利纳：你的想象力太丰富了。

我：但那时我什么也想象不出来。或者我们说的想象与我的想象不是一回事。

---

① 挪威戏剧家亨利克·易卜生的最后一部剧作，剧作中的男女主角最后被大雪埋葬。

马利纳：我关心的是事实。为什么你的戒指没有了？你真的有过戒指吗？你从来都不戴戒指。你对我说过，你不会在手上、颈部和手腕上戴任何东西，你不会为我戴上任何枷锁。

我：一开始他给我买了一只小戒指，我想把它藏在首饰盒里，但是他每天都问我喜不喜欢这只戒指，而且总是提醒我这只戒指是他送给我的，几年来他一刻不停地提起这只戒指，好像我就是靠这只戒指活着的，如果有一天我没有主动说起这只戒指，他就会问我，你把我的戒指放到哪里了，孩子？而我，他的孩子，我说道，天知道，我没有忘掉那只戒指，没有，我很确信，我只是在洗澡的时候把它摘了下来，我马上就把它拿过来，戴在手上，或者是放在我的小床头柜上，只有当这只戒指放在我身边的时候我才能够入睡。他为了这只戒指小题大做，他告诉所有人，他送给了我一只戒指，最后人们都觉得他是把他的生命，至少是一个月的生命连同这只戒指送给了我，或者是一栋房屋、一座花园与用来呼吸的空气。我没有办法再戴这只可恶的戒指了，当这只戒指失去了它的魔力，我就会把它扔到他的脸上，因为他根本什么也没有送给我，不是出于他自己的意愿，我强迫他证明给我看，因为从来都没有这样的迹象，因为我想要某种迹象，最终我得到了这只戒指，关于它的谈话将永远持续下去。但不是对所有人我都能把戒指扔到他们的脸上和脚下，这么做很有必要，但说起来比做起来容易，因为在一个人坐在那里、到处走动的时候，你没有办法把这么小的东西扔到他的脚下，借此达到自己的目的。在一开始我走进了浴室，想把它丢到盥洗盆里，但我觉得这样做太简单、太实际，也太正确了，我想有点戏剧性，我想要赋予那只戒指某种含义，我开车去克洛斯特新堡[1]，在多瑙河的桥上，在初冬的冷风里站了几个小时，然后我从大衣口袋里取出了首饰盒，从首饰盒里取出了那只戒指，因为我已经有几个星期没有戴过它了，那是9月19日。在一个寒冷的午后，趁着天还亮，我把它扔进了多瑙河。

马利纳：这并不能说明什么。多瑙河里有很多戒指。每天从克洛斯特新堡到菲夏蒙德，在冬日的冷风与夏日的熏风里，都有一只手摘下一只戒指，把它抛进河里。

我：我没有从手上摘下戒指。

马利纳：我说的不是这个，我不想听你的故事，你总是把话题带偏。

我：这很奇怪，我知道，他一直想杀死我，我只是不知道他会用哪种方式处置我。所有的方式都有可能。但是在他殚精竭虑之后只有一种可能性，而那是我猜不到的，我没想到它在此时此地依然存在。

马利纳：你也许不知道，但是你赞同。

我：我向你发誓，我不赞同，你也不可能赞同，你会走开，会逃离。你想说服我什么？我从来都不赞同！

马利纳：不要发誓。别忘了，你从来都不发誓。

我：我当然知道，他会在我伤得最重的时候来找我，这样他什么也不用做，他只需要等待，耐心等待，等我自己，等我把我自己……

马利纳：别哭了。

---

① 位于维也纳北方约13千米，一座被称作修道院之镇的小镇。

我：我没有哭，你想让我觉得我在哭，你想让我哭。不是这样的。我环顾四下，我环顾我的近旁，我也眺望远处，我注意到所有人都在等待，他们什么也不再做了，不再做任何特别的事，他们把安眠药、剃须刀塞到别人手里，他们希望别人昏头昏脑地到悬崖上散步，在行驶的火车上醉醺醺地把门打开，或者就这样被疾病吞噬。只要他们等的时间够长，崩溃就会到来，一个漫长或短促的结局就会到来。有些人会活下来，但只是活下来而已。

马利纳：但是他们赞同这样吗？

我：我已经偏离了，我不再知道了，我不会承认我应该知道这一点，我知道的东西太少了，我恨我的父亲，我恨他，只有上帝知道我有多恨他，我不知道为什么会是这样。

马利纳：你把谁塑造成了你的上帝？

我：谁也没有。没有之后的事了，我不会再继续这样了，我什么都看不见，我只能听到那些图像的声音，或轻或重，它说：乱伦。这是明确无误的，我知道它是什么。

马利纳：不，不，你不知道。当一个人幸存下来以后，幸存这件事会干预认识，你不知道你的生活之前是什么样，今天是什么样，你甚至混淆了你的人生。

我：我只有一种人生。

马利纳：把它交给我。

那是在黑海面前的生活，我知道，多瑙河注定要注入黑海。我将像它一样倾注。我从所有的岸上沉落，但是在三角洲上我看到了一个硕大的身影，半被淹没，我无法躲避，无法涉到中流，因为这里的水流太深、太广了，布满了漩涡。我的父亲站在水里，站在入海口前面，他是一只巨大的鳄鱼，垂着疲惫的眼睛，不让我经过。现在尼罗河里已经没有鳄鱼了，人们把最后一只鳄鱼带到了多瑙河里。我的父亲偶尔会稍稍睁开眼睛，好像他只是迟钝地躺在那里，好像他别无所求，但他当然是在等我，他知道我想要回家，那对我来说意味着得救。这只鳄鱼有时会满怀渴望地张开它的血盆大口，里面是动物、鱼与其他女人，我想起了被它撕碎的所有女人的名字，水上漂游着陈旧的和新鲜的血。我不知道我的父亲今天有多饿。在他身边，我突然看到了一条小鳄鱼，他现在找到了一条与他相配的鳄鱼。小鳄鱼闪着光亮，但是它的双眼并不疲倦，它游向了我，怀着虚伪的友谊渴求着我，亲吻着我的左右两颊。在它吻到我之前，我喊道：你是一只鳄鱼！回去找你的鳄鱼，你们属于彼此，你们都是鳄鱼！因为我很快就认出了那是玫兰妮，她那光亮的眼睛再次垂了下去，不再像她人类的眼睛一样闪闪发光。我的父亲向我喊道：再说一次！我没有再说一次，尽管我该这么做，因为是他的命令。我只能在被他撕碎和跳进河流的最深处之间做出选择。在进入黑海之前，我在父亲的血盆大口里消失了。但是我的三滴血，我的最后三滴血注入了黑海。

我的父亲走进了房间，他吹着口哨唱着歌，他穿着睡裤站在那里，我恨他，不能盯着他看，我埋头整理箱子。拜托，穿上点衣服，我说，穿上其他衣服吧！因为他穿着我在他生日那天送给他的睡衣，他是有意穿上它的，我想把那套睡衣从他身上扒下来，但我突然想起了什么事情，我顺口说道：唉，你不过如此！我开始跳舞，我独自一人跳起了华尔兹，我父亲稍显惊讶地看着我，因为他的小鳄鱼躺在床上，裹着绫罗绸缎，他开始制定关于这些绫罗绸缎的遗嘱，他以巨大的弧线书写着，并且说道：你什么也得不到，你听着，因为你现在在跳舞！我确实在跳舞，嘀嗒，嗒嗒，我跳着舞穿过了所有房间，并且开始在地毯上旋转，他不能把地毯从我脚下拽走，这是《战争与和平》里的地毯。我的父亲呼唤我的丽娜：请把她脚下的地毯拽走！但是丽娜走了，我开始大笑，跳着舞，突然喊道：伊万！这是我们的音乐，现在这是属于伊万的华尔兹，永远属于伊万，这是救赎，因为我父亲从来没有听过伊万的名字，从来没有看过我跳舞，他不知道他现在应该做什么，没有人可以拽走我脚下的地毯，没有人可以阻止我旋涡般的舞蹈和快速的旋转，我呼唤伊万，但是他不必来，不必阻止我，因为以一种任何人都不曾拥有的声音，以恒星般的声音，我创造出了伊万的名字，以及他的所有此刻。

我的父亲失控了，他愤怒地喊道：你的疯狂应该停止或者是消散，应该立刻消散，否则我的小鳄鱼就要醒了！我跳着舞，靠近了那条鳄鱼，我把我在西伯利亚被偷走的衬衫和我寄往匈牙利的信件从它那里夺了回来，我把属于我的东西从它那沉睡的、危险的嘴里夺了回来，我也想拿回那把钥匙，我把它从那条鳄鱼的齿间拿了出来，继续跳舞，我想要大笑，但我的父亲夺走了那把钥匙。他从我这里，从所有人那里夺走了钥匙，但那是钥匙，那是唯一的钥匙！我失去了声音，我无法呼喊：伊万，帮帮我，他想要杀死我！鳄鱼的巨齿上还挂着一封我的信件，不是西伯利亚的信件，也不是匈牙利的信件，我惊讶地看出了这封信是寄给谁的，因为我可以读到开头：我亲爱的父亲，你让我心碎。我的心嘀嗒嗒嗒地支离破碎我的父亲支离破碎嘀嗒嗒嗒，伊万，我想要伊万，我，我的伊万，我爱伊万，我亲爱的父亲。我的父亲说：把这个女人弄走！

我的孩子向我走了过来，他现在已经有四五岁大了，我立刻认出了他，因为他长得很像我。我们望向同一面镜子，确认了自己的身份。这个孩子悄声告诉我，我的父亲将与这位女按摩师结婚，她容貌美丽，却咄咄逼人。因此他不想再和我父亲待在一起了。我们和许多陌生人一起住在一栋大房子里，我在一间房中听到我的父亲在和人交谈，这是天赐良机，我决定就这么突然地把孩子带走，尽管他也不太愿意和我待在一起，因为我的生活非常混乱，因为我没有住所，因为我必须先离开流浪者收容所，支付救援和寻人的费用，我没有钱，但是我紧紧地抱着这个孩子，向他保证我会不遗余力。孩子看似是同意了，我们向对方保证，我们一定会陪伴着彼此，我知道从现在开始，我将为了这个孩子而战，因为我的父亲并不享有我们的孩子的抚养权，我自己也不懂，但他就是没有权利，我牵着孩子的手，想立刻去找他，但中间还有其他房间。我觉得我的孩子还没有名字，像从未出生一样没有名字，我必须马上给他起一个名字，并告诉他我的名字，我低语着建议他：灵魂[1]。孩子不想要名字，但是他能够理解我。每一间房中都上演着最惨烈的场景，我用手挡住我孩子的眼睛，因为我在琴房里发现了我的父亲，

---

① 原文为拉丁语。

他和一位年轻的女子躺在钢琴下面，她可能就是那个女按摩师，我的父亲解开了她的衬衫，脱掉了她的胸罩，我很担心我的孩子还是看到了这一幕。我们穿过所有那些喝香槟的顾客，走进下一个房间，我的父亲肯定已经喝得烂醉了，不然他也不会把孩子忘得这么干净。我们去另一个房间里寻求庇护，里面躺着一个女人，也躺在地板上，用一把手枪指着所有人，我想这可能是一个危险的聚会，一个手枪聚会，我试着理解这个女人的离奇处境。她指向了天花板，然后我的父亲从门中走了进来，我不知道她这么做是当真的还是只是在开玩笑，她可能就是那个女按摩师，因为她突然问我在这里要做什么，这个小杂种是谁。在她用手枪指着我的时候，我问道，难道不应该反过来吗？不应该她才是那个不该出现在这里的人吗？但她尖锐地反问道：这个挡了我的道的小杂种是谁？在极度的恐惧中我不知道，我是应该把这个孩子抱过来，还是应该把他送走，我想喊：跑，跑吧！离开这里！因为那个女人不再把玩手枪了，她想送我们上路，今天是1月26日，我把孩子抓了过来，这样我们可以一起死去，女人犹豫了片刻，然后她瞄准、射杀了那个孩子。她不必再射杀我了。我的父亲只给了她一发子弹。我倒在了孩子身上，新年的钟声敲响了，所有人都举起他们的香槟杯，互相碰杯，他们打碎了许多杯子，跨年夜的香槟流到了我的身上，而我没有把孩子葬在我的父亲面前。

我进入了坠落的年代，有时邻居会问我是否发生了什么。我坠入了一座纤小的坟墓，撞伤了头，手臂也脱臼了，在下一次坠落之前我必须康复，我必须把这一时代带入墓穴，我已经开始惧怕下一次坠落了，但我知道，有人预言说，我将跌倒三次，仍必兴起。[1]

我的父亲把我关进了监狱，我并不感到十分惊讶，因为我知道他门路众多。起先我希望他们好好对待我，至少让我写作。我在这里有充足的时间，而且可以摆脱他的监视。我可以写完那本我在去监狱之前就想要写的书，我坐在警车里，我看到几个句子在盘旋的蓝光中闪现，悬在树木之间，漂进了污水，被许多汽车轮胎挤进了过于灼烫的沥青。我还记得所有这些句子，其他的句子也仍在脑中，只是它们来自更久远的时代。我走了一段很长的路，人们想看看我适合哪个牢房，但最后我没有得到任何优待。不同的警察局之间有着漫漫长路。我的父亲藏在后面，他抹去了一些文件，越来越多对我有利的文件正在被抹去，最终，写作也成了被禁止的事情。但我现在得到了一个单人牢房，我心里也是这么希望的，他们把一只盛了水的锡杯推了进来。尽管牢房里又脏又暗，我心里还是只想着那本书，我向他们要纸，我敲着门，向他们要纸，因为我必须写点什么。我以为在牢房里写作是很轻松的，我不会为困在这里而感到惋惜，但是我很快就不这么认为了，只是我还在不断地和外面路过的人说话，他们觉得我在抗议，我在反对这种监禁，而我说我不介意被监禁在这里，但是我想要一些纸和笔用来写作。一个狱卒掀开门说道：这不可能，你不能给你的父亲写信！他关

① 化用《圣经·箴言》第24章第16节："义人虽七次跌倒，仍必兴起；恶人却被祸患倾倒。"

上了门，门撞到了我的头，尽管我已经开始喊道：不是给我父亲写，我保证，不是给我父亲！我的父亲告诉司法部我很危险，因为我总是想要给他写信。但这不是真的，我只想写出合乎理性的句子。我被毁掉了，因此我倒掉了锡杯里的水，我宁愿渴死，因为事情不是这样的，在我干渴难耐的时候，一些句子在我周围欢呼，越变越多。有些只能看到，有些只能听到，就像在第一次注射吗啡之后的炫光里。我蜷缩在角落里，没有水，我知道我的句子不会离开我，我有权拥有它们。我父亲从一道墙缝里望进来，我只能看到他浑浊的双眼，他想要抄袭我的句子，从我这里夺走它们，但我怀着强烈的干渴，在最后的幻觉过后，我还知道，他要看着我默默无言地死去，我把理性的话隐藏了起来，在我父亲的面前，它永远是安全和隐秘的，于是我屏住呼吸。它悬在我的舌头上，但他无法读懂上面的任何一个词。人们在我身上彻底搜查，因为我已经失去了意识，他们给我的嘴里灌水，润湿我的舌头，想要发现我舌头上的句子，并且拿走它们，但他们在我身边只发现了三块石头，却不知道它们来自哪里，有着什么含义。那是三块坚硬、发光的石头，从最高的高空坠向了我，我的父亲看不透它们，只有我知道每块石头所传达的讯息。第一颗从空中落进牢房的是一颗红石头，永远年轻的闪电在其中闪动，它说：怀着惊奇生活。第二颗蓝石头里面闪动着一整片蓝天，它说：怀着惊奇书写。第三颗白石头已经被我握在了手里，无人能阻挡它的坠落，我的父亲也不能，因为牢房里一片黑暗，第三颗石头的信息没有那么鲜明。这颗石头已经看不见了。我将在获释后看到最后一条讯息。

我的父亲现在也有了我母亲的面孔。一张巨大的、褪色的衰老面孔，脸上还长着他那鳄鱼的眼睛，但是那张嘴看上去已经像一个老妇的嘴了，我不知道是他成了她，还是她成了他，但是我必须和我的父亲讲话，这可能是最后一次了。警报！起先他没有回答，然后他抓起了电话，然后他向某人口述着什么东西，他抽空说，这对我来说太早了，我还没有生活的权利。而我像往常一样疲倦而紧张地说道：但是这对我来说无所谓，你必须知道，你怎么想对我来说已无所谓。周围又出现了许多人，库恩教授和莫洛库迪讲师挤到了我和父亲中间，库恩先生展现出他的忠心，而我尖锐地说道：您能让我和我的父亲单独待十分钟吗？我所有的朋友都出现了，维也纳的所有居民满怀期待地站在四周，静静地站在街边，一群德国人不耐烦地摇头晃脑，我们做什么他们都觉得太慢了。我果断地说道：我必须和我自己的母亲谈十分钟，谈一些重要的事。我的父亲惊讶地抬起头，但他还是没有懂。有时候我会失去我的声音：不论如何，我还是有权利生活。有时我的声音所有人都能听到：我生活，我还将生活，我有权生活。

我的父亲签署了一份文件，这肯定是要剥夺我的权利，但其他人开始注意到我了。他继续沉重而愉快地喘着气，坐下来吃饭，我知道这次我又没有什么可吃的，我看到他心中充满了漫无边际的自私，我看到装满土豆汤的盘子，一只放着炸猪排的盘子和一只放有苹果蜜饯的碗被端到了他面前。我失去了控制，我抄起了面前那只庞大的玻璃烟灰缸，它曾经起到了镇纸的作用，因为我手无寸铁，我就拿起了身边最重的东西，把它准确地扔到了汤盘里。我的母亲惊讶地用餐巾纸擦了擦脸，我拿起重物，瞄准放着炸猪排的盘子，盘子碎了，猪排飞到了我父亲的脸上，他跳了起来，他拉开了挤到我们中间的人，在我第三次扔东西之前，他走到了我面前。他现在准备好听我说话了。我很平静，我不再害怕，我对他说：我只想表明你能做的事情我也能做。你应该知道的，仅此而已。尽管我没有第三次扔出什么东西，我父亲的脸上却沾满了黏稠的蜜饯汁。这一次，他不再有什么话对我说了。

我醒了。下雨了。马利纳站在开敞的窗边。

马利纳：你身上的烟味太重了。你抽烟抽得太多了，我给你盖上了被子，新鲜空气对你有好处。这一切你明白了多少？

我：几乎所有。有时候我觉得我再也不会弄明白，我的母亲把我搞糊涂了。为什么我的父亲也是我的母亲？

马利纳：为什么？如果对于一个人来说，那个人可以意味着一切，那么那个人可以集许多人于一身。

我：你的意思是，曾经有人对我来说意味着一切吗？真是胡言乱语！这是最痛苦的事情了。

马利纳：是的。但你能够应付的，你一定会做点什么，你会摧毁所有集许多人于一身的人。

我：被摧毁的是我。

马利纳：是的。这也没有错。

我：谈论这一切是多么轻松，谈论这一切已经变得轻松了。但和它共存是多么艰难。

马利纳：你不用谈论这一切，你要这样共存地生活。

我的父亲这次也有了我的母亲的面孔，我不清楚他什么时候是我的父亲，什么时候是我的母亲，然后我的怀疑加深了，我知道他哪个也不是，他是第三个男人，于是我怀着莫大的激动，在人群中等待我们的会晤。他领导着一个公司或一处政府机构，他在剧院里导演，他掌管女儿的权利和女儿的社群，他不断下令，不停打电话，因此我没有办法让他听到我的话，直到在这一刻，在他点燃香烟的这一刻。我说：我的父亲，这次你要和我说话，回答我的问题！我的父亲一脸索然无味地拒绝了，他已经知道了我来了，提出了问题，他继续打电话。我走向我的母亲，她穿着我父亲的裤子，我对她说：今天你要和我说话，回答我的问题！但我的母亲也拥有我父亲的前额，看起来就像他在她两只疲倦的、迟钝的眼睛中间扯出了两道皱纹，她嘟哝着“等一会儿”和“没有时间”。现在我的父亲穿上了她的裙子，我第三次说道：我想，我很快就会知道你是谁，等过了今晚，再过一晚，我就要亲自告诉你。但那个人心平气和地坐在了桌边，示意我走开，给我打开了门，但我走到门边又转过了身，慢慢地走了回来。我竭尽全力走了回来，站在审讯庭的大桌子旁边，而桌边的男人开始在十字架下面切他的炸猪排。我还没有开口已经感到了厌恶，因为他把叉子伸进了蜜饯，冲我露出了轻佻的微笑，和那些突然坐满了大厅的围观群众一样，他喝红酒，然后又拿出了一支烟，我还没有说话，但他很清楚我的沉默意味着什么，因为现在我的沉默达到了效果。我拿起最重的那只大理石烟灰缸，用手掂了掂，把它举高，那个人还在平静地吃着东西，我瞄准，打中了盘子。叉子从那个人手里掉了下来，炸猪排飞到了地板上，他还握着刀，把它举了起来，但同时我又拿起了一件东西，因为他还是没有回答，我就把它准确地扔进了蜜饯碗里，他用餐巾纸擦掉了脸上的汁液。现在他知道了我对他毫无怜悯，想要杀死他。我第三次扔出了某件东西，我反复瞄准，扔得很准，那件东西从桌子上滑了过去，桌上的东西都被扫走了，面包、酒杯、碎屑和一支香烟。我的父亲把餐巾纸挡在脸前面，他不再有什么话对我说。

然后呢?

然后呢?

我亲自把他的脸擦干净，不是出于同情，只是让他看起来好一些。我说：我将生活!

然后呢?

人群作鸟兽散，他们来这里得不到什么。我独自和我的父亲待在一起，在天穹之下，我们站得离彼此那么远，中间隔着一段虚空。

然后呢!

我的父亲先脱掉了我的母亲的衣服，他站得那么远，我看不清他下面穿的是什么衣服，他不断地变换着衣服，在清晨的微光中，他穿着带有蓝色斑点的屠夫围裙站在屠宰厂门前，他穿着鲜红的刽子手披风拾级而上，他穿着银色、黑色的衣物与黑靴子站在通了电的电线前，站在载货的斜坡前，站在岗亭前，他的服装和鞭子，和步枪，和一击毙命的手枪相配，他在最深的黑夜里穿着这些衣服，上面印着蓝斑，泛出灰色。

然后呢?

我的父亲用不是我的父亲的声音从远处问道：然后呢？

我们依然在不断分离，还在渐行渐远，所以我继续说道：

我知道你是谁。

我什么都明白了。

马利纳抱着我，他坐在床沿上，有一段时间我们都没有开口。我的脉搏没有加快，也没有放慢，我没有精神紧张，我不觉得冷，也没有出汗，马利纳紧紧地抱着我，我们没有放开彼此，因为他的平静侵染了我。然后我挣脱了他，自己把枕头摆了回去，我把我的手放在马利纳的手上，但我不能看他，我垂头注视着我们的手，它们越来越紧地握在一起，我不能看他。

我：这不是我的父亲。这是杀我的人。

马利纳没有回答。

我：这是杀我的人。

马利纳：是的，我知道。

我没有回答。

马利纳：为什么你一直在说：我的父亲？

我：我真的这么说了吗？我怎么能这么说呢？我不想这么说，但人们只能讲述自己的所见所闻，而我给你讲述的就是我眼前呈现出来的一切。我过去也想要这么说，据我的理解——这里的人不会死去，这里的人是被杀了。因为我也懂了为什么他要闯入我的生活。必须有一个人做这件事情。那就是他。

马利纳：那么你再也不会说：战争与和平了。

我：再也不会了。

永远是战争。

这里永远是暴力。

这里永远是斗争。

这是永恒的战争。

第三章

最后的事情

脚步，永远是马利纳的脚步，更轻柔的脚步，最轻柔的脚步。站立不动。没有警报，没有警笛。没有人前来救助。救护车没有来，警察也没有来。这是一道非常古老、非常坚硬的墙壁，没有人能从中出来，没有人能打破它，没有什么能从里面发出声音。

这是谋杀。

在这一瞬间，引起我莫大惊恐的也许是我们的邮政员工的命运。马利纳知道，除了筑路工人以外，我最在乎的就是邮政员工，这有许多原因。我应当为我对筑路工人的偏好感到羞愧，尽管我并没有做错什么，只是友善地和他们打个招呼，或者是从车上匆匆回头看一眼他们路过的行列，这些男人赤裸着上身，在烈日下挥汗如雨，堆起砾石，浇筑沥青，或者啃着手里的吃食。我从来都不敢停下来和一位筑路工人交谈，甚至也不曾请马利纳帮我，尽管他清楚我这难以解释的偏好，也觉得可以理解我。

我对邮差的偏爱却与我秘而不宣的想法无关，无论它在以多么可怕的速度增长。很多年来我都不能辨认出他们的长相，因为我都是在门边，在递给我的字条上匆匆签下名字，常常是用他们带来的老式水笔。我真心实意地感谢他们给我送来快信和电报，并从不吝惜小费。但我无法像我希望的那样为他们没有送到的信件感到感激。尽管我在门边的感激与热情也囊括了那些没有寄到的、寄丢的和寄错的信件。我很早就发现了寄信与寄送包裹的玄妙之处。甚至是房屋门廊里的信箱，那些联排邮箱由最现代化的设计师为高瞻远瞩的邮政产业设计，也许是为了维也纳现在还没有的摩天大楼而设计，它们与世纪之交立在庞大而喜庆的大厅里的大理石尼俄伯[1]雕像形成了最为鲜明的对比，甚至是这样的信箱也一样会让我想起那些邮差，他们往我的信箱里塞满了讣告、画廊与协会的宣传单和旅游广告，诱使人们前往伊斯坦布尔、加那利群岛和摩洛哥。甚至还有通情达理的瑟德拉克先生或年轻的福克斯先生送来的挂号信，这样一来我就不用自己去拉苏莫夫斯基大街的邮局跑一趟了。还有让我心潮澎湃或者是心情低落的汇款单也会在一早送来，因此我总是赤着脚、穿着睡袍给这些送汇款单的邮差签字。相反，如果送晚间电报的邮差在晚上八点前到了，我就会有某种彻底消融或是重获新生的感觉。当我走向门边，眼睛因为滴了眼药水还有些发红，因为刚刚洗过头、头发还没有干而戴着头巾，担心是伊万来得太早了，但到来的只是一位新朋友或者老朋友的晚间电报。我要如何感谢这些人，这些像袋鼠一样骑着单车、驾着摩托穿过干草市场，驶上斜坡，背着重担，按响车铃，给我们送来朋友珍贵的消息或难以承受的噩耗的人，不管路是不是好走、收件人是否在家、收件人是只付一先令的小费还是会给四先令、这消息对他来说是否重要——我们要如何感谢所有这些人，还有待细说。

今天我终于收到了一句话，不是由瑟德拉克先生送来的，也不是小福克斯送来的，而是由一个我不认识的邮差送来的，他在圣诞节和新年之间从来没有带着问候出现过，他也没有什

① 古希腊神话人物，尼俄伯及十四个孩子的大理石像是著名的古希腊幸存雕塑群像。

么理由对我友善。今天的邮差说道：您今天有一个很不错的包裹，我背着它觉得很重！我回答说：是的，您背着它是很重，但首先我们要看看您是不是真的送来了一个很不错的包裹，很不幸，有时您的包裹令我感到折磨，而您也因为我的包裹受到了折磨。这个邮差如果不是个哲学家，那么也是个滑头，因为他喜欢在两封普通的信上面放四个镶了黑边的信封。也许他觉得看到讣告会让我感到高兴。但它们不应该被送来，我不需要看这些，这四封信我读也没读就丢进了垃圾桶。如果讣告来得是时候，我也许会有所感触，而这位邮差的拍马行为也许也是恰到好处的，只有在不太熟悉的人们中间，在像这个邮差一样不常来的邮差中间才有这种知情者。我不想再见到他了。我要问问瑟德拉克先生，为什么我们还需要临时邮差，他们几乎不认识我们的房子，他们几乎不认识、注意不到我。有一封信在提醒我一些事，在另一封信里有人写道，他明天8点20分左右到达火车南站，我认不出他的字迹，签名也难以辨认。我得问问马利纳。

邮差在一年中有许多次看见我们面色惨白或面红耳赤，因此人们有可能不会请他们进门，坐下来喝杯咖啡。他们太清楚那些可怕的东西，却无所畏惧地带着它们穿行街道，然后在门口摆脱它们，有时能够拿到小费，有时没有小费。他们完全不应该遭受这样的命运。甚至是我，对待他们的态度也是愚蠢的、高傲的、完全不可理喻的。我没有一次在收到了伊万的明信片后邀请瑟德拉克先生进来开一瓶香槟。尽管马利纳和我的家里根本没有一瓶香槟，但我应该为瑟德拉克先生准备一瓶，因为他见过我变得面色苍白与面颊突然涨红，他预感到了什么事情，他肯定知道什么事情。

人们可以随时把邮差叫来，人们只会把邮差当作人们挑剩下的职业，克拉根福的著名邮差克拉纳维茨就证明了这一点，人们对他进行了审判，让他出了名，于是这个被公众和法庭误解的人就因为贪污和滥权被判处数年监禁。我仔细地阅读了克拉纳维茨的审判报告，比我阅读这些年来最轰动的谋杀案的时候都仔细，那时我只是为这个人感到震惊，今天他却引起了我最深切的同情。从某一天起，奥托·克拉纳维茨就毫无缘故地不再寄信，把几个星期、几个月的信件都堆在了他独自居住的老旧的三居室里，信件一直堆到了天花板上，他几乎卖掉了所有的家具，给不断增长的邮件之山腾出空间。他没有打开这些信件和包裹，没有接受证券和支票，没有花掉母亲寄给儿子的钞票，没有证据显示他这样做了。他只是突然就不投递了，一个敏感、温柔、身材高大的男人，他的胆大妄为引起了后果，小职员克拉纳维茨就不得不在责骂与羞辱中离开要为此负责的奥地利邮局，因为它只雇用可靠、镇静、不屈不挠的邮差。从事任何职业的人里面都至少有一个人要承受最沉重的怀疑与纷争。寄信的工作已经引起了潜在的恐慌，引起了地震般的震撼，引起了更高级的或最高级的行业的震惊，好像邮件并不应该有危机一样，邮件没有思想，没有意志，也没有生命，没有确切的、严肃的、影响到所有人的失败，那些挣得更多的人、那些在大学里担任教职的人可以去思考如何证明上帝的存在，可以思考本真世界、无蔽状态、地球的生成与宇宙的生成！但默默无闻、报酬很低的奥托·克拉纳维茨却只能算是玩忽职守，没有人会注意到他陷入了沉思，他受到了惊奇之心的摆布，受到了所有哲学与人类文明的开端的摆布，没有人会注意到他正面对着那些他无法表达和无法说出的事物，因为没有人比他这个在克拉根福的邮局工作了三十年的人更清楚邮局的困难和邮局所面临的实际问题。

他非常熟悉我们的街道，他很清楚哪些信件、哪些宣传册、哪些包裹付了应付的邮费。他甚至能从地址上细微的差异，一个“某街道”，或是一个没有“先生”或者“女士”跟在后面的名字里看出态度、代际冲突与社会问题的征兆，和我们的社会学家与精神病学家的发现相一致。写错的或漏写的地址他也搞得一清二楚，当然，他也分得清家庭通信与商务信函，几乎是怀着亲切的天性与信件友好相处。这位出色的邮差替别人承担了这一职业所有的风险，就像背负着十字架，他注定会在他的房间里，在那座不断生长的信件之山面前受到恐惧的侵袭，遭受难以言表的良心的折磨，而其他人根本无法理解这一点，对他们来说一封信就是一封信，一份宣传册就是一份宣传册。但对那些像我一样，甚至只是在尝试把几年来的信件放到一起，放到面前的人来说（他们的视野还是会受到限制，因为这只是一个人的信件，无法看出更大的关联），事情正相反，他们会理解这是一场邮政危机，即便它只是发生在一个小城市里，只持续了几个星期，在道德层面上，比那些公共允许发生的全球性危机的发端更重大，那些危机往往是人们的轻率造成的，而正变得越来越罕见的思想，不只是特权阶级和他可疑的代表人物及那些官方沉思者的资产，它也是属于奥托·克拉纳维茨的。

自从克拉纳维茨的事件过后，我的身上不知不觉地发生了很多变化。我必须向马利纳解释，我已经在解释了。

我：自那以后我就知道了通信隐私。今天我已经可以想象它了。在克拉纳维茨的事件过后，我就烧掉了我许多年来的信件，但之后我就开始写其他完全不同的信件，多数是在深夜开始写，一直写到清早八点。我也想起了那些我没有全部寄出的信件。在这四五年间，我一定写了大概一万封信，仅写给自己，它们包含了一切。有一些信件我从来不曾启封，我试着练习通信隐私，使我自己达到克拉纳维茨的思想的高度，也就是读一封信可能出现的不正当性。但我有时候也会退步，因为我会突然打开一封信，开始阅读，然后甚至还可以把它放在近旁，让你，比如说，在我去厨房的时候让你也可以读到它。我就这样漫不经心地看护着我的信件。因此这不是邮政或是书写的危机，我还没有摆脱这种危机。我再次陷入了好奇，我不断地撕着小包裹的包装，尤其是在圣诞节的时候，然后羞愧地拿出一条围巾、一块蜂蜡做的蜡烛、一条来自我妹妹的镀银的梳子、一本来自亚历山大的新日历。我依然反复无常，尽管克拉纳维茨的事件原本可以改变我。

马利纳：你为什么这么在乎通信隐私？

我：不是因为这个奥托·克拉纳维茨。是因为我。也因为你。我曾经在维也纳大学对着一根手杖发了誓。那是我唯一发过的誓。我不能对任何人、任何宗教或党派的代表发誓。在小时候，那时候我没有其他保护自己的办法，我就立刻染上重病，我总是会及时地发高烧，人们不能强迫我发誓。只发过一次誓的人会觉得誓言更为沉重。如果发了许多誓，你肯定会打破这些誓言，但如果只有一个誓言，你就不会打破它。

马利纳很了解我，他很清楚我谈话的时候经常会离题，他相信我确实想要把所有事情继续推进一步，当我在我们日常的、狭隘的可能性中发现，我最终还是想要彻底弄懂通信隐私，并将守护它。

今晚，维也纳的所有信差都应该受到折磨，人们想要知道他们有没有承受通信隐私的担子。有一些人会因为静脉曲张、平足和其他身体上的畸形而受到关照。可能明天寄信的人们就变成军队里的人了，因为邮差都受到了虐待、折磨和拷打，都受了伤，或者是在注射了真相之后崩溃了，无法再送信了。我构思着一段炽烈的话语，一封信，是的，一封寄给邮局局长的炽烈信件，以表达我对我的和所有其他邮差的支持。这封信也许已经被士兵们扣了下来，烧掉了，那些话语的火焰燃尽了、熏黑了，也许接待处的门廊上还有一截烧焦的纸页在飞卷，想要抵达局长那里。

我：你要明白，我燃烧的信件，我燃烧的呼唤，我燃烧的欲望，我以烧毁的手在纸上点燃的所有火焰，我最惧怕的是它们都会被烧成一截焦黑的纸页。最终，世界上所有的纸都要被烧焦或是被水泡软，因为他们在火上浇水。

马利纳：以前人们形容一个人愚蠢的时候，人们会说他没有心肝。他们认为智慧存在于心中。你不必把什么都放在心里，你不必点燃你的所有话语和信件。

我：有多少人有头脑，只有头脑？根本没有心。我告诉你现在真正发生的事：明天，维也纳将在军队的帮助下被转移到多瑙河上。他们希望维也纳倚靠着多瑙河。他们想要水，他们不想要火。又多了一个有河流流经的城市。这太可怕了。请马上给马特莱尔科长打电话，给部长打电话！

但维也纳没有太多时间了，它滑脱了正轨，房屋已经入睡，人们总是早早地就把灯关掉，没有人醒着，整个城区都被一种冷漠所攫住，人们不再聚在一起，人们不再和彼此告别，城市陷入了毁灭，即使在夜里也有孤独的思索与迷惘的独白。有时也有马利纳与我最后的对话。

我独自待在家里，马利纳过了很久才出现，我拿着《象棋入门》坐在桌前摆弄着一盘棋。我对面没有人，我不断地改换着位置，马利纳将无法说我这次输了，因为最后我既是赢了，也是输了。但是马利纳回家以后只看到了一杯酒，他没有看棋盘，他对这局棋赛不感兴趣。

马利纳说出了如我所料的事情：维也纳在燃烧！

我一直都想有个弟弟，一个更年轻的男人，马利纳肯定会理解这一点，毕竟我们都有姐妹，却都没有兄弟。我在童年时代就很期待这个弟弟的降生，因此傍晚我会在窗台上放上两块而不是一块糖果，因为这两块糖是留给我弟弟的。我确实有个妹妹。所有年长的男人都让我惧怕，即使是我的弟弟有一天长大了，我也会宁死都不相信他。但是在表面上我什么也不说。我必须记住他的生日，我必须记住他比我小五天，否则我会陷入怀疑，感到受制于人，我陷入了宏大的诅咒之中，我可能会再一次陷入它，我必须离我之前待过的地狱更远一点，更远一点。但我忘了这件事情。

我：我只能自愿地屈服，你是比我小一点，但我也是过了很久才认识你的。或早或晚并不重要，但差异是肯定的。（我根本不会提起伊万，这样马利纳就无从得知伊万的年龄了，我想要保守这个秘密，这样对我来说，伊万就永远不会比我大。）你确实比我小一点，这赋予了你一种巨大的力量，请充分利用它，我会屈服的，我有时已经屈服了。它并未来自任何理性的考量。它的前提是厌恶或倾心，我无法改变这一点，我很害怕。

马利纳：也许我比你大。

我：当然不是，我知道。你是在我之后出生的，你不可能在我之前出生，在我之后，你才是可以想象的。

我尤其不信任六月的最后几天，但我时常发现我偏爱在夏天出生的人。这样的观察方式令马利纳感到不屑，因为我想要问他有关占星术的问题，我对此一无所知。在演员圈炙手可热、也深受商人和政治家喜爱的圣诺瓦克女士有一次用圆形和方形的牌阵展现了我的现状与所有可能的趋势，她给我看我自己的星座，她觉得它很奇特，我应该亲自看看它是多么清晰，她说，她第一眼就读出了一种可怕的紧张感，那其实不是一个人的图像，而是两个迥然不同的人，面对面站立，如果我说的出生日期是准确的，那我一定始终处于一场持续的拉锯战。我彬彬有礼地问道：撕裂的男人，撕裂的女人，是吗？这预示着分裂，诺瓦克女士认为，但又不是这样，男人和女人、理智和情感、创生与自我毁灭以一种奇特的方式浮现出来。我肯定是记错出生日期了，因为她很快就开始喜欢我，我是一个如此自然的女人，她喜欢自然的人。

马利纳以同等的严肃态度对待所有的事情，甚至是迷信与伪科学，他也觉得它们不比近几十年来建立起来的科学领域更可笑，科学肯定是建立在许多迷信与伪科学的基础之上，为了取得进一步的发展，它们肯定要放弃许多成果。因此马利纳对待一切都毫无热情，无论是对人还是对事，这就是他最突出的特征，因此他也属于那一类罕见的人，既没有朋友，也没有敌人，从不感到自满。值得注意的是他也这样对待我，有时耐心等待，有时表现得专注，他让我为所欲为，他说只有当你不去深入了解别人的时候，你才能理解他们，如果你对人们别无所求，也不满足别人的要求，那么事情就会显露出它的本来面目。他心中的这种平衡、这种泰然令我感到绝望，因为我在任何情况下都会反应过激，很容易陷入任何一种情感躁动并蒙受损失，这一点也被马利纳索然无味地了解到了。

有人会以为我和马利纳结婚了。我们可以结婚，我们之间有结婚的可能性，但是我们没有结婚，从来都没有像别人所想的那样结婚。我们从来没有想过我们也要像其他人一样，以夫妻的身份出现。纯粹是历史遗留问题，但我们不知道该如何处理。我们为此而发笑。

一天早晨，我筋疲力尽地走来走去，漫不经心地把早餐递过去，马利纳却对那个家正对着我们后院的孩子产生兴趣，一年来那孩子只说过两个词：你好，你好！好你，好你！有一次我想到那边去，混进他们家，和这个孩子的母亲说说话，因为显然她一句话也不和他说，在这里发生的事，这令我为孩子的未来感到担忧，因为每天的“你好”和“好你”对于我的听觉已经成了折磨人的负担，比丽娜的吸尘器、水声和盘子的敲击声还要糟糕。但马利纳肯定是从中听出了什么其他的内容，他不认为这个孩子急需医生或者儿童看护服务，他倾听着这个呼喊的孩子，好像这里出现了另一种生灵，对他来说并不比会说上千个词或者几千个词的生灵更为奇特。我相信马利纳会冷眼旁观各种变化，因为他看不到任何好的或者是不好的东西，当然也就没有更好的东西。对他来说，现在的世界和他降生之前的世界如出一辙。但我有时候也会惧怕他，因为他看别人的目光充满了莫大的、无所不包的知识，别人终其一生、在任何地方也无法获得这样的知识，并且也不能传授给他人。他的倾听深深地伤害了我，因为他似乎在说出的一切背后听到了未说出口的声音，以及那些被说了太多的事。我经常有许多想象，而且马利纳也使我专注于我的想象，但在他的目光与倾听面前我无法想象任何准确的和非凡的东西。我怀疑他并不是看穿和揭露别人，因为那太寻常，也太廉价了，对于对面的人也太无耻了。马利纳凝视着他们，但完全是另一回事，人们也不会因此被减弱，而是会变得更强大，而我备受他嘲讽的想象力可能也只是他的想象力的变种，他以他的想象建构、描绘、揭露一切，使一切变得完整。因此我不再和马利纳谈那三个杀手，更不用说第四个了，我不需要向他谈起他了，因为我的表达能力并不长于描绘。马利纳不想在晚餐的时候听到任何对杀手们的描绘与印象。他宁可了解整体，而不是停留在一个印象上或一种沉闷的不安里，但他把真正杀死我的人引了过来，让我面对他，认识他。

因为我垂下了头，伊万就说：你没有理由一定要去那！他说得对，因为谁还会对我有所企求，谁还会需要我？但是马利纳应当帮助我，为我在此处存在找一个理由，因为我没有一个在这个年纪肯定会需要我帮助赡养的老父亲，也没有永远有需求的孩子，像伊万的孩子，需要温暖、冬天的大衣、止咳糖浆和运动鞋。甚至能量存蓄的法则对于我也不适用。我是前所未有地、彻底地挥霍，欣喜若狂，无法在这世界上产生任何理性的用途，我可以出现在这个社会的假面舞会上，我也可以不来，像是有事或是忘了给自己准备面具，像是出于疏忽而没有备好行头，因此在某一天我不再受到邀请。当我也许是因为受邀，而站在维也纳的一间我还算熟悉的房门前，我都会在最后一刻觉得我记错了地址，或是记错了日期和时间，于是我转身回到匈牙利大街，因为走得太快而筋疲力尽，而疑虑重重。

马利纳问道：难道你没有想过，别人为你花了多少力气？我若有所思地点着头。没错，他们甚至赋予了我某些个性，他们也不吝惜这点力气，他们曲解了我的故事，但也会给我钱，让我至少可以穿着衣服走来走去，吃点残羹剩饭，可以继续不那么显眼地活下去，继续活下去。我突然感到疲惫的时候可以去博物馆的咖啡厅坐一坐，翻一翻报纸。我心中又升起了某种希望，我激动不已，因为现在每个星期都有两班直飞加拿大的航班了，乘坐澳洲航空可以舒舒服服地抵达澳大利亚，这场远途行猎将变得更廉价，来自阳光明媚的中美高原的香醇咖啡也能在维也纳喝到了，肯尼亚刊登了相关内容，汉肯·罗西的绯闻又有了新消息，没有日立电梯登不上的高楼，一批令女性也乐在其中的男性读物已经出版。这样在你们看来，世界不会变得过于狭窄，会具有某种威严，吹起一阵来自旷野与海洋的清风。所有人都在谈论抵押债券。我们这里会好好保管的，一家按揭银行声称，您还可以继续穿着这双鞋走路，塔拉克斯牌，我们为您的百叶窗重新上漆，这里有不止一台账目计算机！然后去安德列斯群岛，一路顺风[①]。博世精选是世界上最好的洗碗机品牌之一。真相在一瞬间到来，当顾客向我们的专业人员提出问题，当处理方式、计算方法、利润、包装机制和交货时间引发了争论，维我百达[②]让我想起我要做什么。在早晨服用……这一天都属于您！所以我只需要维我百达。

① 原文为法语。

② 维我百达是一种用于营养补给的胶囊药。

我想取得某种迹象的胜利，但既然没有人需要我，既然已经有人告诉了我这件事，我就被伊万和他的“孩子”[①]战胜了，我也许还可以和他还有这些话语一起去电影院，城堡电影院里正在上演迪士尼的米老鼠电影。如果不是他们，又有谁该得胜呢？但也许战胜我的不只是伊万，很可能是某种更强大的东西，驱赶着我们两人走向某种一致性。有时我也会想我还能为伊万做什么，为他我可以做一切，但是伊万不要求我为他跳出窗外，为他纵入多瑙河，为他闯到一辆汽车前面，也许是为了救贝拉和安德拉什，他没有什么时间，也没有这种需要。他也不希望由我取代阿格尼丝夫人，打扫他的两个房间，给他洗衣服、熨衣服，他只想匆匆路过一下，喝一杯放了三块冰的威士忌，然后问，最近过得如何，他会让我问他过得怎么样，在克恩顿环路的高层建筑里，一切都一成不变，有许多工作，但是没有什么特别的。他没有时间下棋，我的棋艺也没有长进，因为我们玩得越来越少了。我不知道我们是从什么时候开始不怎么下棋了，现在我们几乎不再一起下棋了，下象棋的造句活动也中断了，其他造句活动也停滞不前。那些由我们慢慢地构筑而起的句子不会那样慢慢地离开我们。但开始了新的造句。

抱歉，我赶时间
当然，你总有很大的时间压力
只是今天我的时间特别紧
当然，如果你现在没有时间

① 原文为匈牙利语。

当我有充裕的时间
我们都在随着时间变化，只是现在
那我们可以，如果你有时间
就现在，但现在也要飘逝了
你的时间肯定不够了
如果我很及时
但美丽的时光啊，你一定不能迟到
我的时间从来没有这么紧过，很抱歉
如果你又有充裕的时间了，也许
不久以后我就有充裕的时间了！

我和马利纳每天都在沉思，今晚维也纳还会发生什么可怕的事，有时还带着点醉意。因为如果一个人投入地阅读报纸，如果一个人对几条报道深信不疑，那么他的想象力就会进行一次高空旅行（这不是我的形容，也不是马利纳的，但马利纳把这当作一次德国旅行的基础，因为“高空旅行”这种词只能在这样一个实际而动荡的国家里读到）。但我无法戒掉报纸，尽管有更伟大的时代梦想，我越来越长时间地什么都不读，或最多只读一期从储物室里挑出来的东西，那里有一摞陈年的报纸杂志，挨着我们的行李箱，那一期孤零零地躺在外面，上面印着惊人的日期：1958年7月3日。这是什么样的假设！甚至这早已过去的一天也深受报道与对报道的评论的荼毒，他们向我们报道地震、空难、政治丑闻、非政治的失误。如果我今天低头看一看这张1958年7月3日的出版物，试图去相信这个日期，相信一个也许真正存在过的日期，那一天我在日程表上什么也没有写，没有“15点R！17点B来电，傍晚格瑟尔，K的演讲”之类的缩写——这些记录都写在7月4日，但没有写在7月3日，那一页是空的。没有秘密的一天，当然也没有头痛，没有惊恐，没有难以容忍的回忆，零零星星地浮出其他的年代，也许那天只是丽娜开始了夏季的大扫除，我被从家里赶了出来，在咖啡馆里闲坐，读着一张7月3日的报纸，就是我今天再次读到的这一张。因此这一天才会变成一个谜，这是空虚的、被劫掠殆尽的一天，我在这一天变老，我在这一天没有反抗我自己，没有让任何事情发生。

我还找到了某一年7月3日的画报，在马利纳的书架上找到了一本关于文化与政治的杂志的7月刊，我开始颠三倒四地阅读，因为我想弄明白这一天到底发生了什么。号外：这些书我从未见过。《钱都去哪里了？》这个题目有些不可理喻，马利纳从来都不能向我解释清楚。钱究竟在哪里，人们要带着哪笔钱去哪里？这个开头不错，这样的标题可以让我浮想联翩，颤抖不已。《如何描写一场国家级别的恶作剧？》以有纪念性的事实和干瘪、随意的笑话描写……给读者的阅读建议，想要从政治角度思考的读者，想要受到启蒙的读者……我们需要这样的书吗，马利纳？我拿起一支圆珠笔，开始填一份问卷。我很清楚，很清楚，非常清楚，比一般人更清楚。圆珠笔开始晕了一点，然后好像是没有水了，然后又写出了过于细弱的字迹。我在小房间里勾选。难道您的丈夫从来不、只是偶尔、只是在生日和结婚纪念日才送您礼物？我必须异常谨慎，一切都取决于我想的是马利纳还是伊万，我为他们两个人勾选，比如伊万是“从不”，马利纳是“出人意料地”。梳妆打扮是为了让别人看起来好看，还是为了取悦他？您每周、每月去一次理发店，还是只有紧急情况下才去？什么紧急情况？什么样的国家级恶作剧？我的头发垂在国家级恶作剧上面，陷入了紧急情况，我不知道我该不该去剪掉它。马利纳觉得我一定要去理发。我叹着气，数着我画的十字。最后伊万有26分，马利纳也是26分，尽管我为他们每个人画的框都不一样。我又算了一遍。每个人还是26分。“我十七岁，我觉得我不能去爱别人。有几天我对一个男人产生了兴趣，但很快我又喜欢上了别人。我是个怪胎吗？我当时的男友十九岁，他为此感到绝望，因为他想和我结婚。”“红色闪电”与“蓝色闪电”①相撞，107人丧生，80人受伤。

已经过去几年了，人们又开始了闲扯，车祸、几起犯罪事件、峰会的报道、关于天气的推测。今天不再有人知道为什么过去要报道这些。人们那时推荐的潘婷喷雾，我用了几年，我不需要在那么久的7月3日接受推荐，今天更不需要。

晚上我对马利纳说：一瓶摩斯喷雾还能说明什么，也许它可以指向所有我还不知道的东西，钱都去哪里了，如何描写一场国家级别的恶作剧，无论如何我挥霍了太多的钱。现在他们达到了目的。我用完这瓶喷雾就不再买了。你有26分，你不能要求更多的了，我也不能给你更多的了。随便怎么样吧。你还记得，“蓝色闪电”撞上“红色闪电”的那次吗？感谢！我也这么想，所以你有多关心灾难事件呢？你也没比我强多少。但这可能只是难以置信的骗局。

---

① 分别为奥地利联邦铁路公司和格拉茨-克夫拉赫铁路公司于20世纪50年代建造的柴油发动机火车，车身分别是蓝色和红色。

因为马利纳一个字也没有听懂，在他拿了点饮料过来、舒舒服服地坐下以后，我就摇着摇椅，开始讲述：

这是一场难以置信的骗局，我在通讯社工作过，我近距离旁观了这场骗局，新闻简报的生成，对电传机里涌出的句子进行不加选择的组合。有一天，因为有人生病，我被换到夜班。晚上十一点有一辆黑色的车来接我，司机在第三区稍微绕了绕路，一个年轻人在莱斯纳大街附近上了车，某个叫皮特曼的人，我们要去绸缎大街，那里所有的办公楼都熄了灯，荒无人迹。甚至同一栋楼的夜间编辑部看起来也没有几个人。走廊已经坍塌，夜班门房带着我们穿过那些木板，走进了最里面的房间，走进了一个我已经忘记的楼层，我想不起来了，什么也想不起来……每天晚上都是我们四个人，我煮咖啡，有时我们在午夜时分加一块冰进去，门房知道哪里有冰。三个男人读着电传机吐出的文字，把它们剪开、粘贴、拼凑在一起。我们并不是在低语，而是在夜晚高声交谈，当城中的所有人都入睡了，这样做几乎是不可能的，有时会发出一阵男人的笑声，但我静静地喝着我的咖啡，抽烟。他们把新闻扔到我的小桌子上，把电传机也拿过来，以一种由着性子的心绪挑选新闻，而我抄写它们，进行过滤。那时我没法跟他们一起笑，我沉浸于那些图片，明天早晨它们会作为新闻唤醒人们。那三个男人总会在最后选取一篇简短的文章，关于大洋彼岸的一场棒球赛或一场拳击比赛。

马利纳：你那时候是怎么生活的？

我：将近凌晨三点的时候我总是面色发灰，我慢慢地变得迟钝，它压弯了我，我那时被压弯了，我失去了某种重要的韵律，我再也无法找回它了。我会喝一杯咖啡，又一杯，我写字的手常常会开始颤抖，然后我的字迹就变得一片模糊。

马利纳：那么我肯定是唯一还能够读得懂它们的人。

我：后半夜和前半夜毫无瓜葛，同一夜里面分割出了两个不同的夜晚，你可以把前半夜想象成风趣滑稽的，还可以讲笑话，手指飞快地按着键盘，所有人都在行动，那两个瘦小的欧亚混血儿显得比皮特曼先生更能干、更精力充沛，而皮特曼先生只是笨拙地挪动着，发出吵闹的声响。行动是很重要的，这样你才可以想象在这夜晚的其他地方，有人喝醉了，正在吵闹，或者出于对白日的厌倦与对明日的厌恶相互拥抱，或者跳舞跳到筋疲力尽。在前半夜，白日的放荡不羁依然统治着夜晚。只有到了后半夜你才会注意到，这是夜晚，一切都变得更沉寂，时不时会有一个人站起来，伸伸懒腰，以使自己投入某种行动，尽管我们在通讯社里都要睡过去了。清早五点的景象令人惊奇，所有人都被重负压弯了腰，我走去洗手，用肮脏的旧手帕擦干手指。绸缎大街的建筑物像谋杀的广场一样恐怖。我听到哪里传来了脚步声，但根本就没有脚步声，电传机卡住了，然后再次铿锵作响，我跑回我们的大房间，在香烟的烟雾里，还能闻到汗味。这才是熬夜的后果的开始。早晨七点，我们告别的时候几乎都不打招呼，我和年轻的皮特曼登上那辆黑色的汽车，我们默默无言地望着窗外。女人们抱着新鲜的牛奶和新鲜的面包，男人们迈着目标坚定的步子，手臂下夹着公文包，大衣的领子立起来，唇上飘着一朵早霞。而我们车里的人指甲肮脏，每个人的嘴唇都是苦涩的褐色，那个年轻人又在莱斯纳大街下了车，我在贝雅特丽丝大街下车。我一路扶着栏杆走到门前，担心在门廊遇见那位男爵夫人，她大概会在这个时间离家前往市救济会，因为她看到我在这个时间回家就会对我产生误解。然后，我许久都无法入睡，我穿着衣服躺着，在床上发出抽泣，直到中午我才换掉衣服，真正地入睡，但睡得并不好，因为白日的喧嚣不断地惊扰我的睡眠。新闻已经流传开来，那些报道已经起了作用，我从来没有读过它们。两年间，我从来都没有读过新闻。

马利纳：那么你就不是在生活。你要从什么时候开始尝试生活，你期待着什么？

我：可敬的马利纳，至多是一个星期里必须有一两个空闲的小时，来做一些无关紧要的事情。但我不知道别人是怎么度过他们的前半生的，那肯定和前半夜是一样的，有许多风趣滑稽的时刻，我很难找到这样的时刻，因为我那时感觉到思想，它必须填满我余下的所有时间。

我惧怕那辆庞大的黑色汽车，它让我想起那些秘密的旅程，想起间谍活动，想起充满不幸的纠纷，那时维也纳经常有流言说，有一处码头在贩卖人口，人和文件都裹在地毯里消失了，没有人知道哪一页文件是有用的。没有一页文件可以读懂。每个工作的人都在不知不觉中成了性招待，我在哪里已经听过一次这句话了？我为什么发笑？这是世界性的卖淫的开端。

马利纳：你过去不是这样给我讲的。大学毕业以后，你在一家机构里找了一份工作，可能这是实话，但不是全部，因为之后你就去通讯社工作了，因为在那里比上白班挣得更多。

我：我没有讲述它，我不会讲述它，我不能讲述它，那不仅是我记忆里的一段噪音。不如告诉我，你今天在军事博物馆做了什么？

马利纳：没有什么特别的。一如既往，然后来了一些拍电影的人，要拍一场土耳其的战争。库尔特·斯沃博达想找一处布景，他有任务在身。此外，我们也向另一部影片做出了承诺，他们想拍摄名人堂里的德国人。

我：我也想旁观电影的拍摄。或是作为编外人员参与工作。这种消遣活动会不会带给我新的想法？

马利纳：那很无趣，要持续几个小时、几天，你会绊倒在电缆上面，所有人都站在旁边，多数时间没有任何事发生。我星期天值班。我告诉你一声，这样你可以做好准备。

我：我们可以去吃饭了，但是我的事情还没有做完。麻烦你等我再打一个电话，很快就完。很快，好吗？

那是我记忆里的一段噪音，我的每一个记忆都中断了。那时，在那片废墟中毫无希望，人们都在这样说服彼此、散布流言，人们尝试着呈现出所谓的战后第一阶段的那段时间。还有什么战后第二阶段。那也是一场骗局。我几乎上了当，当门窗刚刚重新装上，当瓦砾堆消失不见，然后一切都会立刻变得更好，人们将重新居住在这里，并继续居住下去。但几年来，我在这里居住，并且继续居住下去的事实在我看来是可怖的，尽管没有人想要倾听我，但这极其富有启示意味。我从未想过一切都会被抢夺、偷走、交易、三番五次地买进卖出。大型黑市应该就坐落在莱泽尔公园里，人们在黄昏时分就一路前去卡尔广场，那里太过危险。据说有一天黑市将不复存在。但我不信。一个世界性的黑市已经出现，直到今天，我买香烟或是鸡蛋的时候才意识到它们是来自黑市的。所有市场都是黑市，之前的市场可能没有这么黑，因为它没有这种世界性的深厚。之后，当所有商品都摆满了，高高地堆了起来，罐头、铁盒、纸箱，我就什么也不想买了。我甚至没有怎么进过玛丽亚救济大街上的那家大商场，什么格恩大商场，它会引起我的反感。那时克里斯蒂娜建议我不要去那些昂贵的小商店，而丽娜愿意去赫尔兹曼斯基商场，却不那么愿意去格恩大商场，我也尝试过去那里，但是我做不到，我不能专注地一次看超过一样东西。上千种货物，上千瓶罐头、上千根香肠、上千双鞋和上千颗纽扣，货物堆积在一起，黑压压地横亘在我的眼前。它们的庞大数目令它们看上去咄咄逼人，这样的数量使它们变得抽象，接近某种原理的表达，某种可以运算的东西，拥有数学的纯粹，只有在数学中才有数以亿计的美感，十亿个苹果并不算什么享受，一吨咖啡意味着无穷无尽的犯罪，十亿个人是难以设想的腐朽、无情与可恶之物，陷在一处黑市里，出于他们日常的需求而购买十亿只面包、土豆和十亿袋米。虽然这是足够吃的，但我很久以来都没有好好吃过饭了，现在只有在有一个人陪伴或独自一人的时候我才能进食，只有一只苹果、一块面包，只剩下一小片香肠。一定要剩下点什么东西。

马利纳：如果你再继续说下去，我们今晚就没有东西吃了。我可以把你送到科本茨广场，站起来，换衣服，不然就太晚了。

我：请不要把我放在那里。我不想这座城在我脚下，如果我们只是想吃饭，我们不需要这座城在我脚下。我们走几步去近一点的地方吧。去老海勒饭店。

甚至很早，在巴黎，在第一次逃离维也纳以后，我的左脚就开始时不时地行走不便了，我的左脚会感到疼痛，痛感来自脚掌，唉，上帝，啊，上帝。这一危险的、后果明显的、只能以特定词汇描述的变化总先在身体里发生，因为之前我只有在哲学研讨课上才会以一种可以理解的方式频繁提到上帝，提到存在、虚无、本质、实存与梵。

在巴黎的时候，我经常缺钱，如果钱剩得不多了，我就要用它做点特别的事情，只要今天还有钱，我就不能把它花在普通的地方，而是要把它花在一次最终的心血来潮上，因为当我有了什么想法，我就在一瞬间内感到我在这个人口有所削减的世界上依然是稳定而强大的一部分，感到这个人烟稀少、永不餍足、鲜活的人口总是处于困境的世界是怎样围绕着一切运转。当我在这个世界里，拿着空荡荡的袋子，带着满脑袋的心血来潮，因为引力站在大地上，我就知道我要做什么了。

那时，在蒙格大街附近，在通往康特雷斯卡普广场的路上，我在一家整晚开门的小酒馆里买了两瓶红酒，但之后又买了一瓶白葡萄酒。我想，也许有人不喜欢喝红酒，你也不能先入为主地认为他们就喝红酒。几个男人要么是睡着了，要么就是在装睡，我悄悄地走向他们，把酒瓶放下，放得很近，以免引起他们的误会。他们肯定明白，这些酒就属于他们。在另一个晚上我再一次给他们买酒的时候，有一个流浪汉[1]醒了过来，说了一句什么，“上帝啊……”[2]然后我又听到英语的“……保佑你”[3]之类的。这之间的关联我当然已经忘了。我想受到福佑的人有时候就这样对其他受到福佑的人说话，然后继续在某处生活下去，被打伤的人有时候就这样对其他被打伤的人们说话……

在那群巴黎人里有一个叫马塞尔的人，我不知道他是不是那个在夜晚醒来的人，我只记得那个名字，一个关键词又一个关键词，像蒙格大街，像两三个旅馆的名字和26号房。但我知道马塞尔已经死了，以一种不同寻常的方式死去……

马利纳打断了我，他保护着我，但是我觉得他的保护会令我永远都不能再讲述。是马利纳不让我继续讲述。

我：你觉得我不想改变我的生活了？

马利纳：你到底在想什么？想马塞尔，想某个或是所有被你放在十字架上的东西。

我：怎么现在又说到十字架了？你从什么时候开始像别人一样说话了？

马利纳：你能听懂，别管什么说话方式。

我：给我今天的报纸。你毁掉了我的所有故事，你会后悔的，因为你听不到马塞尔的奇异结局了，因为除了我没有人可以讲给你听。其他人在某处生活，在某处死去。马塞尔肯定已

---

① 原文为法语。

② 原文为法语。

③ 原文为英语。

经被遗忘了。

马利纳把他从博物馆里带来的报纸递给了我。我翻开第一页，看了看占星栏目。“鼓起勇气，您就能克服将要到来的困难。请注意街道交通。注意睡眠。”马利纳的星象显示有令人激动的情感波动，但他对此几乎不感兴趣。此外他还应该保护好自己的支气管。我都没有想过马利纳还有支气管。

我：你的支气管怎么样？你有支气管吗？

马利纳：为什么没有？怎么没有？每个人都有支气管。你怎么开始担心起我的健康状况了？

我：我就问问。那么你今天过得怎么样，有令人激动的事吗？

马利纳：在哪里？军事博物馆肯定没有。我整理了档案。

我：一点令人激动的事都没有？也许如果你好好想一想，会有那么一点令人激动的事。

马利纳：为什么你一脸怀疑地看着我？你不相信我吗？这真可笑，你在盯着什么看，你在看什么？这里没有蜘蛛，没有毒蜘蛛，这块污渍是你几天前自己弄的，是你弄洒了咖啡。你在看什么？

我看出桌子上还少了点什么东西。那是什么？桌上经常会有点什么东西。几乎总是有半盒伊万的香烟，是他故意落在这里的，这样他着急的时候就马上有烟抽了。我看到这里很久以来都没有他遗落的烟盒了。

我：你有没有想过，我们可以过上不同的生活？更贴近自然。比如马上在席津[1]置办一栋美丽的房屋，比如克里斯蒂娜有朋友搬走，就可以住他们的房子。你会有更充裕的空间放你的书。这里已经没有什么空间了，到处都是书架，因为你的藏书癖，我并不反对你的藏书癖，但这有点疯狂。你也说你总是在走廊里闻见弗朗西丝和特罗洛普这两只猫的气味。丽娜说她已经习惯了，但你就是这么敏感，你就是非常敏感。

马利纳：我一个字也没有听懂。我们为什么要搬到席津去？我们两个谁也不会想住在席津、霍恩瓦尔特[2]或是德布灵[3]。

我：请不要提霍恩瓦尔特了！我说的是席津。我觉得你好像并不反感席津！

马利纳：都是一回事，而且根本不可能。别我一说你就又哭了。

我：我根本就没有提霍恩瓦尔特，也请你不要想象什么我又要开始哭了。我只是有点伤风。我得注意睡眠。我们当然还要住在匈牙利大街。其他地方根本就不可能。

我今天想做什么？让我想想！我不想出去散步，也不想读书或是听音乐。我想，我将容忍你的在场。我将使你开心，因为我注意到，我们从来都没有谈论过男人，因为你从来都没有

① 维也纳的第十三区，位于维也纳的最西部，是一个住宅区，但也包含了维也纳森林的一部分以及美泉宫。

② 位于维也纳的一座山脉。

③ 维也纳的第十九区，位于维也纳的最北部。

问过男人的事。你没有把你的书藏好。我今天在里面读到，比如说你描写一个你在睡前想象出来的男人，我只可能是一个模型。男人总是很快就能入睡。但是还有：为什么你对男人的兴趣没有我这么大?

马利纳说：也许我觉得所有男人都和我一样。

我回答说：你的想法非常荒谬。一个女人可能会想象她和其他女人都一样，这个理由更合适。这件事又和男人扯上关系了。

马利纳抬起手，像是生气了：请不要讲他们的故事，至多讲些他们的片段，因为他们已经很荒唐了。说点什么吧，说点不那么轻率的东西。

但是马利纳应该了解我!

我继续说道：所以男人们是各不相同的，实际上，你必须看出每个人身上难以治愈的病症，要阐释并理解一个男人身上的元素，教科书和科普书里写到的东西永远都不够。对我来说，一个男人的大脑要好理解几千倍。只是普适性的东西往往并不是那样。真是疯狂！这些使得一般化可以进行的材料用几个世纪也无法收集殆尽。一个女人肯定有更多奇特之处，之前也没有人告诉她，她显露出了什么病理特征，可以说，男人对女人的总体印象就是病态的，此外还是一种独一无二的病症，所以这些男人也无法摆脱他们的病症。至于这些女人，人们至多能说，她的传染病、她受到的同情和遭受的痛苦，都多多少少地透露出了她的特质。

你今天是故意的。我现在开始觉得有趣了。

我愉快地说道：当一个人很少有新鲜的经历的时候，他肯定会患病，不得不永远重复自己，比如有一个人咬我的耳垂，却并不是因为那是我的耳垂，也不是因为他痴迷于耳垂，一定要咬耳垂，而是因为他也咬其他女人的耳垂，或大或小，或红润或苍白，或迟钝或敏感的耳垂，他根本不在乎耳垂有什么含义。你得承认，这是一种卓有成效的压迫，当一个人不得不倒向一个女人，怀着某种或多或少的知识，或是在任何情况下能够稍微应用这些知识的能力，有时可以持续几年，有时会持续下去。这也可以解释男人心中那种隐秘而沉闷的怀疑，因为实际上他们无法设想，一个女人对待一个患病的男人的态度肯定是完全不同的，因为对他来说，不同之处只停留在十分表面和外在的层次上，甚至是那些口口相传的，或是披挂上了科学的虚假光环的不同之处也是这样。马利纳是真的不了解自己。他说：我想过，肯定有一些极具天赋的男人，人们有时候会谈起某个人，或者某个人群，就像我们谈论希腊人。（马利纳狡诈地看着我，然后他笑了，我也笑了。）我尽量保持严肃：我在希腊过得恰好很幸福，但也只有那一次。有时候人们会拥有幸福，但大多数女人肯定从未拥有过幸福。我这么想却不是因为有一位美妙的情人，我当然没有。这是一段注定会湮灭的传说，至多会剩下一些完全使人绝望和一些不那么使人绝望的男人。为什么只有女人满脑子都是她们的情感、她们的故事、她们的男人或男人们，这个原因是可以找出来的，却没有人去寻找原因。事实上，这个想法占据了每个女人的大部分时间，但她一定得想，因为如果她永远切合实际，没有这些使人疲惫的情感波动，她就永远也无法和一个男人维持下去，而男人的确都患病，几乎不会注意女人，因为他的疾病系统是坚实的，他重复着生活，他重复着自己，他还将重复自己。如果他喜欢吻别人的脚，他就还将吻五十个女人的脚，至少他这么想，为什么他还要费神思考面前的人是不是愿意让他吻脚呢？但一个女人明白，现在恰好是轮到她的脚了，她必须虚构出一种难以置信的情感，并整天都让自己真实的情感隐藏在虚构的情感之下，忍受别人吻她的脚，并因此而忍受那巨大的、缺失的残片，因为那个迷恋双脚的人会忽略许多其他事情。此外，还有突然的转向，从一个男人到另一个男人，一个女人的身体必须戒除旧有的一切，然后习惯一个全新的人。但男人会平静地延续自己的习惯，有时候他会奏效，有时不那么如愿。

马利纳对我并不满意：这让我觉得很新奇，我很确定你喜欢男人，总会有让你喜欢的男人，男性社会对你来说是不可或缺的，如果不再有……

我当然一直都对男人感兴趣，但是因为他们不需要被喜欢，我对多数人根本就毫不喜欢，只是他们总是让我抱有幻想，会想：咬过肩头以后会是什么，他接下来还会许诺什么？或者是有人转过身背对着你，有一个女人用她的手指甲，用她的五根利爪划下了五道永远清晰可见的血痕，于是你深受困扰，至少是感到尴尬，你应该对永远立在你面前的这副脊背做什么呢，你回想起一次陶醉或一次阵痛，你还将品尝哪一种痛楚，陷入哪一种极乐？很长时间以来我根本就没有感情，因为这几年我变得理智了。我只是在心里这样想，像其他所有女人一样，尽管总是有男人会找上述的理由，我很确信，这些男人不会经常想到我，也许只是在休息日的晚上会想到。

马利纳：没有例外吗？

我：有。

马利纳问道：为什么会有例外？

这很简单。你只需要偶然间使某个人变得足够不幸，比如不去帮他改正一件愚蠢的行为。当你确信你给别人造成了真正的不幸以后，他也会记挂着你。然而，往往是大多数男人让女人感到不幸，反之却并不是这样，因为我们天生不幸，这是不可避免的，来自男人们的疾病，因此女人们不得不考虑许多东西，必须要重新学习她们刚学会的东西，因为当你不得不一直考虑一个人并对他产生感情的时候，你就一定会感到真正的不幸。不幸会随着时间翻倍、翻三倍、翻一百倍。想要避免这种不幸，要做的是每次都在几天结束，分手。这样，感到不幸就是不可能的，为一个没有彻底变得不幸的人感到惋惜是不可能的。如果只接触了几个小时，那么没有人会为最年轻或最英俊、最出色或最智慧的男人感到惋惜。但半年的时光都和一个确切无疑的闲聊者、一个臭名昭著的蠢货一起度过，和一个令人讨厌的有怪癖的懦夫一起度过，那会让一个真正坚强而理智的女人陷入疯狂，走上了自杀的道路，请想一想埃尔娜·扎内蒂[①]，因为一个戏剧学讲师自杀了，你想想，因为一个戏剧学家！吞下了四十片安眠药，我肯定她不会是唯一一个这么做的，他让她戒了烟，因为他忍受不了烟味。我不知道她是不是必须吃素，

① 疑为剧作家埃利亚斯·扎内蒂和其妻子韦扎·扎内蒂的名字结合。

但她已经做了几件可怕的事情。在这个蠢货离开了她以后，她却并没有为第二天又可以抽二十支烟和吃想吃的东西感到高兴，她愚蠢地尝试自杀，她想不到更好的出路了，因为她在几个月里一直都在想着他，受着他的折磨，当然也受着戒除尼古丁和这些生菜叶片与土豆的折磨。

马利纳肯定会笑，但是会惊诧地笑：你不会是想要声称，女人要比男人更不幸吧！

不，当然不是，我只是说，女人的不幸是尤其不可避免的，也是完全无益的。我只想谈论不幸的形式。你不能做比较，而我们今天不想谈论普遍的不幸，所有人都要艰难面对的那种不幸。我只想和你交谈，并告诉你一切荒谬的事情。比如说，我非常不满我从来都没有被人强奸过。当我来到维也纳的时候，俄国人已经完全没有强奸维也纳女人的兴趣了，喝醉的美国人就更没有兴趣了，但是没有人把他们视为真正的强奸者，因为相比于俄国人，我们很少谈论他们的行为，因为一种神圣的、虔诚的恐惧，它自有其原因。从十五岁的少女到白发老妇都是如此。有时候人们还会在报纸上读到两个穿制服的黑人，但我请你注意，两个说萨尔茨堡方言的黑人对于一个国家里这么多的女人可太少了，而那些我认识的或我不认识的男人，那些仅仅是在树林里从我身边路过和同我在溪边坐在同一块石头上的男人，那些手无寸铁的孤独男人却从来都没有过这样的想法。除了几个醉汉、几个杀人犯和其他几个报纸上也会报道、被称为强奸犯的男人们，没有一个正常的男人能以正常的强奸行为理解一个正常的女人想要被正常地强奸。原因当然是男人们就是不正常的，但人们已经习惯了他们的混乱、他们非同一般的本能的丧失，人们的眼睛已经看不到这幅病态的图景了。但在维也纳原本可以不一样，原本不会这么糟的，因为这座城市是为了世界性的卖淫而建立的。你回忆不起来战后最初几年的光景了。温和一点地说，维也纳曾经拥有最奇特的设施。但这一时代已经被从历史里抹去，不再有能够谈论它的人了。没有直接禁止，但人们还是不再谈论了。在节日里，比如在圣母节或升天节或国庆日，市民们就不得不到环路旁边的城市公园里来，走上公园的环路，走进这个可怕的公园，在光天化日之下做自己想做的或者是可以做的事情，尤其是在栗树开花的季节，但在之后也是一样，在栗子裂开并从树上掉下来的时候。几乎没有合适的人，因为不是每个人都能遇到每个人。尽管一切都怀着莫大的冷漠沉默地进行，你也可以谈论噩梦一般的场景，城市里的所有人都参与了世界性的卖淫，每个女人一定都同每个男人在被践踏的草坪上躺过，倚靠着墙壁，呻吟着，喘息着，有时有几个人同时，轮流着，交替着。所有人都和别人睡过觉，所有人都伤害了别人，因此今天没有人会对已经没有什么流言了感到震惊，因为如今这些女人和男人们彬彬有礼地往来，好像什么也没有发生，男人们脱下帽子，亲吻着女人们的手，女人们迈着轻盈的步子经过城市公园，嘘着气寒暄，拎着优雅的手包和阳伞，看起来像是受到了奉承。这场圆舞似乎从那时开始，到了今天，它已不再匿名。要走出这样的灾难，人们必须思考今天的那些关系，为什么先是有人看见奥顿·帕塔奇和弗兰齐丝卡·雷纳在一起，然后弗兰齐丝卡却又和列奥·约丹在一起了，为什么列奥·约丹先娶了帮助过小马雷克的艾尔维拉，却还是又结了两次婚，为什么小马雷克毁掉了芬妮·古德曼，她又为什么之前与哈里相处得那么好，然后又跟米兰走了，但小马雷克之后又和卡琳·克劳泽这个娇小的德国女人在一起了，然后这个马雷克却又和伊丽莎白·米哈依洛维茨在一起了，她在之后爱上了贝尔托·拉帕兹，而他又……我知道所有这一切，还有马丁和艾菲·内米克有着多么荒诞的风流韵事，她之后也爱上了列奥·约丹，为什么每个人都以一种非同寻常的方式与其他人联系起来，人们也只有在偶然的情况下才知道。原因当然没有人知道，但我已经看出来了，人们也会看出来的！但我不能讲述，因为我没有时间了。我只需要想想阿尔特维家扮演了什么样的角色，或是阿尔特维一家对此根本没有意识到，任何人在任何人的家里对此都没有意识，在芭芭拉·格鲍尔家也是这样，从某个开始到某个终局，经过某些愚蠢的言谈，最终把所有事情都搞乱。这个社会是最大的凶杀观赏广场。自从最难以置信的罪恶在其中萌芽，它就以最轻松的方式对待这些，因为这个世界的审判将永远不为人知。我并不了解这些，因为我从来没有准确地看到或听到这些，我听到的越来越少，但我听到的越少，这些关系对我来说就越可怕。我过着超出预算的生活，因此我玩着所有这些和平的游戏，它们就这样出现，仿佛并没有战争的游戏让人感到它的庞大。那些世界闻名以及全城闻名的犯罪行为在我看来是那么简单、残暴、缺乏神秘，它们是为大众心理学家、为精神病医生准备的，他们也阻挡不了这些事，他们的勤奋和专业只能给出笨拙的谜团，因为他们还非常原始。在这里发生过的和仍在发生的事情却并不原始。你还记得那个傍晚吗？有一次芬妮·古德曼出乎意料地独自提早回家，站在一张桌子旁边，什么也没有发生，但今天我知道，我的确知道。有一种话语，有一种目光可以杀人，没有人注意到，所有人都只注意表面，注意上了色的陈列物。还有克拉拉和哈德勒尔，在他死去之前，但我就说到这里了……

在罗马，有一段时间我只看那些水手，他们在星期天站在那里的一个广场上，我想是在人民广场[1]上，那里的人们在晚上蒙着眼睛，尝试走笔直的路径，从有方尖碑的喷泉那里走向河流。这是一项无法完成的任务。在博尔盖塞的别墅附近也站立着水手，但还有更多的士兵。他们注视着前方，他们有着严肃、好奇的目光，凝视着一个很快就会消逝的星期天。看着这些年轻男人很令人着迷。但是过了一段时间我对一个来自后艾德堡的修车工就这么产生了偏爱，他得把我车上的挡泥板扳直，并给车身重新喷漆。对我来说，他是看不透的，他怀着一种非常深沉的肃穆，你想想这目光，和这也许辛劳的、僵滞的思想！我又去了几次修车厂，看着他做自己的日常工作。我从来没有在一个人身上见过这么多的痛苦，这么多肃穆的无知。某种看不透的东西，我体内产生了悲哀的、闪现的希望，悲哀的、压抑的愿望，仅此而已，这个年轻人将永远也不会理解，但没有人会理解。谁会理解呢！

我总是满怀着恐惧，也就是缺乏勇气，我本该把我的电话号码、把我的住址留给他，但我在他的面前太过沉湎于一个谜团，无法做出这样的事情。比较容易的不是立刻陷入每一个念

① 原文为意大利语。

头，而是马上想到另一个念头，诸如爱因斯坦、法拉第，某一座航标，比如弗洛伊德或李比希，因为有些人确实没有真正的秘密。但是他们的美与沉默却得以表现出来。我从来都没有能够忘记这个修车工，我曾经向着他祈求，为了在最后索要账单，仅此而已，他对我来说更为重要。对我来说他很重要。因为那种我所缺乏的美更为重要，我想掠夺这一种美。有时候我走在一条街上，几乎看不到走向我的人，我的目光跃向上方，跃向下方，但这是自然的或正常的吗？我是一个女人，还是一个双性人？如果我不完全是一个女人，那么我到底是什么？报纸上经常有这些可怕的报道。在坡茨莱恩的村庄里、在帕拉特的河谷里、在维也纳的森林里、在某个小区，有一位女性被杀害，被勒死——我几乎也遇上了这种事情，但不是在郊区——被某个残忍的人掐死，我一直在想：那可能是你，那将会是你。陌生的女人们被陌生的杀手杀害。

我找了一个借口去找伊万。我是那么喜欢绕着他的收音机转。我又有几天没听新闻了。伊万建议我还是买一台收音机，因为我那么喜欢听新闻或者是音乐。他觉得这样我早晨起床就会更容易了，就比如像他一样，在晚上我也会有某种对抗寂静的东西。我尝试着慢慢拨转旋钮，小心翼翼地探寻着，想知道那里出来的什么东西可以对抗寂静。

房间里有一个激动的男人的声音：亲爱的女士们先生们，我们现在在伦敦报道，我们可敬的新闻记者阿尔丰斯·威尔斯博士，威尔斯先生会马上给我们带来来自伦敦的消息，请再耐心等待片刻，我们就转换到伦敦，亲爱的威尔斯先生，我们能很清楚地听到您说话，我想请您为我们在奥地利的听众播报伦敦人对英镑贬值的观点，威尔斯博士现在说……

请关上这个匣子！伊万说，他现在对来自伦敦或雅典的观点没有兴趣。

伊万？

你到底想说什么？

你为什么从来都不让我说话？

伊万肯定隐藏了一段故事，他一定曾身处一场热带风暴中，他觉得我也隐藏了一段故事，通常的那种故事，至少会包含一位男人和他的失望，但是我说：我？什么也没有，我什么也不愿意说，我只想叫你“伊万”，仅此而已。我本可以问你，你怎么看杀虫剂？

你家里有苍蝇吗？

不。我尝试着设想一只苍蝇或者一只在实验室里被滥用的小兔子的生活，人们给一只老鼠注射，但是它还能充满仇恨地跳起来。

伊万说：想着这样的想法是不会让你自己开心起来的。

我本来也没有开心，我有时候就是不开心。我知道我应该经常让自己开心。

只是我说不出我的欢愉和我那名为伊万的生命：只有你是欢愉和生命！因为这样的话我就会更快地失去伊万，我有时已经失去他了，这提醒了我这些日子里欢愉的持续缺乏。我不知道伊万从什么时候开始缩短了我的生命，我必须开始和他谈谈。

因为有人杀死了我，因为有人总是想要杀死我，于是我也开始在思想中杀死某个人，也就是说，不在思想里，这是另一回事，这和思想从来就没有什么关系，这是另一回事，我甚至感到惊讶，我在思想中什么也不再做了。

伊万抬起目光，想要修理电话的延长线，用螺丝刀拧松了一颗螺丝，怀疑地说道：你？唉，偏偏是你，我温柔的疯女孩？是，不然还能是谁，不然！伊万笑了，再次俯向插头，他小心翼翼地让电线绕过螺丝。

这让你感到惊讶吗？

但是，不，为什么呢？在思想里我已经杀死了十几个惹我生气的人，伊万说道。他完成了修理，他现在根本不在乎我对于我自己还想说些什么。我匆匆穿好衣服，我低语着，我今天得早点回家。马利纳在哪里？我的天，如果我现在在马利纳身边就好了，因为这一切又变得不可忍受了，我本不应该说话的，但是我对伊万说道：请原谅，我只是感觉不好，不，我遗忘了什么东西，有什么对你来说是重要的，会有什么对你来说是重要的吗？我必须马上回家，我想，我把咖啡放在了烤盘上，我肯定没有把烤箱关掉！

不，对伊万来说什么也不重要。

我在家里躺在地板上等待，呼吸，越来越深地呼吸，不仅仅是几次过度的心脏收缩，我不想在马利纳到来之前死去，我看着闹钟，几乎连一分钟也没过去，但对我来说在这里已经流逝掉了一生。我不知道我是怎样走进浴室的，我把手举到流动的冷水下面，水沿着手臂流到手肘，我用一块冰冷的毛巾擦拭手臂、双脚和双腿，向上一直擦拭到心脏，时间几乎没有流逝，但现在马利纳一定要来，马利纳来了，我让我自己立刻摔倒在地，终于，我的天，为什么你这么晚才回家！

有一次，我在一艘船上，我们坐在酒吧间里，我们这群人要去美国，有几个人我已经认识了。但之后有一个人开始用燃烧的香烟在手背上烧出孔洞。只是他一边烧一边笑，我们不知道我们该不该笑。多数时候人们都不知道别人为什么要做一件事情，他们不会告诉你，或者是会谈论完全不同的事情，不让你知道真正的原因。我曾经在柏林的一栋公寓里遇到了一个男人，一杯又一杯地喝着伏特加，但一直也没有喝醉，几个小时以后他还在跟我交谈，清醒得可怕，当没有别人在听的时候，他就问他还能不能再见到我，因为他无论如何也想要再见到我，而我没有对此清晰表态，似乎默许了。然后人们谈起世界局势，有人在唱机上放了一张唱片，《通往绞刑架的电梯》[①]。只有几个轻轻震响的音调，人们正在热火朝天地谈论华盛顿与莫斯科之间的问题，那个男人就以最轻柔的方式问道，就像他之前问我我为什么不穿更好的绸缎衣服来，好像他最喜欢绸缎：您杀过人吗？我以最轻柔的方式说道：没有，当然没有，您呢？男人说：有，我是一个杀手。片刻之间我什么也没有说，他温柔地看着我，又说了一遍：您当然可以相信这一点！我相信这一点，他一定是我所坐的那张桌子上的第三个谋杀者，只是他是第一个也是唯一谈论这件事的。另外两次发生在黄昏时分的维也纳，我后来走回家的时候才知道。我在此时此地想要写下某些有关这三个黄昏的事情，我试探着在一页纸上写道：三个杀手。但我没有写完，因为我只是想把他们三个记录下来，为了指出第

① 原文为法语，迈尔斯·戴维斯的爵士专辑。

四个，因为我有关三个杀手的故事不会生成其他故事，我再没有见过其中的一个，他们今天还生活在某处，晚上和其他人一起吃饭，做着某些事情。有一个不再被关在施泰因霍夫疯人院了，有一个去了美国，改了名字，有一个喝酒，为了越来越清醒，他也不在柏林了。关于第四个人我无法谈论，我记不起来了，我忘了，我记不起来了……

(但是我跑向了铁丝网。) 我还是记起了一点。有一段时间，我日复一日地倒掉我的饭菜，我悄悄地把茶也倒掉了，我那时必须知道为什么。

但马塞尔就这样去世了：

有一天巴黎的所有流浪汉[①]都将被从城市中驱赶。最官方的救济处要维护体面的城市形象，和警察一起来到蒙格街，此外人们就不知道更多的了，那些老人回到了生活中，因为他们在一生中第一次把自己清洗干净。马塞尔也站起来一起走了，他是一个非常友善的男人，喝了几杯酒以后还是一个智慧和温顺的男人。他那天应该是完全无动于衷，他们来了，也许他也想到，他又能回到他在街上的好位置去了，那里地铁的暖风穿过竖井吹来。但在清洗的大厅里，为了大众的利益，在许多人洗过澡以后，也轮到了他，他们让他站在不太热也不太冷的水下，只是这是他许多年来第一次赤裸地站在水里。在有人可以够到他、抓住他之前，他就摔倒了，死在了原地。你看，我就是这个意思！马利纳犹疑地看着我，尽管他从来也不会感到犹疑。

① 原文为法语。

我本不该讲述这个故事。但我再一次感受到了这次洗浴，我知道人们不能从马塞尔身上洗掉什么东西。如果一个人在幸福的蒸发中活着，如果一个人除了“上帝的酬劳”“上帝会酬劳你们的”，没有别的可说，你就不应该试着为他清洗，不要把对他好的东西从他身上洗掉，不要为不存在的新生而为他清洗。

我：如果我是马塞尔，我也会一接触到水就死掉的。

马利纳：幸福永远是这样……

我：为什么你总是一定要提前说出我的想法？我现在真的是在想马塞尔，不，我几乎没有在想他，这是一段插曲，我在想我自己，同时也在想什么别的东西，马塞尔只是帮了我一个忙。

马利纳：——这是那种精神的美丽明天，它永远也不会到来。

我：你不要总是让我想起我学校里的作业本。那里面肯定有许多东西，但是我在洗衣间里把它烧掉了。我现在必须披上一层薄薄的幸运的外衣，不应当有问候，应当冲洗掉某种特定的气味，没有它我无法存在。

马利纳：你从什么时候开始与世界和平共处的，你从什么时候变得幸福的？

我：你观察所有事，所有人，因此你什么也察觉不到。

马利纳：正相反。我什么都察觉到了，但是我从没有观察你。

我：但我甚至有时候让你过你想要的生活，不去打扰你，这样更好，这样更宽宏大量。

马利纳：这我也察觉到了，有一天你将会知道，忘掉我是不是更好，或者再次感受到我是不是更好。现在你可能不会有选择了，你现在已经没有选择了。

我：我忘了你，我怎么可能会忘了你！我只是表面上装作如此，为了向你证明，没有你也可以。

马利纳觉得这样的伪善不值得回答，他永远也计算不出来我已经忘记了他多少个日夜，但他也是个伪君子，因为他知道他责备我的时候有多么不考虑我的感受，有时候却仍然这样做。但是因为我需要我的双重生活，我们已经彼此发现了我的伊万生活和我的马利纳领域，在伊万不在的地方，我无法存在，但当马利纳不在的时候我也无法回家。

伊万说：停下来吧！

我又说了一遍：伊万，我想对你说点事情，肯定不是在今天，但有一天我肯定会对你说的。

你没有香烟了吗？

是的，我想对你说，我的香烟又抽完了。

伊万已经准备好带我去城里兜风，去买香烟了，因为哪里都没有香烟，我们就在帝国酒店的门前停了下来，伊万在门房那里终于得到了香烟。我再次与这个世界和平共处了。即便当人们只热爱他们在这个世界上索求的东西的时候，人们也是可以热爱这个世界的，而一个人就在这中间操纵着他的变压器，但伊万一定不知道这一点，因为他又开始惧怕我爱上了他，因为他借给我火，我又可以抽烟、等待了，我不需要再说：你别担心了，你只是给我借了火，谢谢你给我借火，谢谢你给我点燃的每一支香烟，谢谢你带我在城里兜风，谢谢你送我回家！

马利纳：你去参加哈德勒的葬礼吗？

我：不，为什么我要去墓园挨冻？我可以在明天的报纸上读到发生了什么，他们说了什么，此外，我很讨厌葬礼，如今几乎没有人知道该怎么在葬礼上和墓园里摆出得体的举止了。我也不想有人一直告诉我哈德勒或者是什么人去世了。人们不会一直告诉我某个人还活着。对我来说我喜不喜欢这个人都是一样的，因为我只遇到、只能遇到特定的人，因为有些人已经不在世了，这并不使我感到惊讶，却是出于其他的缘故。你想向我解释为什么我必须知道哈德勒先生或另外某个名人，某位指挥或某个政客，某个银行家或某个哲学家昨天或者今天突然去世了。我不感兴趣。对我来说在我思想的舞台之外，从来没有人死去，也很少有人活着。

马利纳：也就是说，大多数时间我对你来说都没有在活着？

我：你活着。你甚至大多数时间都活着，但你也在向我证明你活着。其他人向我证明了什么？什么也没有。

马利纳："天空是深沉的黑色。"

我：你可以这样说。这听起来就像喊出这句话的人生活过一样。终于有了一次惊喜。

马利纳："天空是一种几乎难以设想的深沉的黑色。星辰极其明亮，却没有在燃烧，因为没有大气。"

我：哦！确实如此。

马利纳："太阳是一个发光的表面，镶嵌在天空的黑色绸缎里。我被宇宙空间的无穷所震撼，被这不可设想的广大所震撼……”

我：这位神秘主义者是谁?

马利纳：阿列克谢·列昂诺夫[①]，他经历了十五分钟的太空漫游。

我：不错，但是绸缎，我不知道我有没有说过绸缎。这个人也是一位诗人吗?

马利纳：不，他在他自由的时间里作画。在很长的时间中，他不知道他自己想做画家还是宇航员。

我：选择职业的时候自然会有怀疑。但是他用多么浪漫的笔调谈起了太空漫游啊……

马利纳：这个人没有什么不同。某种无穷的、不可设想的或者是深不可测的东西总是能使人们感到震撼，从深沉的黑暗中，他们漫步在森林里，或走进宇宙空间，走进自己的秘密，走进一个环绕在四周的秘密。

我：这将在后世发生！也就是说人们会停止对进步的惊讶。之后列昂诺夫会得到一座假日别墅，在那里种玫瑰，几年以后人们会听到他温和地讲述，面带着微笑，如果他还会再一次谈起“日出2号”。列昂诺夫爷爷，请讲讲那时候是什么样，初到外太空的几分钟是什么样！曾经有一轮月亮，所有人都想飞向它，月亮遥远而荒寒，但在美丽的一天，阿列克谢走了运，他看到了……

马利纳：相当奇怪的是，他没有注意到乌拉尔山脉，因为

---

① 苏联宇航员，是全世界首个成功进行舱外活动的人。

经过这座山的一刻，他正在飞船外做空翻。

我：一定会是这样。当人们看到什么东西或者是想要看到什么东西的时候，常常在做空翻，乌拉尔山脉或者“乌拉尔”这个词语，是一个思想还是一个词语。就像列昂诺夫爷爷一样，总有什么东西从我们眼前逃脱，总有什么东西，内在的东西，当我探索我内心无穷的宇宙的时候被错过。自从人们第一次漫步宇宙的美好古老的时代以来，这几乎没有什么变化。

马利纳：无穷的？

我：当然。宇宙除了是无穷的，还能是什么样的？

我必须躺一个小时，然后变成了两个小时，因为我无法继续再和马利纳交谈了。

马利纳：你必须找个机会收拾收拾你这里，这些尘土堆积、颜色泛白的纸页与纸屑，有一天会没有人能够辨认出它们。

我：什么？为什么这样说？在这里不需要有任何人辨认。我将有我的理由把一切搞得越来越混乱。但如果有人有权利看这些“纸屑”，那个人就是你。但是你不会认出你自己，我亲爱的，几年以后你也不会理解，这一个或者那一个是什么意思。

马利纳：还是让我试试吧。

我：那我向你解释一下，为什么这里又出现了往日的纸，我可以告诉你纸张的大小，A4纸，告诉你我是在哪里买的它，在乡下的一家商店那里，在一片湖旁边，上面写着你的话，是在一次去往下奥地利的车程上说的。但我不让你读它，你只能看写在上面的一个词。

马利纳：死亡方式。

我：但是在另一张纸上，A2纸，两年以后写的，上面写着“死亡建议”。我想说什么？我可能是写错了。为什么，什么时候，在哪里？请告诉我我关于你和安提·阿尔特维写了些什么！你不告诉我！那时有一辆满载着树干的载重车开在你们前面的上行坡道上，你注意到了那些树干是多么草率地捆在了一起，你看到它们一直在往后滑，滑向你们的车，然后，然后……你说吧！

马利纳：你为什么会想象出这样的场景？你一定是疯了。

我：我也不知道，但是我没有在想象，因为之后很快又有什么事发生了，你和马丁与安提在夜晚的沃尔夫冈湖里游泳，你游得最远，你的左脚抽筋了，然后，然后……你对此还知道些什么吗？

马利纳：你怎么想到这些的，你根本不可能知道，你根本就不在场。

我：如果我不在场，那么你就还是承认了什么，因为我可以在场，即便在我不在场的时候。还有插头怎么了？为什么那天你在晚上不愿意把插头插进你房间的插座，为什么你坐在黑暗中，所有的电灯开关都关着，所以你不得不经常待在黑暗中？

马利纳：我经常待在黑暗之中。那时候你站在灯下。

我：不，这是我想象出来的。

马利纳：但这是真的。此外，你是从哪里得知的？

我：我不可能知道这些，所以这怎么可能是真的？

我不能继续讲下去了，因为马利纳拿了两页纸，把它们揉皱了，扔到了我的脸上。尽管纸球无法带来疼痛，很快就落到了脚下，但我仍惧怕它的到来。马利纳抓住我的肩摇晃着我，他可以用拳头打我的脸，但他不会这样做，他不这样做也能听到我说话。但之后一次直接的巴掌让我清醒了过来，我又知道我在哪里了。

我（渐快[①]）：你觉得我没有入睡。

马利纳：施托克劳[②]前面是哪里？

我（渐强）：停下来吧，施托克劳前面是某个地方，别打我，请别打我，它离科尔纽贝格很近，但不要再问我了。我已经被碾碎了，但你没有！

我带着燃烧的、变得灼热的脸孔坐在这里，请求马利纳从手包里把粉盒拿给我。我踩在揉成球的纸屑上面，用脚把它们拨到一边，但是马利纳把它们捡起来，小心翼翼地抚平。他没有看它们，而是把它们放回了抽屉里。我必须去洗澡，因为如果我这个样子，我们不能出门，我希望我眼圈并不乌青，我的脸上现在只有红色的斑痕，我现在一定要去“三个轻骑兵”餐厅，因为马利纳答应了我，而伊万没有时间。马利纳觉得应该出发了，我应该在脸上多抹一些这种棕褐色的面霜，我又在脸上涂了些粉底液[③]，他说得对，该出发了，在路上，一切都会在空气中消散。马利纳向我许诺了荷兰酱配芦笋还有巧克力雪球。

---

① 原文为意大利语，下同。

② 奥地利东北部的城市。

③ 原文为法语。

我不再相信这样的晚餐了。当我第二次涂睫毛膏的时候，马利纳问道：为什么你知道这一切？

今天他不应该再问我了。

我（很快地，飞快地[1]）：但是我想要芦笋配穆赛琳酱还有焦糖奶油。我看不清楚。我只能忍受这些。我几乎溺死了，但是你没有。我不想要焦糖奶油了，而是要给人惊喜的可丽饼，任何能够给人惊喜的东西。

因为在这一刻，从这样的愿望里还可以产生生活，如果我将我的生活与马利纳的生活靠得太近。

马利纳：你对生活又有什么理解？我想你还是想给某个人打电话，或者我们今天最好三个人一起去“三个轻骑兵”餐厅。你想和谁一起去，亚历山大还是马丁？也许这样你就想起来你是怎么理解生活的了。

我：是的，如果我对此还有什么理解……你说得对，最好再有一个别人过来。我穿上旧的黑衣服，系上新的腰带。

马利纳：也戴上丝巾，你知道是哪一条。你从来不穿那件有条纹的衣服，这让我很高兴。你为什么从来不穿？

我：我会穿的。现在请不要问了。我会战胜我自己的。但尽管如此我还是只喜欢和你一起生活，和你最初送我的那条丝巾，和所有之后的东西一起。生活就是读一页你读过的书，或

---

① 原文为意大利语。

者是在你读书的时候从你肩上看，一起阅读，什么也不忘记，因为你什么也不会忘记，在这空荡荡的房间里走上片刻，一切都在其中找到了位置，一条通往格兰河的路与盖尔河沿岸的道路，我带着我的本子躺在整个哥利亚之上，我再次把它们涂满：谁不得不经历“为什么”的人能承受几乎所有的“如何”。我在远古时代生活过，好像总是和你在一起，总是同时在今天，被动地，没有攻击什么，没有召唤什么。我让我自己强烈地生活。一切一定都只是这样同时涌来，给我留下了印象。

马利纳：生活是什么？

我：是人们所不能生活的东西。

马利纳：那是什么？

我（更快地，强硬地[①]）：让我安静一下。

马利纳：什么？

我（慢了很多）：将你和我联系在一起的就是生活。你满意了吗？

马利纳：你和我？为什么不直接说“我们”？

我（匀速地）：我不喜欢“我们”“人们”和“两个都”之类的词。

马利纳：我原本几乎以为，你最不喜欢的是“我”。

我（温柔地）：这矛盾吗？

马利纳：是的。

我（平常的语气，怀着感激）：只要我渴望你，就没有矛盾。我不想要我，我想要的是你，这你怎么看？

---

① 原文为意大利语，下同。

马利纳：那可能对你来说是最危险的冒险。它已经开始了。

我（匀速地）：是的，它早就开始了，这是我身处已久的生活。（活泼地）你知道你在我身上看到了什么吗？我的皮肤不再像之前一样，它改变了样子，尽管我一道更多的皱纹也没有发现。永远还是这几道，我二十岁时就已经有了的皱纹，只是它们变得更深、更清晰了。这是某种暗示，但它是什么意思？一般来讲人们知道它引向何处，也就是引向终结。但对我们来说这引向何处？你和我会消失在什么样的皱纹密布的脸上？令我感到惊讶的不是衰老，而是接踵而至的陌生。我之后会变成什么样？我问我自己，就像人们以前问自己，死后会是什么样一样，带着同样的巨大的问号，毫无疑义的问号，因为人们不能设想这一点。我自己也无法进行任何理智的设想。我只知道我不再像我以前那样了，我不熟悉我的每一根头发，我不亲近自己。对我来说，陌生总是接踵而至。

马利纳：别忘了，这个陌生女人今天的头脑里还有某种东西，她的头脑里还有某个人，也许她爱那个人，谁知道呢，也许她恨那个人，也许她还想再打一次电话。

我（断断续续地）：这与你无关，因为这不属于这个问题。

马利纳：这绝对是同一个问题，因为它会使一切加快。

我：是的，你很想要这样。（平稳地）再见证一次失败。（非常平稳地）这场失败。

马利纳：我只是告诉你，事情会加快。你将不再需要你自己。我也将不再需要你。

我（流畅而伤心地）：已经有人告诉过我了，没有人需要我。

马利纳：那这个人肯定是有别的意思。别忘了，我思考的方式不一样。你早就忘了，我是怎样存在于你身边的。

我（歌唱般地）：我和遗忘？我遗忘你！

马利纳：你可以用这样的语气和我说着多么漂亮的谎言，同时又多么狡诈地说出了真相！

我（渐强）：我遗忘你！

马利纳：走吧。你所有东西都拿了吗？

我（强硬地）：我没有拥有过东西。（自由地）东西是用来思考的。思考钥匙，思考关门，思考关灯。

马利纳：我们今天晚上要谈谈未来。你一定要找个时间把你这里收拾干净。没有人能从这些杂乱的东西里辨认出什么来。

马利纳已经走到了门边，但我迅速地从走廊里退了回去，因为我在出门之前还要再打一次电话，因此我们从来都不能准时离开家门。我必须拨号，这是一种强迫，一种闪念，我头脑里只有一个号码，那不是我的护照号码，不是巴黎的房间号码，不是我的生日，不是今天的日子，尽管马利纳有些不耐烦，我还是拨下了726893，这个数字不在任何其他人的脑海里，但我可以说出它，唱出它，用口哨吹出它，哭出它，笑出它，我的手指在黑暗中也能在拨号盘上找到它，不需要提前对自己说出这些数字。

是，是我
不，只有我
不。是吗？

是的，要走了

我稍后给你打电话

是的，很久以后

我甚至会在更晚之后给你打电话！

马利纳：还是告诉我吧，你的这些念头是怎么来的。我从来没有和安提一起开车去过施托克劳，我从来没有和马丁还有安提在夜晚的沃尔夫冈湖里游过泳。

我：我总是能够清清楚楚地看到这一切，我将一切为自己描绘出来，就像人们所说的那样，比如说，卡车上许多长长的树干，都滑了下来，我和安提·阿尔特维坐在车里，它们滑向我们，而我们不能后退，因为一辆又一辆的车紧跟着我们，我知道那几立方米的木材会滑落到我身上。

马利纳：但是我们两个确实都坐在这里，我再和你说一遍，你从来没有和他开车去过施托克劳。

我：你怎么知道是我想象出了施托克劳的街道？我一开始根本就没有提到施托克劳，只是很宽泛地提到下奥地利，想到这个也只是因为玛丽姑妈。

马利纳：我真的害怕你疯了。

我：还没有很严重。别像（平稳地，非常平稳地）伊万那样说话。

马利纳：别像谁那样说话？

我（漫不经心地，副音）：爱我吧，不，还不只要这样，更爱我吧，全身心地爱我吧，这样这一切很快就结束了。

马利纳：你知道关于我的一切？也知道关于所有其他人的

一切？

我（德式急板）：但是，不，我什么也不知道。关于其他人，我什么也不知道！（没有太过活泼）那句描述我根本没有想谈论你，没有想表达你。因为你从来，从来都没有过恐惧。我们两个的确都坐在这里，但是我感到恐惧。（感情与表情都很丰富）如果你有过这样的恐惧，我刚刚就不会向你祈问任何事了。

我把头靠在马利纳的一只手中，马利纳什么也没有说，他没有动，但是也没有对我的头颅表现出柔情。他用另一只手点了一支香烟。我的头颅不再托在他手上，我尝试着坐直，不让我身上有任何值得注意的东西。

马利纳：为什么你又把手放在脖子上了？

我：是的，我想我经常这样做。

马利纳：这样就逃离了吗，从那个时刻？

我：是的，是的，我现在安全了。我肯定已经逃脱了，永远在逃脱。永远重演。我必须高昂着我的头颅。我这样做，尽可能不吸引别人的注意力。我的手从我的头发下面穿过，支撑着我的头颅。别人可能会想，我在认真倾听，但那只是双腿交叉或者把下颌托在手里的动作罢了。

马利纳：但是这看起来像一种不礼貌的举止。

我：这就是我的举止方式，紧紧地攀住我自己，如果我不能攀住你。

马利纳：你在之后的几年里经历了什么？

我（笨拙地）：什么也没有。一开始什么也没有，然后我开始荒废那些年月。这是最艰难的，因为我体内的这种漫不经心，我没有力量抹去我不幸的记号。因为我没有办法触及不幸本身，有这么多次要的东西要被处理，机场、街道、地区、商店、特定的菜肴和酒、许多人、所有可能的对话与闲谈。我是伪造的。我被篡改了，人们把错误的字条交到了我手里，把我放逐到这里和那里，然后又让我坐在一边，让我同意我之前从未同意过的东西，让我证明，让我确认。这对我来说是完全陌生的思考方式将我包围，我必须模仿它。最后我成为唯一的伪造品，也许只有你还能将我辨认出来。

马利纳：你从中学会了什么？

我（伴随着弱音器）：什么也没有。我没有得到任何东西。

马利纳：这不是真的。

我（激动地）：但这是真的。我不得不再一次开始说话、行走、感受到某种事物、回忆起过往的时光，那段时间之前的时间，我不想回忆起它。（匀速地）有一天我们两个的情况又会好转。从什么时候起我们真的和彼此那么友好了？

马利纳：永远都是，我想。

我（轻柔地）：你对我这样说，是多么充满希望、多么体贴、多么可爱啊。（像一场幻梦）我有时候会想，你因为我的缘故而经常，一年中至少有三百六十天在白天感到死亡的恐惧。好像你会为所有的铃声感到震惊，会在你身边的所有阴影里看到一个危险的人，好像你面前那辆卡车上的木板对你来说是尤其危险的。好像你听着背后的脚步声，几乎死去。如果你读一本书，门就会突然打开，你怀着对死亡的恐惧让这本书掉落，因为我不再被允许读书了。我想你已经死过了几百次，不，上千次，所以你变得异常平静。（有显著标记）可我是多么迷惑。

尽管如此，马利纳知道我愿意和他在黄昏一起走走，但是他对此没有期待，也没有惊喜，如果回绝需要一个理由，有一次是因为我撕破的袜子，当然伊万经常应当为我的犹豫负责，因为伊万不知道他的晚上安排，选择地点的时候也有困难，因为马利纳从不去某些地方，他忍受不了争吵、吉卜赛音乐和古老的维也纳歌曲，凝滞的空气和微弱的夜总会照明也不讨他喜欢，他不能像伊万一样毫无理智地吃饭，他吃饭的时候很节制，没有明显的理解，他也不能像伊万一样喝酒，他只是偶尔才抽烟，几乎是为了取悦于我。

在黄昏，当马利纳和别人在一起却没有我在身边的时候，我就知道马利纳在那里会很少讲话。他会保持沉默，听着某人发表言论、某人在最后表达感受，偶尔说几句比其他话都要睿智的话，比其他话都要有意义的话，因为马利纳把别人抬到了自己的高度。但他还是会一直保持距离，因为他就是那么耀眼。他绝不会说出一个源于他生活的词，绝不会谈论我，尽管如此却不会给人留下他有所隐瞒的印象。马利纳确实什么也没有隐瞒，因为从终极的意义上来讲他也没有什么可以说的。他不编织宏大的文章，不编织可以扩展的事物的织物，整个维也纳的织物只有几个空洞，那只能是因为马利纳而产生的。因此他也是冲撞、诱发、扩展、中断和辩护的最大的反对者——马利纳需要为自己辩护什么！他可以施展魅力，他说着礼貌而闪烁其词的句子，从来都不显示友好，他在道别的时候会流露出一点真情，然后立刻掩饰起来，因为他立刻就转过身走开了，他总是走得很快，他吻女士们的手，当他不得不帮助她们的时候，他就握住她们的手臂片刻，他那么轻地触碰着她们，没有人可以因为这种触碰而联想到什么，却不得不联想到什么。马利纳已经动身了，人们只是惊讶地看着他，因为他们不知道他为什么要走，他不会尴尬地说出为什么，去哪里，为什么恰恰是现在。也没有人敢问他。马利纳被排除在了这个问题之外，而人们却总是问我这样的问题：那么您明天晚上做什么呢？看在上天的分上，您不要现在离开！您必须认识一下某某先生、某某女士！不，马利纳不适用于这些，他有一顶隐身的魔法帽，一个几乎百发百中的准星。我嫉妒马利纳，企图模仿他，却做不到，我陷入每一张网里面，我招致了每一次勒索，我在第一个小时里和阿尔达·斯科拉文在一起，却不是她的病人，尽管她好像是一位医生，我只是立刻就知道了阿尔达想要什么，她经历了什么，因为阿尔达，在另外半个小时里我不得不和某位卡拉莫先生，不，为这位卡拉莫先生的女儿找一位声乐教师，她不想再和自己的父亲扯上关系了。我不认识什么声乐教师，我从来没有请过声乐教师，但我模模糊糊地承认了我认识某个人，这个人认识某个声乐教师，肯定认识某个声乐教师，因为我和功勋女歌手住在同一栋房子里，尽管我不认识她，但我会找到方法来帮助这个卡拉莫先生的女儿的，阿尔达很愿意帮助这位先生，或者是更愿意帮助他的女儿。做什么？某个维尔利克博士，维尔利克四兄弟中间的一个，偏偏是那个一事无成的现在有机会上电视了，他的一切都取决于此，如果我也许可以说上一点话，尽管我从来没有和奥地利电视台的哪个先生说过一句话，那么……我应该去玫瑰山丘，在那里说一点话吗？没有我维尔利克先生也能活下去吗，我是他最后的希望吗？

马利纳说：你甚至都不是我最后的希望。没有你，维尔利克先生肯定也可以。如果有人帮他，他就永远也不知道自救了。你只是用你的一点话语杀死了他。

今天，我在萨赫咖啡馆的蓝色吧台旁等马利纳。他很久都没有露面，但最后还是来了。我们一起走进大餐厅，马利纳和侍者说着话，但我突然听见我自己说：不，我做不到，请不要在那里，我不能坐在这张桌子旁边！马利纳觉得这是一张很舒适的桌子，一张小小的角落里的桌子，相比于大桌子我总是偏爱这样的桌子，因为我坐在这里可以把后背倚靠在突出的墙角上，侍者认识我，他也觉得我想要坐在这个被保护起来的座位上。我上气不接下气地说道：不，不！你没看出来吗！马利纳问：这里有什么特别的东西吗？我转过身慢慢走出去，这样我们就不会引起注意，我向约丹一家还有同美国客人一起坐在大桌子旁边的阿尔达致意，还有那些我认识却想不起名字的人。马利纳平静地跟在我身后，我感到他只是走在我身后，也在致意。在衣帽间我让他把大衣披到我肩上，我绝望地看着他。他还是不能理解吗？马利纳轻声问道：你看到了什么？

我还不知道我看到了什么，我重新回到了餐厅里，因为我觉得马利纳肯定饿了，我们已经来晚了，我匆忙解释道：对不起，我们又回来了，我可以在这里吃，只是有一瞬间觉得无法忍受！我真正地坐到了那张桌子前面，现在我知道这就是伊万将会和别人坐在一起的桌子，伊万将会坐在马利纳的位置点餐，另一个人将会坐在右边，像我坐在马利纳右边一样。有人会坐在右边，有人会恰如其分地坐在那里。今天我在这张桌子旁边吃我死刑前的最后一餐。又是苹果核煮牛肉配香葱酱。然后我还可以喝一点黑啤，不，不要甜点，我今天不想吃甜点。这就是一切正在发生、将要发生的那张桌子，在你被斩首之前就是这样。你在这之前还可以吃一顿饭。我的头颅在萨赫餐厅的餐盘上滚动，血溅到了花一样洁白的绸缎餐巾上，我的头被砍了下来，要被展示给宾客们。

今天我站在贝雅特丽丝大街和匈牙利大街的街角，不能继续往前走了。我低头看着我的脚，我不再能挪动它们，然后扫视路面和十字路口，一切都褪了颜色。我很清楚那个重要的地点就在这里，它已经从这种棕褐色的褪色中潮湿地涌流了出来，我站在一个血池里，那是显而易见的血，我不能永远站在这里，抓着我自己的后颈，我看不到我所注视的东西。我时轻时重地呼喊着：你好！喂！你好！请您停一下！一个拎着购物袋的女人已经从我身边经过了，又转过身来探询地看着我。我绝望地问道：您能不能行行好，在我身边待上片刻，我一定是迷路了，我找不到路，我认不出这里了，您知道匈牙利大街在哪里吗？

因为这位女士很可能知道匈牙利大街在哪里，她说道：您已经在匈牙利大街上了，您要去几号？我指向街角，指向下方，但我走到了另一侧，走到了贝多芬故居那里，我安全地与贝多芬同在，我从五号房望向那栋现在对我而言变得陌生的房屋，上面标着六号，我看到布莱特纳夫人站在门口，我现在不想碰见布莱特纳夫人，但布莱特纳夫人也是人，我身边到处都是人，在我身上什么也不会发生，我望向对面，我必须穿过路面到达对面，警车鸣叫着开过，这是今天的警车，一切都一如既往，我等着它开过去，紧张地颤抖着，在手包里找钥匙，我开始过马路，我也摆出了一个微笑，这样当布莱特纳夫人走过来的时候，我已经走到马路对面了，我从布莱特纳夫人身边慢悠悠地走过，我那本美丽的书也应当为她而存在，布莱特纳夫人没有报以微笑，但她还是打了招呼，我又到了那栋房子门前。我什么也没有看到。我回到了家里。

在家里，我躺在地板上，我想着我的书，我失去了它，没有什么美丽的书，我再也写不出那本美丽的书了，我早就停止思考那本书了，毫无原因，我再也想不起一句话来了。但我又非常确定那本美丽的书是存在的，我会为了伊万找到它。那一天不会到来，永远不会有那样的人，永远不会有那样的诗篇，人们永远也不会变成那样，人们将拥有阴沉的黑眼睛，他们的双手会带来毁灭，在所有人中间，瘟疫将会到来，在这一场瘟疫面前，所有人都会败下阵来，它所向披靡，很快就会是终结。

美不再从我体内生成，它本该从我体内生成，它存在于从伊万涌向我的波浪里，那波浪是美的，我认识了唯一美丽的人，至少我还能有一次变得美丽，我最终会拥有仅此一次的美，因为伊万。

站起来！马利纳说，他发现我躺在地板上，他是认真的。你说什么美？什么是美的？但我不能站起来，我的头支撑在《大哲学家》[1]上，那本书很硬。马利纳把那本书拿走，把我扶了起来。

我（怀着爱意）：我必须告诉你。不，你必须向我解释。如果有一个人完美无缺却又非常普通，为什么他可以激发幻想的活动。我从来没有和你说过，我从未感到过幸福，从来没有，只有在几个瞬间里，但至少我确实见到了美。你会问，这能够做什么？它本身就够了。我见过许多其他人，那根本就不够。精神无法激发任何精神的活动，精神和精神都只是一样的，抱歉，美对你来说是次要的，但是它可以激发精神的活动。我跌倒了，我跌倒了[2]。

马利纳：不要总是跌倒。站起来。强迫你自己，走出去，别管我，去做点什么，做什么都行！

我（极其温柔地）：我做点什么？我离开你？我不管你？

马利纳：我说到有关我的什么东西了吗？

我：你没有，但我在谈论你，我在想着你。我站起来是为了让你高兴，我还会再吃东西，我吃东西只是为了让你高兴。

马利纳想要和我出去，分散我的注意力，他强迫我，他一直到最后都显得咄咄逼人。我该怎么让他理解我的故事啊。因为马利纳可能会换衣服，我也换衣服，我又可以继续了，我在镜前打量着自己，忠实地向他微笑。但马利纳说：（马利纳说了什么吗？）

---

① 德国哲学家卡尔·雅斯贝尔斯的作品。

② 原文为法语，后半句既有跌倒，又有抵达的意思。

马利纳说：杀了他！杀了他！

我说了什么。（但我真的说了什么吗？）我说：只有他是我不能杀掉的，只有他不行。我对马利纳锐声说道：你弄错了，他是我的生命，是我唯一的欢愉，我不能杀死他。但马利纳用听不见和绝对清晰的声音说道：杀了他！

我无法集中精力，只是偶尔才读书。留声机轻轻地响着，在晚上我对马利纳讲话：

我们总是在李比希大街的心理学学院喝茶或是喝咖啡。我在那里认识一个人，他总是为所有讨论的内容做速记，有时也做其他事情。我不会做速记，有时候我们给彼此做罗莎赫测试、宗迪测试、TAT测试并给出性格与人格的诊断，做结果与行为观察还有表达研究。有一次他问道，我和多少个男人睡过觉，我只能想起来那个一条腿的贼，坐在监狱里的贼，还有玛丽娜救济大街一个钟点房里一盏落满苍蝇的台灯，但是我随意地回答道：七个！他惊讶地笑了，说他很想和我结婚，我们肯定会生出聪明的孩子，也是非常漂亮的孩子，我就这么觉得。我们开车到了帕拉特，我想要坐摩天轮，因为那时候我不害怕，而是像之后航海或滑雪的时候一样有某种幸福感，我可以出于纯粹的幸福笑上几个小时。然后我们当然没有再讨论这个话题。很快我就不得不准备我的博士答辩了，在三个重大考试之前的早晨，哲学系的火炉生着温暖的火，我踩坏了几块煤或木柴，我跑去拿一个簸箕和一只扫帚，因为女清洁工还没有来，火和烟都燃烧得很可怕，我不知道有没有点起火，我用脚踩了踩火焰，之后一整天学院里都散发着臭气，我的鞋烧焦了，却没有烧裂。我还把所有窗户都打开了。甚至我来得还算及时，第一场考试是早晨八点，考的是莱布尼茨、康德和休谟的内容，但我还要等另外一个考生，他还没有来，我在走进去之前听说他在晚上中了风。年老的那位委员那时也是校长，穿着一件肮脏的睡袍，他之前还接待了一个来自希腊的教团，我不知道是为了什么，他开始提问，对一位考生因为去世而缺席感到非常生气，但至少我来了，而且还没有死。他因为生气忘了考试范围，中途还有人喊他，我想是他的妹妹，我们一起谈论了新康德主义，然后又谈到英国自然神论，但那和康德本身没什么关系，我也不太了解。打过电话以后一切就顺利多了，我直接获得了表达的许可，他没有注意到这一点。我向他提了个可怕的问题，是与空间和时间有关的，那时候这对我来说还是毫无意义的问题，但他却受到了恭维，因为我提了一个问题，然后我就通过了。我跑回我们的学院，它没有起火，我参加了接下来的两场考试。我都通过了。但我从没有解答出来那个空间和时间的问题。它不断地增长。

马利纳：你为什么想起了这个？我以为那段时间对你来说根本不重要。

我：不重要的是博士答辩，又叫“严格考试”，但是它是严格的，这个词已经说明了一切，另一个答辩者死于一次中风，二十三岁，我必须走过从学院通往大学街的道路，经过大学的整道围墙，我一路触摸着墙壁，越过街道走来，因为他们在巴斯苔咖啡厅等我，埃莉诺和亚历山大·弗莱瑟，我肯定是跌倒了，拉着脸，在我看见他们之前，他们已经透过窗户看见了我。当我一言不发地走向桌边的时候，他们觉得我没有通过博士答辩，我也只是在某种程度之下通过了，然后他们给我推来一杯咖啡，我在他们震惊的表情下说道，这很简单，非常简单。他们又问了我几个问题，然后他们终于相信了，我想着那些余烬，想着可能会有的燃烧，但我想不起来了，我记不清了……我们没有庆祝。很快我就要把两根手指放在一根手杖上，说出一个拉丁语的词汇。我从莉莉那里借来了一条太短的黑色裙子，在马克西姆阶梯教室里站着我和排成一排的几个年轻人，那时我曾听到自己坚定高亢的声音，其他的声音几乎听不到。但是我没有为我自己感到震惊，之后我又开始轻声说话。

我（悲痛地）：在这么多年里，在这么多次献祭里，我到底学会了什么，了解了什么，想想我付出的努力！

马利纳：当然什么也没有。你学到的是你心里已经有的东西，是你已经知道了的东西。这对你来说太少了吗？

我：也许你说得对。我现在有时候会想我只是回到了我原来的样子。我太喜欢回想那段我拥有一切的时光了，那时的欢乐是真正的欢乐，那时我的认真是某种有益的认真。（滑奏一般地）然后一切都受到了伤害，都被操纵、被需要、被使用，最终被毁灭了。（温和地）我慢慢使自己变得更好，我弥补了我一直缺乏的东西，我治愈了我自己。现在我几乎回到了我原来的样子。（低声地）但这条道路有什么益处呢？

马利纳：这条道路没有任何益处，这是给所有人的路，但不是人人都必须走这条路。人们应当在某一天，在失而复得的

“我”和未来的、不再是旧日的“我”之间来回转换一下。毫不紧张，毫无病态，毫无懊悔。

我（匀速地）：我从不懊悔。

马利纳：这一点至少我料到了，结果是肯定的。谁会愿意为了你，为了我们这样的人哭泣？

我：却为其他人哭泣，人们到底为什么要这样做？

马利纳：这也必须停止，因为其他人不值得有人为他哭，就像你不值得我为你哭一样。如果那时候有人在廷巴克图[①]或阿德莱德[②]为一个克拉根福的孩子哭泣，那又有什么用处呢？一个被掩埋的孩子，躺在湖滨大道的鲜花下面，在一次低空轰炸中遇难，然后最早的一批死者和伤者必须四下张望。所以不要为别人哭泣了，他们做了足够多的事情来保护自己，或者是度过被杀害之前的几个小时。他们不需要奥地利制造[③]的眼泪。而且，人们只会在过后哭泣，在和平之中，你就这样称呼这个时代，在一张舒适的沙发上，当子弹还没有掉落，四下还没有起火。但在另一个时代人们会挨饿，在大街上，在营养充足的行人中间会有人在挨饿。在电影院里，当一场愚蠢的惊悚片正在放映的时候，人们会感到惧怕。人们不会在冬天冻僵，而是在夏日的海边。那是在哪里？为什么你是最冷的一个？这的确是海边美丽的、罕见的、温暖的十月的一天。你可以为了别人平静地待着，或者一直都不平静。你什么也不能改变。

我（稍快）：但是如果什么都不能做，什么都不能促成的时

① 马里最重要的城市之一。

② 澳大利亚南部城市。

③ 原文为英语。

候，那么还能做些什么？因为什么也不做实在是太反人性了。

马利纳：将平静带进不平静。将不平静带进平静。

我（忧伤地，更快了）：那个时代什么时候会到来，在那个时代我可以完成什么，可以做什么同时又什么都不可以做？那个时代什么时候会到来，我在那个时代可以找到时间！那个时代什么时候会到来，不再做出错误的区分，不再错误地惧怕和受难，不再毫无意义地思考，永远毫无意义地思考！（一根琴弦）我会慢慢地想出来。（所有琴弦）是这样吗？

马利纳：只要你愿意？

我：我不应该再问你了吗？

马利纳：这又是一个问题。

我（匀速地）：你还是去工作直到晚餐时间吧，然后我给你打电话。不，我不烧饭，我为什么要在这上面浪费我的时间。我想出去，也就是说，走几步路，走到一个小饭馆，走到一个有声响、可以吃东西喝东西的地方，这样我就又可以设想这个世界了。去老海勒餐厅。

马利纳：我听你支配。

我（强硬地）：我会支配你的，即便是你。

马利纳：我亲爱的，我们要耐心等待！

我：结果是我将会拥有一切。

马利纳：这真是妄想。你只是从一个妄想跳到了另一个妄想。

我（没有得到许可）：不。有用即是无用，如果一切都像你对我展示的那样继续下去。那将不再是变大的妄想，而是缩减的妄想。

马利纳：不。你整个人都在增长，当你停止了权衡的时候，当你不再衡量你自己的时候，你还会继续增长，不断增长。

我（匀速地）：如果没有力量了，还有什么会增长？

马利纳：恐惧会增长。

我：那么说我令你感到惧怕。

马利纳：我没有惧怕，但是你有。真相生成了惧怕。但你将可以观察你自己。你将不会再缺席，不再身处此地。

我（放任地）：为什么不在此地？我不理解你的意思！但我什么也理解不了……我必须杀死我自己！

马利纳：因为你只能利用你自己，并因此伤害你自己。这就是所有战争的开端和中介。你现在伤害够了你自己。这会对你有益。但不是对“你”，不是像“你”所想的那样。

我（整台钢琴）：唉！我是另外一个人，你会说我将完全成为另一个人。

马利纳：不。多么荒唐。你当然是你，你也改变不了这一点。但一个“我”被抓住了，一个“我”行动了。你却再也无法行动了。

我（渐弱）：我从来都不愿意行动。

马利纳：但你行动了。你通过你自己，你让你自己行动了，你让你自己解决了问题。

我（不是非常活跃地）：这我也从未想要。我没有一次解决过我的敌人。

马利纳：你的敌人中间从未有一个见过你，你别忘了这一点，你从来没有见过你的一个敌人。

我：我不信。（非常活泼地）我见过一个，他也见过我，但总还不是正确的方式。

马利纳：多么罕见的努力啊！你甚至想要被正确地看到？也许也被你的朋友看到？

我（很快，激动地）：停下来，谁相信人们根本就没有朋友，谁也许就会在一瞬间内消失！（火热地）但人们有敌人。

马利纳：也许从来都没有……从来都没有。

我（匀速地）：有的，我知道。

马利纳：不排除你的敌人在眼前。

我：那么他一定就是你。但是不是你。

马利纳：你不应该再抗争了。你是在和什么抗争？你现在不应该前进，也不应该后退，而是应该学着以其他的方式抗争。这是你可以进行的唯一的抗争的方式。

我：但是我已经知道了。我最终会被打退，因为我赢得了大地。我在这些年里赢得了许多进展。

马利纳：这令你开心吗？

我（伴随着弱音器）：什么？

马利纳：多么优雅的方式，总是在逃避问题！你一定要留在这个位置。这一定就是你的位置。你不应该前进，也不应该后退。然后你将在这里，在你所属于的唯一地点获胜。

我（活跃地）：获胜！如果可以获胜的记号已经丢失了，谁还能在这里谈论获胜呢？

马利纳：但那还是：获胜。你不需要计谋或暴力就可以获胜。但你无法战胜你的自我，而是——

我（愉快地）：而是——你看到了什么？

马利纳：你无法战胜你的自我。

我（强硬地）：我的自我有什么不如其他人的地方？

马利纳：什么也没有。一切都如此。因为你只做徒劳的事情。这是不可原谅的。

我（平静地）：就算这是不可原谅的，我也要一直耗费、迷惑、迷失自己。

马利纳：你想怎么样是不算数的。在正确的位置上你就别无所求了。你在那里将完全成为你，因为你可以放弃你的自我。那将是世界第一次被某个人治愈的地点。

我：我必须开始这件事吗？

马利纳：你已经开始了一切，因此你也必须开始这件事。你将停止做一切事情。

我（深思地）：我？

马利纳：你还是喜欢把它挂在嘴边，这个“我”？你还在权衡它？还在衡量它！

我（匀速地）：但是我才刚开始热爱它。

马利纳：你真的觉得你可以热爱它吗？

我（风趣且有些感伤地）：真的。只是太爱了。我会像爱我最亲近的人一样爱它，就像爱你！

今天我走过匈牙利大街，想着搬家的事，神圣的城市里将会有一栋房屋空出来，有人将从那里搬出来，一些朋友的朋友，但这栋房屋不是很宽敞，我该怎么告诉马利纳这一点呢，我已经建议过他换一栋更大的房子，因为他有许多书。但他坚决不肯搬离第三区。唯一的一滴眼泪只是悬在眼角，没有滚落出来，在寒冷的空气里结了晶，越变越大，另一个巨大的球体，不愿意跟着世界旋转，而是脱离了世界，坠入了无穷的宇宙。

伊万不再是伊万了，我看着他就像一个端详着X光片的医生，我看到他的骨骼，他肺里因为抽烟形成的瑕疵，我不再能看到他本身。谁把伊万还给了我？为什么他在我眼睛里突然成了这样？我想摔到桌子上，在他索要账单的时候，或者摔到桌子底下，把桌布扯下来，把所有杯盘和餐具还有盐瓶都带下来，尽管我是那么迷信。别对我这样做，我会说，别对我这样做，否则我会死的。

昨天我跳了舞，在艾登酒吧。

伊万倾听着我，但他真的在倾听我吗？他应该听的，因为我说，我跳了舞，我想要毁灭什么东西，因为我最后只和一个令人反感的年轻人跳了舞，我看他的方式是我从未用来看伊万的方式，在他跳得越来越狂野，越来越清晰，拍打着双手或是打着响指的时候。我对伊万说：我太累了，我跳了太久的舞，我坚持不住了。

但伊万在听我说话吗？

伊万顺便问道，我们有很久没见了，我愿不愿意跟他们去伯格电影院，那里正在上演瓦尔特·迪士尼的《米老鼠》。可惜我没有时间，因为我现在不想再见到那两个孩子，尤其是不想再见到那两个孩子，我一直想见伊万，却不是那两个孩子，他们把伊万从我身边夺走。我不能再见到贝拉和安德拉什。他们应当独自长出他们的智齿。当人们把它们拔出来的时候，我将不会在他们身旁。

马利纳对我低语：杀了他们，杀了他们。

但我体内的低语声更为响亮：绝不能是伊万和孩子们，他们彼此相属，我不能杀死他们。如果这一切发生了，如果这将要发生，那么伊万，如果他触碰到了另一个人，他就不再是伊万了。至少我没有触碰过别人。

我说：伊万。

伊万说：请结账！

这一定是个错误，那确实是伊万，只是我经常忽略他，望向别处，望向桌布，望向盐瓶，我盯着叉子，我的眼睛几乎要掉了出来，我越过他的肩头望向窗外，心不在焉地回答着他。

伊万说：你看起来像死一样惨白，你病了吗?

只是有些睡眠不足，我应该去度假，我的朋友们开车去了基茨比厄尔，亚历山大和马丁去了圣安东[1]，我却没有休假，冬天越来越长了，谁能忍受这样的冬天!

于是伊万真的觉得是冬天的问题了，因为他建议我马上开车出行。我不再注视着他，我注视着其他东西，他身旁有一片阴影，伊万和阴影一起笑，一起说话，他更有趣，更放纵，他和我在一起的时候从来没有这么放纵过，而我说，马丁和弗里茨肯定会这样做，但我还有非常多的事情要做，不，我不知道。我们会打电话的。

伊万是不是也在想他今天和以往不一样呢，还是只是在我看来他以往和今天不一样。我的咽喉里卡着一阵疯狂的笑声，但因为我害怕我再也无法停止大笑，我什么也没说，变得越来越阴沉。

① 均为滑雪胜地。

喝过咖啡以后我就一言不发，我抽烟。

伊万说：你今天很乏味。

我问道：是吗？是吗？我不是一向如此吗？

在房门前，我依然犹豫地坐在车里，提议说我们应该偶尔打个电话。伊万没有反驳，他没有说你疯了，你在说什么，什么叫偶尔。他觉得我们当然应该偶尔打个电话。如果我不立刻下车，他也会表示赞同，但是我下了车，立刻把门关上，并喊道：我这几天要做的事情特别多！

我不再睡觉了，除了在清晨。谁想在充满疑问的夜晚森林里睡觉？晚上我清醒地躺在那里，手垫在头后，想着我有多么幸福，幸福，我也向我自己保证我绝不会抱怨，不会抱怨任何人，如果我只有一次幸福的机会。但现在我要延长这种幸福，我要像一个遇到了这种正在离开的幸福的人一样慢慢来。我不再幸福了。这是从未到来的那种精神的美丽明天……只是绝对不可能是我的明天，这是我的精神的美丽的今天，我在六点到七点钟对办公室的期待的今天，我一直到午夜对电话的期待的今天，今天不可以结束。今天不可以成真。

马利纳望向我。你还醒着？

我只是恰好醒着，我必须思考什么事情，这很可怕。

马利纳说：那么，它为什么可怕？

我（燃烧着）：这很可怕，这是一个词所不能概括的可怕，这太可怕了。

马利纳：这就是让你醒着的全部原因吗？（杀了他！杀了他！）

我（低声地）：是的，这就是全部。

马利纳：你将会怎么做？

我（强硬地，强硬地，非常强硬地）：什么也不做。

清早我陷在摇椅里面，我盯着墙壁，它裂了一道缝隙，这道裂隙一定是早就有了，现在稍稍地变宽了，因为我一直盯着它看。太晚了，我本来应该偶尔打个电话的，我拿起电话，想要说，你睡了吗？但我及时地想起来，我应该问，你已经醒了吗？但今天要让我说出早安太困难了，我轻轻地把话筒放了回去，我的整张脸上留有清晰的气味，因为我把我的脸埋进了伊万的肩头，埋进了那种对我来说像肉桂一样的气味，那种令我既困倦又清醒的气味，因为那是唯一必不可少的要呼吸的气味。墙壁没有让步，它不会让步，但我强迫这面墙有裂隙的地方开启。如果伊万现在不立刻打电话过来，如果他永远也不打电话过来，如果他到星期一才打电话过来，那么我会做什么？没有一句话可以撼动太阳和其他星辰，只要伊万在我身边，我一个人就能撼动它们，不只是为了我，不只是为了他，也是为了其他人，我必须讲述，我将要讲述，很快那将我摧毁在我的记忆里的东西就不复存在了。只有伊万的故事伴随着我，它永远也不会得到讲述，因为我们没有故事，因此不会有九十九次爱情，也不会有奥匈帝国卧室里惊人秘密的揭露。

我不理解马利纳，他现在在离开家之前平静地用着早餐。

我们永远也不会理解彼此，我们是白天与夜晚，他因为他的低语、他的沉默和他冷静的问题而毫无人性。因为如果伊万不再像我属于他那样属于我，那么他将有一天存在于一种惯常的生活里，他会对此感到习惯，不再兴高采烈，但也许伊万除了他简单的生活什么也不想要，我以我那沉默的凝视、我那众所周知的笨拙、我那由词语碎片组成的坦白使他的一部分生活变得艰难。

伊万笑了，在说话的时候，但只有一次：你将我放置的地方，我无法呼吸，请不要将我举得那么高，没有人可以承受这种稀薄的空气，我建议你之后还是要多多学习！我没有说：那么在你之后我应该学习谁？但是你没有想过我是在追随你吗？我愿意为了你学习一切。我不愿意为了任何别人这样做。

马利纳和我受到了格鲍尔一家的邀请，但是我们不再和其他人交谈，他们站在酒馆里喝着酒，激烈地交谈着，我们突然发现房间里只剩下我们两个了，房间里摆着那台贝希斯坦牌钢琴，我们不在的时候芭芭拉就弹这台琴。我想起在我们真正开始和彼此交谈之前，马利纳第一次为我弹奏的曲子，我想要求他再给我弹一遍。但之后我自己走向了钢琴，开始不熟练地弹出几个音符，站着弹①。

① 乐谱均出自勋伯格的《月迷皮埃罗》。

马利纳不为所动，他表现得是在端详画，一幅科科施卡[1]的肖像，上面画的是芭芭拉的祖母，几幅斯沃博达的素描，两座旺特楚拉的小雕塑，他早就很熟悉它们了。

现在马利纳转过身走向我，把我挤走，自己坐在琴凳上。我再次站在了他身后，像那时一样。他认真地弹奏着，用只有我能听到的声音半说半唱道：

我们匆匆道别，步行回家，在黑暗中甚至还穿过了城市公园，阴暗而漆黑的巨大蝴蝶在公园里爬行，病态的月亮下面，和弦的声音越发响亮，又是公园里的美酒，人们用眼睛畅饮，又是湖中的玫瑰，像航船一样，又是思乡之情和一段滑稽模仿，一种卑鄙的行为和一段归家的小夜曲。

① 指奥斯卡·科科施卡，奥地利画家、诗人，以肖像和风景画闻名。

在早晨漫长的热水浴过后，我注意到我的衣柜空空荡荡，抽屉里也只剩下几双连裤袜和一件胸衣。衣架上面孤零零地挂着一条裙子，是那条马利纳最后送给我的裙子，我从来都没有穿过，裙子是黑色的，上面有彩色的横条纹。在柜子里，在一个塑料盒里还有另一条黑色的裙子，上面是黑色的，下面有彩色的竖条纹，这是一件旧衣服，是伊万第一次见到我的时候我穿的衣服。我再也没有穿过它，把它当作一件遗迹保存起来。现在房屋里发生了什么？丽娜把我的所有衣服和内衣都放到哪里了？不可能是在洗衣店或者是送去清洁了。我深思熟虑地拿着那条裙子四下走动，感到冻僵了。在马利纳走出家门之前，我说道：请看看我这里，发生了一些不可置信的事情。

马利纳走了进来，手里拿着一杯茶，他必须快一点，他小口小口地喝着茶，问道：怎么了？我在他面前从头上套进那条裙子，呼吸得太快，气喘吁吁，几乎不能再讲话了。是这条裙子，只可能是这条裙子，我突然变得面色苍白，为什么我从来也没能够穿上它。你看不出来我穿这条裙子太热了吗，我会在里面融化的，这一定是太暖和的羊毛做的，因为这里没有别的衣服了！马利纳说：我觉得它很适合你，你穿这条裙子看起来很好，如果你真的想听我的看法，它非常适合你。

马利纳喝完了茶，我听到他依然在四下走动，迈出惯常的几步，找寻着雨衣、钥匙、几本书和几张纸。我回到浴室，望向镜子，衣服窸窣作响，染红了我的皮肤，一直到手腕，这很可怕，这太可怕了，这条裙子一定是用一种地狱的颜色织成的。

这是我的内萨斯衬衣[1]，我不知道这条裙子里面闯入了什么。我永远也不想穿上它，我过去一定知道这是为什么。

我已经和一台死去的电话一起生活了多久？没有一条新裙子可以抚慰我。当那台机器尖叫、呼喊的时候，我有时还会抱有毫无意义的希望，但然后我说：喂？以一种调整好的、更深沉的声音，因为电话那端永远是某个我不想或者不能与之说话的人。然后我躺下，想要死去。但是今天电话响了起来，那条裙子摩挲着我的皮肤，我忧心忡忡地走向电话机，没有调整我的声音，但我没有调整它是多么好啊，因为电话机活了过来。是伊万。不可能是别人，一定是伊万。伊万的第一句话已经再次令我振奋了起来，令我飞升，令我的肌肤缓和下来，我充满感激地说着话，我说是。是，我说是。

今晚我必须摆脱马利纳，我劝他说，他最终还是有某些义务，他不能总是拒绝，他向库尔特保证说他今晚会来的，库尔特今天可能会特别开心，想要向他展示自己的新画，旺特楚拉也会来找库尔特，他一定会去的，因为如果旺特楚拉喝了酒，事情就没有那么简单了，如果马利纳不在，那么旧日的冲突又会爆发出来。我向马利纳保证在这几个晚上去约丹家，因为我们不总是拒绝，我们必须每年去两次列奥·约丹家。马利纳没有什么困难，他马上就看出来他今天晚上必须在斯沃博达身边度过了。我说的没有错。如果不是我想起来了，马利纳肯定已经忘了。他真的很高兴，因为他还有我，他没有一次走出家门

① 沾有半人马内萨斯的毒血的衬衣，意为致命的礼物。

的时候不是怀着感激的目光的，而我以最温柔的方式说：请原谅我穿这条裙子，我今天对衣服有极大的兴趣，肯定是它让我有这样的心情！你怎么总是能做出正确的判断，你怎么能知道我的尺码？我为这条裙子感谢你一千次！

我读着一本书，直到八点钟。因为饭菜做好了，我化好了妆，梳好了头发。“在这样的调查中假装出漠不关心的样子是徒劳的，它们的对象无法对人类的天性漠不关心。”[1]

然后我陷入了这与生俱来的理想的决战。我也在冥思苦想，因为我不再拥有所有的书，我在冥思苦想那是哈奇森[2]还是沙夫茨伯里[3]的道德定义，但是我今天没有方向感，虽然我得到了优异的成绩，但我看上去经常像是没有通过考试的样子。语言的腭音。许多年来我依然知道那些话语，那些在我舌尖上生锈的话语，我很了解那些话语，那些每天在我舌尖上溶化的话语，或者那些我几乎无法吞咽、几乎无法呼吸的话语。实际上没有那些我用时间越来越少地能够买到或者是看到的东西，只有那些话语，那些我听不到的话语。二百克小牛肉。人们怎么把这句话置于舌上？我并不觉得小牛肉有什么特殊之处。但还有：葡萄，半斤。新鲜牛奶。一条皮腰带。一切都是皮制的。一枚硬币，一先令之类的，我也没有遇到货币交易、贬值和黄金储备的问题，而是突然嘴里有了一先令，轻盈，冰冷，圆润，一枚不想要被吐出来的先令。

---

① 引自康德《纯粹理性批判》。

② 爱尔兰哲学家，主张道德感是人类的一种知觉。

③ 英国哲学家，道德情感主义创始人。

伊万还躺在床上，脸上带着我从未见过的神情。他努力地思考着，他看上去不着急，他突然有时间躺在这里了，我俯向他，手臂交叉在胸前，但之后我又陷回了我自己体内，这样伊万就可以说：我今天得和你谈谈。

之后他又沉默了。我把我的手举到脸上，以免打扰到他，因为他得和我谈谈。

伊万开了口：我必须和你谈谈。你还记得吗？我对你说过一次，有些事情我将不会告诉你。如果我……你会怎么样，如果我？

如果你？我问道。声音几乎听不见。

如果你？我重复道。

因为说：我想我必须现在告诉你。

我没有问：你必须和我说什么？因为那样的话他就会继续讲下去了。但就算我保持着沉默，他也可以问：那么你会怎样……

因为沉默不可以持续太久，我摇着头躺在他身边，我轻轻地抚摸着他的脸孔，一直抚摸着，这样他就会停止努力的思考了，这样他就不会找到终结的话语。

这就是说，你……你知道什么？

我又摇了摇头，这什么也不是，我什么也不知道，如果我知道，或者他告诉我，那么也没有回答，不在这里，不是现在，不在大地上。只要我活着，就没有回答。我必须停止像这样静静地躺着，我必须为他找一支香烟，也为我自己找一支香烟，我必须把两支烟都点燃，我们还可以抽一会儿烟，因为伊万最终还是要走的。我不能注视着他是怎样回避着看我，我看着墙壁，在墙壁上找寻着什么东西。在某个人穿上衣服之前，这不会持续太久，有可能人们根本无法忍受，而也许还在冥思苦想的伊万不知道他应该怎样离开，以什么样的话语，我匆匆关上灯，他已经找到出去的路了，因为走廊里亮着一盏灯。我听到门在伊万身后关上。

惯常的声响令我受到了惊吓，马利纳把门打开了。他在我卧室的门前站了片刻，因为我想要说点友好的话，也想要知道我是否失了声，是否还拥有我的声音，我说道：我刚要睡着，我几乎要睡着了，你肯定也很累了，去睡吧。但片刻之后马利纳又从他的房间里回来了，穿过黑暗来到我身边。他按开了灯，我再次受到了惊吓，他拿着小小的补铁片和安眠药，点数着它们。那是我的安眠药，这让我感到气愤，但我什么也没有说，我今天没有再多说别的。

马利纳说：你已经吃了三片药，我觉得这足够了。

我们开始争吵，我看到我们陷入了争吵。我们现在将不可避免地陷入争吵。

我说：不，才吃了一片半，你看见了，是一片半。

马利纳说：我今天早晨数过，缺了三片。

我说：最多两片半，半片不算数。

马利纳拿起那板药片，把它们放进他的大衣口袋里，走出了房间。

晚安。

我从床上跳下来，说不出话，感到无助，他把门撞上了，这让我无法忍受，因为他把门撞上了，因为他点数了药片，我今天早晨没有请他查看，但也有可能是我今天早晨求他帮我在这几天里点数药片，因为我什么也记不起来了。但现在马利纳怎么敢把这些药片从我这里拿走，他不知道发生了什么，我突然开始尖叫，掀开房门：但是你什么也不知道！

他打开自己的房门问道：你说了什么吗？

我向马利纳祈求：再给我一片药，我真的需要它！

马利纳最终说道：不能给你了。我们去睡觉。

马利纳是从什么时候开始这样对待我的？他想要什么？我喝水，走来走去，泡茶，走来走去，喝威士忌，走来走去，但整栋房屋里再也没有威士忌瓶子了。有一天他还会要求我再也不要打电话，再也不要和伊万见面，但他永远也做不到这一点。我再次躺下，再次站起来，思索着。我悄悄走进马利纳的房间，我在黑暗中找寻着他的外套，在所有衣袋里摸索，但我找不到药片，我触摸着他房间里的所有东西，最终我找到了它，在一个书架上，把它从书架上拿出来，往我的手里挤了两片，一片现在吃，一片等到深夜吃，为了以防万一，我把门轻轻关上，他不可能听见我。两片药放在我身边的床头柜上，灯点亮着，我没有服下它们，它们太少了，我闯进了马利纳的房间，我欺骗了他，他很快就会知道这一点。但我这样做只是为了平静下来，没有其他的原因。会有一天到来。会有一天到来，马利纳将只会有干燥明朗的好心情，但我不会再激动地说出任何美丽的言辞。马利纳担忧的事情太多了。为了伊万，为了不让伊万遭遇什么，为了不让伊万遇到什么事，没有罪恶的阴影，因为伊万没有罪过，我也不会吞下四十片药，但就像我对马利纳说的那样，我只想保持平静，不对自己做任何事，不为伊万做任何事。我只需变得更平静，因为我没有说过，伊万将不会偶尔打来电话。

阁下，元帅[①]，尊敬的马利纳，我必须再一次询问你。有什么遗嘱吗？

你想在遗嘱里表达什么？你这是什么意思？

我想保护书信的神秘。但是我也想要留下点什么东西。你是刻意不去理解我的吗？

在马利纳睡觉的时候，我开始写信。耶利内克小姐早已成婚，没有人再给我写信、整理和收拾文件夹了。

尊敬的里希特先生：

您真是善良，友好地为我解答我那些完全无关紧要的法律问题。我最为感谢的是B事件。您对我来说当然不重要。但因为您是一位法官，我那时候有时会很信任您，而您对我不收取报酬，而是慷慨地帮助我，我今天在这里，在维也纳没有人可以询问，我想要询问您，该如何立遗嘱。我有一些东西要整理，我的确一直过着非常混乱的生活，但时间到了，我必须整理

---

① 原文为拉丁语。

出某种秩序来。您觉得，比如手写就足够了，还是我需要和您见面，还是……

亲爱的里希特博士：

我怀着至高的恐惧和飞奔的匆忙给您写信，因为……我怀着至高的恐惧给您写信，我还想要整理好一些东西，这些东西并不多，只是我的纸页，很少几件东西，但我非常依赖这些东西，我不希望它们，不希望这些东西落入陌生人之手。可惜我自己想不出办法来，但我可以对您说，我将一切都考虑得清清楚楚。因为我没有财产，我想要赠予比如（这是不是已经具有法律效力了?）一个蓝色的玻璃骰子、一个小小的有绿色镶边的咖啡碟和一个来自中国的古老的护身符，此外，应该永远属于一个人的就只有天空、大地和月亮了。然后，我还要列出那个名字。而我的纸页正相反，目前您可以看出我难以维持的处境……我有几天什么也没有吃，我吃不下东西，睡不着觉，这与金钱的问题无关，因为我再也没有钱了，我在维也纳孑然一身，和整个世界割裂开来，人们在世界上挣钱，吃东西，这样您也许对我的情况……

尊敬的、亲爱的里希特博士：

没有人比您更清楚，出于诸多原因，我被迫立下一份遗嘱。遗嘱、墓园、最后的指令从那时候起在任何情况下都能激发我莫大的恐惧，根本不需要遗嘱。

尽管我今天找到您，因为您作为法官也许能够理解我完全混乱，也许也不可能变得澄清的处境，给它带来一种秩序，我对此抱有很高的期待。我所有的个人物品、我最私人的物品都要交给某个人，我把名字写在附录上。因为那些纸屑，我还要再问一个问题。所有的纸页上都写了东西，但那是没有价值的纸页，我从来也没有拥有过有价值的职业。尽管如此它们对我来说还是非常重要，因为我的纸页只能交给马利纳，据我所知，您在维也纳短暂停留的时候曾经见过他一面。但我记不清楚了，我可能弄错了，在任何时候，在最特别的情况下，我对您说这个名字……

亲爱的里希特博士：

我今天怀着至高的恐惧和飞奔的匆忙给您写信，我连表达一些清晰的思想也做不到，但谁能表达清晰的思想呢？我的情况变得彻底难以维系下去了，也许从来就难以维系下去。它至少应该被称为：不是马利纳先生，也不是伊万，是一个我没有对您说过的名字。我稍后会向您解释他和我的生命有什么关系。我最个人的那些物品会怎么样，在今天对我来说完全没有意义了。

尊敬的、亲爱的里希特先生：

我也许对您讲述得太多了，但我怀着至高的恐惧和飞奔的匆忙给您写信。您，一位有着丰富法律知识的法官，能不能告诉我该怎么制定一份有效的遗嘱？很可惜我不知道，但我出于诸多原因，被迫……

在您收到我的信以后，请立刻回答我，尽可能快！

维也纳，日期

一个陌生女人

今天马利纳休假，我更愿意独自度过这一天，但什么也不能让马利纳走出家门，尽管我们之间的气氛很友好。即使我们中间有些敌意，他生气了，感到饥饿，我们比平时更早用餐，我点亮了只为伊万购买的蜡烛。我觉得桌子已经布置得很好了，但上面只有切成片的肉食，我忘了面包。马利纳尽管什么也没有说，但我知道他在想什么。

我：我们的墙上什么时候有了裂缝？

马利纳：我记不起来了，肯定已经很久了。

我：我们的暖气上面什么时候有了阴影？

马利纳：我们必须往墙上挂点东西，如果我们不挂画的话。

我：我需要洁白的墙壁，无瑕的墙壁，我却看到我自己仿佛住在戈雅[1]最后的房间里。想想那深渊里的狗头，墙上所有阴暗的线络，在他最后的时日里。在马德里，你从来没有带我去看过那个房间。

马利纳：但是我从来也没有和你去过马德里。别说童话了。

① 指弗朗西斯科·戈雅，西班牙画家，他曾在他最后居所的墙壁上画下十四幅“黑色绘画”，后文描述的即是其中一幅《狗》。

我：这都一样，反正我去过那里，大人，无论你是否允许。我在上面的墙壁上发现了蜘蛛网，请看一看，一切是怎样织成一张网的！

马利纳：你是没有衣服穿了吗，你为什么要穿我的旧晨袍？

我：因为我就是没有衣服穿了。你会不会想到这样的句子：让我们开心点，我是个男人，我画了这幅讽刺漫画[①]。

马利纳：我想它应该是，我是个神[②]。众神有许多，许多次死亡。

我：人会死，神不会。

马利纳：为什么你总是要做这样的修改？

我：我不能做出修改，因为我已经变成了一幅讽刺漫画，灵魂与肉体都是。我们现在满意了吗？

马利纳走出房间，走进自己的房间，他拿着一只火柴盒回来了。蜡烛的烛芯烧掉了。我忘了买新的蜡烛。马利纳肯定感到非常满意。我可以再一次向他询问，发生了什么，这些是怎样发生的，尽管我越来越清晰地感到紧张与敌对的气氛。

我：从灵长类动物开始肯定就是这样，至少是从原始人开始的。一个男人，一个女人……罕见的话语，罕见的疯狂！我们两个中间的哪一个会作为优等生通过考试？我，这对我来说

① 原文为意大利语，出自尼采1889年1月5日写给瑞士文化历史学家雅各布·布克哈特的信。“我是个男人”有误，后文被马利纳纠正为“我是个神”。

② 原文为意大利语。

是个错误。也许我是一个物品？

马利纳：不。

我：但还是在这里，在今天？

马利纳：是的。

我：还有一段历史吗？

马利纳：不再有了。

我：你可以感受到它吗？

马利纳：从来也感受不到。

我：但你必须留住我！

马利纳：我必须？你到底想要被怎么接受？

我（激动地）：我恨你。

马利纳：你在对我说话，你说了什么吗？

我（强硬地）：马利纳先生，阁下，大人！（渐强）尊贵的全能的先生，我恨您！（非常强硬地）把我调换掉吧，把我们调换过来，尊贵的先生！（整架古钢琴）我恨你！（乏力地，忧伤地）但请留住我。我从来没有恨过你。

马利纳：你的话我一个字也不信，我只相信你所有加在一起的话。

我（忧伤地）：别离开我！（非常流畅地）你离开我！（没有踩踏板）我想要讲述，但是我不会讲述。（忧郁地）在我的回忆中，只有你在折磨我。（匀速地）拿走这些故事吧，那宏大的故事也来源于它们。把它们都从我这里拿走吧。

我收拾好了桌子，但还有更多要收拾的东西。不再会有信件、电报和明信片寄过来了。伊万不会离开维也纳。但之后与再之后——不会再有什么寄过来了。我在房屋里找寻一个特定的地点，找寻一种可以靠手中的绳索开关的暗格。写字柜里一定有个暗格，之后再也不会被打开，任何人都无法打开。或者我可以用凿子从地上撬下一块木地板，把信藏在那里，那块木地板会被再次封锁、封缄，只要我还能掌控局面。马利纳正在读一本书，也许是："考虑到对这种研究的尊敬，伪装出漠不关心的样子是徒劳的，它们的对象无法对人类的天性漠不关心。"他恼怒地翻看着，好像不知道我正拿着一小包信件找寻一个藏匿的地点。

我跪在地板上，这不是麦加也不是耶路撒冷，我向那个方向俯身。我不再为任何东西俯身，除了最下面一层的抽屉，它被夹住了，很难打开，从写字柜上抽出来。为了让马利纳注意不到我为自己选择了哪个地点，我不能发出声响，但现在绳子松开了，信件滑落到一起，我笨拙地把它们再次捆起来，把它们挤进抽屉的缝里，但很快又把它们拿了出来，因为惧怕这些信件可能会消失。我忘了在包装纸上写点什么，以防这些信件在我的写字柜被拍卖以后还会被陌生人找到。我必须用几个字说明它的重要之处。现在就是这几个字：只有这些信件了……只有这些信件了……我收到的信件……我仅有的信件！

我无法表达伊万的信件有多么独特，我必须在我引起马利纳的注意之前放弃。抽屉夹紧了。我用我全部的重量推上了它，把它悄无声息地关上了，把钥匙藏在了马利纳那件在我身上颤抖的旧晨袍里。

我在客厅里坐在马利纳的对面，他合上书，询问地望向我。

你结束了吗？

我点点头，因为我结束了。

那么为什么你坐在这里，而不是给我们煮一壶咖啡？

我温柔地注视着马利纳，我想我现在应该对他说点令人震惊的事情，说点把我们两个永远分开，让我们之间不可能再有其他话语的事情。但是我站了起来，慢慢走出了房间，我在门口转过身，我没有听到自己说出什么令人震惊的事情，而是说出了其他的东西，如歌且非常温柔：

如你所愿。我马上就去煮咖啡。

我站在炉边等水烧沸，我在滤网里加了几勺咖啡，不断地想我已经抵达了某种必须思考的状态，在这种状态下，思考已经不再可能，我沉下肩，觉得那么热，因为我的脸离烤盘太近了。我们要走向圣灵！但是我还可以煮这壶咖啡。我只是想知道马利纳在房间里做什么，他怎么看我，因为我也有些想他，尽管我的思考早已超出了他，也超出了我自己。我到处摆弄着东西，给咖啡壶预热，把两个奥嘉腾小瓷盘摆在托盘上，它们站在我面前，是那么不可忽视，就好像我站在这里思考的样子一样不可忽视。

从前有一位公主，曾经从匈牙利骑马来到未经开发的广阔国土，那是在多瑙河畔，柳树瑟瑟作响，有一束头巾百合和一件黑大氅……我的王国，我的匈牙利大街之国，我用我终有一死的双手紧握它，我美丽的国度，现在还没有我的烤盘大，烤盘开始发热，当余下的水滴过这张滤网……我必须当心不要脸朝下摔在烤盘上，让我自己毁坏、烧伤，因为这样的话马利纳就得报警和拨打急救电话了，他就得为我的疏忽大意承担责任，因为对他来说有个女人几乎烧毁了。我坐直身子，脸颊因为红热的烤盘发烫，我经常在晚上在上面点燃纸屑，不是为了烧掉某些写下的东西，而是为了给最后一支、真正的最后一支烟点火。但是我不再抽烟了，我今天没有抽烟。我可以把抽烟的开关开到0。以前有一次这样的情况，但是我没有烧伤，我笔直地站着，咖啡煮好了，壶盖盖上了。我结束了。从对面挺远的窗户里传来了一段音乐，天气真好，天气真好[①]。我的手没有颤抖，我端着托盘走进房间，我顺从地倒咖啡，像以往一样，我给马利纳的杯子里加了两勺糖，没有给我的杯子里加糖。我坐在马利纳对面，四下一片死寂，我们和我们的咖啡。马利纳怎么了？他没有感谢，没有微笑，没有打破沉默，没有提出今晚做什么。这是他的休假日，他对我一无所求。

我目不转睛地看着马利纳，但是他没有抬起头来。我站起来，我心里想，如果他不马上说点什么，如果他不阻止我，这就是谋杀，我失控了，因为我什么也说不出来了。一切不再那么可怕，只是我们的纠葛比任何一种纠葛都可怕。我曾经活在伊万体内，我现在在马利纳体内死去。

马利纳还在喝自己的咖啡。那边的另一扇庭院窗户里传来

① 原文为法语。

了一声“你好”。我走到了墙边，走进了墙里，我屏住了呼吸。我本来应该再写一张便条：不是马利纳。但墙壁打开了，我在墙壁里了，马利纳只能看到那道我们早就看到了的裂缝。他会觉得我走出了房间。

电话响了，马利纳拿起来，他摆弄着我的太阳镜，把它弄断了，然后他摆弄着属于我的那个蓝色骰子。从未感谢过那个陌生的寄件人和赠送人。他不只是在摆弄，他还把我的蜡烛移开了。他说：你好！有一段沉默时间，马利纳什么也没有说，然后冰冷而不耐烦地说道：您弄错号码了。他折断了我的眼镜，把它扔进了纸篓，那是我的眼镜，他抛掷着蓝色的骰子，那是一个梦里的第二块石头，他把我的咖啡杯藏了起来，他尝试着打碎一张唱片，但它没有破碎，它弯折了过来，产生了巨大的阻力，然后发出了吱呀的声响，他把桌子清理干净，他撕碎了几封信件，他扔掉了我的遗嘱，一切都掉进了纸篓里。他让装有安眠药的锡箔板掉到纸屑中间，还在找什么东西，还在四处张望，他把烛台推得更远，最终把它藏了起来，好像担心孩子可以够得到它，墙里有某种东西，不再能发出叫喊了，但它依然在叫喊：伊万！

马利纳小心翼翼地环视四下，他看到了一切，但他什么也不再能听到了。只有他小小的、有着绿色镶边的咖啡杯还立在那里，只有它，那证物，只有他。电话又响了。马利纳犹豫着，但他又走了过去。他知道那是伊万。马利纳说：你好？又是一阵沉默。

什么？

不？

那是我没有说清楚。

这肯定是个错误。

这个号码是723144。

是的，匈牙利大街6号。

不，没有。

这里没有哪一位女士。

我说了，这里没有叫这个名字的人。

这里除了我就没有别人了。

我的号码是723144。

我的名字？

马利纳。

脚步，永远是马利纳的脚步，更轻柔的脚步，最轻柔的脚步。站立不动。没有警报，没有警笛。没有人前来救助。救护车没有来，警察也没有来。这是一道非常古老、非常坚硬的墙壁，没有人能从中出来，没有人能打破它，没有什么能从里面发出声音。

这是谋杀。

巴赫曼与策兰情诗选

倾诉黑暗

［奥地利］英格博格·巴赫曼

我像俄耳甫斯
在生命之弦上弹奏死亡
在尘世之美，在你统治的
天空的双眼之美中，
我只会倾诉黑暗。

别忘了，就连你，突然，
在那天早晨，当你的营地
依然带有露水的潮气，而丁香
睡在你的心上，
你也看到那幽暗的河
从你身边流过。

沉默的琴弦
绷在血色海浪之间，
我攫住你震响的心。
你的鬈发渐渐
变为夜晚的阴影之发，
那阴森的黑雪花

覆盖了你的面孔。

我不属于你。
我们都在抱怨。

但我像俄耳甫斯一样了解
死亡这岸的生命，
你永远闭合的眼睛
为我泛蓝。

花　冠

［德］保罗·策兰

秋天从我手里吃它的叶子：我们是朋友。
我们将时间剥出坚果并教它走路：
时间走回到壳中。

镜中是星期天，
梦里可以入眠，
嘴巴说着真话。

我的目光落到恋人的性上：
我们互相对视，
我们互诉黑暗，
我们相爱像罂粟与回忆，
我们睡去像螺壳里的酒，
血色月光中的海。

我们站在窗前相拥，人们从街上看我们：
是让人们知道的时候了！
是石头开花的时候了，
那种躁动是心的跳动。
是时间成为时间的时候了。

是时候了。

米 利 暗

[奥地利] 英格博格·巴赫曼

你的黑发从何而来，
你杏仁音调的甜蜜名字？
不是因为年轻，你如清晨光亮——
你的国土就是清晨，已经历经千年。

应许我们耶利哥吧，唤醒诗篇，
让你手中涌出约旦泉水
让凶手受惊石化
在你异乡的一瞬间！

触摸每一尊石像，行奇迹，
让石头也流出眼泪。
让你自己受沸水的洗礼。
让我们陌生直到愈加陌生。

你的摇篮里常有雪花飘落。
雪橇下将有冰的声响。
而你熟睡时，世界已经投降。
红海收起了它的水浪！

在 埃 及

［德］保罗·策兰

你应对异乡女子的眼睛说：
化为水吧。
你应在异乡女子的眼中找你认识的水中人。
你应把她们从水里唤出：路德！拿俄米！米利暗！
你应妆饰她们，当你躺在异乡的女子身边。
你应用异乡女子的云鬟妆饰她们。
你应对路德，拿俄米和米利暗说：
看，我和她同眠！
你应把身边的异乡女子妆饰得最美。
你应用路德，拿俄米和米利暗的痛苦来妆饰她。
你应对异乡女子说：
看，我曾和她们同眠！

波希米亚在海边

［奥地利］英格博格·巴赫曼

如果这里的房屋葱茏，我就进屋。
如果这里的桥梁坚固，我就走上坚实的大地。
如果爱的艰辛迷失于所有时代，那么我愿迷失在此。

如果不是那个人，那么他一定和我一样好。

如果有一个词接近我，我就让它接近。
如果波希米亚仍在海边，我就重新相信海洋。
如果我仍然相信海洋，我就期待陆地。

如果我是那个人，那人人都是，和我一样。
我别无所求。但求一死。

死——到海底，那里我会重见波希米亚。
立刻死，我静静醒来。
如今我在地下了解了一切，我并未迷失。

到这里来，所有波希米亚人，水手，妓女和无处
　停泊的船。你们想不想做波希米亚人，伊利里亚人，维

　罗纳人，
威尼斯人。演簧剧，引人大笑。

或催人泪下。千百次困扰你们，
像我一错再错通不过考验
但我还是通过了，一而再。

像波希米亚通过了它们并在一个明媚的日子
被海赦免，如今傍水而立。

我仍在接近一个词和一片土地，
我仍在接近，尽管依然遥远，愈加多的一切。

一个波希米亚人，一个浪游者，一无所有，无枝可依，
只有海中这受争议的，选中我的土地。

海洋之歌

[德] 保罗·策兰

恋人，在我的海上
我的船追随陌生的标记。
风，我为你遮挡，
让它抚平船帆。

箱箧，我为你锁起，
我航行是为了沉入大海。
桨，我让它沉落，
帮我驾驶我的船。

渔网，我久久缝补，
我撒网是为了打捞夜色——
但你的双臂，奇异而娴熟
解开了强韧的网眼。